Doris Anselm
Hautfreundin

Doris Anselm

Hautfreundin

Eine sexuelle Biografie

Roman

Luchterhand

Für euch

Für alles, was ihr mir gegeben habt
und für das, was ihr mir erspart habt

Das Wort

»Du sprichst es mit einer Art Leidenschaft, einer Art
Dringlichkeit aus, denn du spürst, wenn du aufhören würdest,
es auszusprechen, dann würde dich die Angst wieder überwältigen,
und du würdest in dieses verlegene Flüstern zurückfallen.«

Eve Ensler

Seine Stimme klang wie das sachte Fauchen eines kleinen Gas-
brenners. Wahrscheinlich berührte sein Mund das Mikrofon des
Headsets, und vielleicht telefonierte er nicht im Sitzen, sondern
im Liegen. Mit geschlossenen Augen. Er hätte sich mit dieser
Stimme einem Raubtier nähern können, ohne dass es erschrak.

Zuerst sagte er ganz andere Wörter zu mir: *Kundenservice* und
Auftragsbestätigung, Produktfehler, Gutschrift, Adressabgleich. Bevor wir überhaupt das erste Mal miteinander redeten, bat mich
eine Computerstimme, *Ja* zu sagen. Ich sollte *Ja* sagen, wenn

ich damit einverstanden sei, dass das Telefonat aufgezeichnet würde. Ich sagte *Nein*. Die Computerstimme sagte, sie habe mich nicht verstanden, und wiederholte die Frage. Diesmal schwieg ich. Sie fragte noch zwei Mal, aber ich kann ausdauernd schweigen. Nach dem dritten Mal sagte die Stimme, als sei nichts gewesen: *»Ihr Gespräch wird, wie gewünscht, nicht aufgezeichnet.«*

Dann knackte es in der Leitung und ein Freizeichen ertönte.

Mein Anruf hatte keinen vertraulichen Grund. Ich habe zum Beispiel nicht wegen des Wortes angerufen. Natürlich nicht. Wo könnte man da auch anrufen und sich beschweren? Nein, mir ist bloß die Vorstellung unbehaglich, dass Servicehotlines ihre Mitarbeiter überwachen – und mich ebenfalls. Früher musste man dann zu der Person am Telefon sagen, dass man keine Aufzeichnung wünschte. Ein seltsamer Gesprächsbeginn.

Das Freizeichen endete.

»Kundenservice?« Etwas Diskretes lag in seiner Stimme. Sie dunkelte das Zimmer ab, bis auf einen schmalen Lichtkegel um uns herum.

»Hallo«, sagte ich, so leise wie er, und dann, ganz überflüssig: »Ich habe der Gesprächsaufzeichnung widersprochen.«

»Gut.« Er machte eine Pause. Wahrscheinlich tat er aus Höflichkeit so, als ob er etwas eingab, aber die Pause klang wie *Gut, dann sind wir ungestört.* »Was kann ich denn für Sie tun?«

Ich hatte nicht wegen des Wortes angerufen, dabei gab es mit dem Wort eindeutig ein Problem. Im Grunde hatte es immer Probleme mit dem Wort gegeben. Als kleines Mädchen wusste ich schon, was es bezeichnete und dass ich so etwas besaß. Auch der Zweck war mir ungefähr bewusst, doch dabei ging es um eine ferne Zukunft, also machte ich mir keine weiteren Gedanken. Alles war gut. Mit der Sache stimmte alles. Nur mit dem Wort eben nicht. Das merkte ich zunächst nur an der seltsamen Art, wie es gesagt wurde. Bei uns zuhause trug es eine Betonung, als sei es das normalste Wort der Welt. Normaler als die anderen. Normaler als *Ellbogen* zum Beispiel. Oder *Kühlschrank*. Supernormal sozusagen. Doch unterwegs, beim Einkaufen, im Kindergarten, in der Öffentlichkeit also, fiel das Wort überhaupt nie. Das schien mir paradox. Wäre ich mutiger gewesen, hätte ich nachgefragt. Oder das Wort laut auf der Straße gesungen, um zu sehen, was dann passierte.

Endgültig suspekt wurde es mir, als ich von meiner Mutter erfuhr, dass sie regelmäßig zu einem Arzt ging, der nachprüfte, ob mit ihrem Wort alles in Ordnung war. Auch ich würde später dorthin gehen müssen, sagte sie. Mir kam es verdächtig vor, einen Arzt speziell dafür zu haben. Der einzige andere spezielle Arzt, zu dem man regelmäßig ging, war der Zahnarzt.

»Tut es weh?«, fragte ich.

»Nein«, sagte meine Mutter.

Sie hat alles richtig gemacht. Meine Eltern haben das meiste richtig gemacht. Sogar die Welt machte zu der Zeit vieles richtig. Offiziell und *in der Sache* gab es kein Problem mehr, und die weitere Entwicklung schien zügig zu verlaufen.

Aber das Wort hielt nicht mit.

Ich glaube, Wörter sind empfindlich. Man berührt sie beim Sprechen, und dabei nehmen sie die Absichten und Gefühle auf, mit denen man sie sagt. Sogar die Stimmung der anderen Wörter ringsum. Manche Ausdrücke, die häufig in der Zeitung stehen, Wörter für bestimmte Menschengruppen zum

Beispiel, fangen irgendwann an, schlecht zu klingen. Dann ersetzt man das Wort durch ein angeblich besseres. Aber das hilft nicht, denn der wahre Grund für den schlechten Klang ist, dass das Wort etwas Schlechtes aufgesogen hat. Meistens ist es Hass. Und im gleichen Hass wird dann, ganz langsam, auch das neue Wort ertränkt.

Manchmal ist es aber auch Scham.

Ein Wort, das viel Scham aufgenommen hat, das hundert Jahre oder länger nur flüsternd gesagt wurde, mit niedergeschlagenen Augen, ohne Stolz, ohne Freude, kann sehr schwer sein. Es wird nicht ausgetauscht, weil offiziell ja alles in Ordnung ist mit ihm. Aber es fühlt sich anders an als andere Wörter. Nicht neutral, nicht ganz *trocken*. Vielleicht wird es nie wieder ein normales Wort wie *Ellbogen* oder *Kühlschrank*. Nie mehr.

Als kleines Mädchen verlangte man von mir, zu glauben, mein Wort sei etwas ganz Normales, und dabei erlebte ich überall, dass das nicht stimmte. Das muss mich so irritiert haben, dass ich auch später lieber andere Begriffe benutzte, oder Umschreibungen. Oder ich sagte gar nichts. Das ging erstaunlich gut. Es war fast nie nötig, das Wort auszusprechen. Ich hatte lange Beziehungen, Liebesbeziehungen, in denen es vielleicht dreimal fiel. Mein jeweiliger Freund schien das Wort nicht zu brauchen, und wenn ich es aussprach, kam ich mir immer vor, als täte ich es *extra*. In provozierender Absicht.

Als ich aufhörte, Männer zu lieben, und begann, mich wieder für sie zu interessieren, und vor allem, als ich begann, sie nur noch selbst anzusprechen, begann das Sprechen selbst, sich zu verändern. Die Sätze fühlten sich neu an; hinter ihnen schien immer noch etwas zu warten.

»Ich rufe wegen meines neuen Kühlschranks an«, sagte ich. »Er riecht komisch. Irgendwie … nach Weltraum.« Ich zögerte. Der Servicemitarbeiter würde mich sowieso unterbrechen. Er würde sagen, solch ein Geruch existiere nicht, ich sei zu empfindlich und bildete mir etwas ein. Bestenfalls würde er behaupten, der Geruch verfliege von allein (aber darauf hatte ich schon ein paar Wochen vergeblich gewartet). Er würde meine Beschwerde abschmettern, in subtil herablassendem Ton.

Aber er schwieg.

Ich fuhr etwas mutiger fort: »Alles, was ich hineinstelle, fängt auch an, nach Weltraum zu riechen. Besonders die Butter.«

Während ich mich bemühte, den Geruch genauer zu beschreiben, lauschte ich den Atemzügen meines Gesprächspartners. Sie gingen ruhig, als sei es ihm angenehm, mir zuzuhören. Oder, als sei ihm Zuhören generell angenehm. Einmal hörte ich ein Knarren und Rascheln in der Leitung. *Er dreht sich auf die Seite*, dachte ich, *er macht es sich bequem.*

Als ich fertig war, räusperte er sich und fragte in vertraulichem Ton: »Nasse Wäsche?« Die Zischlaute klangen wie Wasserspritzer auf heißem Metall.

»Wie bitte?« Ich schluckte, und bestimmt war auch dieser feuchte, persönliche Laut durch die Telefonleitung zu hören.

»Astronauten haben den Geruch beschrieben.« Er sog Luft durch die Nase und sprach fast schwärmerisch weiter. »Nasse Wäsche, Bremsbeläge oder eine frische Schweißnaht.« Das *T* am Ende sprach er sorgfältig, aber weich, und ich spürte, wie er seine Zungenspitze an den Gaumen legte und sie wieder löste. *T.* »So rochen die Anzüge nach den Weltraumspaziergängen. Beim Ausziehen.« Das letzte Wort war dunkler gefärbt als die anderen, schwer, aber gleichzeitig kam es mir vor, als ob es schwebte, in einer engen Astronautenkapsel, wo wir, um wichtige Arbeiten zu erledigen, unsere Knie und Ellbogen haarscharf aneinander vorbeibewegen mussten. Und die weicheren Körperteile erst recht. Das erinnerte mich an etwas, aber ich konnte mich immer schlechter konzentrieren.

Nasse Wäsche.

»Ja«, sagte ich und schlug die Beine übereinander. »Das ... trifft es ganz gut.«

»In Ordnung«, raunte er.

Im Eingabesystem existierte keine Kategorie für geruchliche Mängel bei Kühlschränken. Er probierte herum und erläuterte mir jeden Arbeitsschritt, als erzählte er eine verschlungene Geschichte. Ich drückte mir das Telefon ans Ohr. Mit der anderen Hand versuchte ich, lautlos den obersten Knopf meiner Jeans zu öffnen. Ich schob die Hand hinein und streichelte mich durch den Stoff des Höschens, ganz leicht, die kribbelnde Schwerelosigkeit der Stimme aus dem Telefon nachbildend. Nur gelegentlich steuerte ich ein etwas gepresstes *M-hm* zu unserem Gespräch bei, oder die Bemerkung, diese oder jene Idee klinge doch gut. *Sehr, sehr gut.* Er sprach weiter, ganz in seinem Element, jemand, der *etwas mit der Stimme machte*, und zwar gern.

Als wir fertig waren, sagte er, der Kühlschrank werde ausgetauscht. Wir verabschiedeten uns zügig.

Der zweite Kühlschrank roch tatsächlich schwächer als der erste. Aber wenn man es genau nahm, spürte ich immer noch eine gewisse ... *Beeinträchtigung.* Ich überlegte ein paar Tage lang, ob sie stark genug war, um noch einmal anzurufen. Dann rief ich sogar achtmal an, denn nach der Computerstimme meldeten sich jedes Mal andere Mitarbeiter, immer die falschen, und ich legte auf.

Beim neunten Mal nicht.

»Hallo«, sagte er, und ich hörte sein Lächeln. »Lassen Sie mich raten. Sie haben der Gesprächsaufzeichnung widersprochen?«

»Das Ersatzgerät ist kein guter ... Ersatz.«

Er atmete. Ich atmete.

»Verstehe«, sagte er dann. »Telefonisch kann ich da natürlich nur schwer weiterhelfen.«

»Nein«, sagte ich. »Telefonisch nicht.«

Eine Pause entstand.

»Aber mir ist etwas aufgefallen.« Jetzt war seine Stimme wieder diskret, sie glitt um meinen Nacken und den Rücken hinab. »Wie Sie wissen, nimmt unser Unternehmen seine Verantwortung als Arbeitgeber sehr ernst. Daher hat es den telefonischen Kundenservice bisher nicht ins Ausland verlagert.« Wieder dieses *T*, und diese Zunge, die es genau platzierte. Ich hätte stundenlang zuhören können.

»Erzähl mir mehr.« Das rutschte mir so heraus, versehentlich, aber ich verzichtete mit voller Absicht auf eine Entschuldigung.

Eine Sekunde verging. Zwei. Drei. Vier.

»Fünf Minuten von deiner Lieferadresse«, sagte er.

Er sagte es ein bisschen kurzatmig, und vielleicht gab das den endgültigen Ausschlag. Seit einiger Zeit vertraute ich in diesen Dingen nur noch auf mein Bauchgefühl.

Ein paar Tage später öffnete ich die Tür.

Ich glaube, er fand mich ein bisschen zu groß, und ich fand ihn ein bisschen zu dünn, aber das waren bloß Aufschriften, so kam es mir vor, Aufschriften, die wir kurz überflogen und zur Kenntnis nahmen. Schließlich räusperte er sich, und an dem Räuspern erkannte ich ihn zweifelsfrei. Wir lächelten.

Als er den Arm hob und mir die Hand hinstreckte, machte der Stoff seiner grauen Windjacke ein sirrendes Geräusch. Feuergefährliches Material.

Sein Händedruck begann fest und wurde dann weicher, vieldeutig, und ich ließ meine Hand ebenfalls weich werden. Einige Sekunden lang hielten wir Händchen im Treppenhaus.

»Bevor du fragst: Nein«, sagte er. »Ich will keinen Blick auf den Kühlschrank werfen.« Seine Stimme besaß mehr Tiefen als am Telefon. Quecksilbrig schwer tropfte sie mir ins Ohr, und ich wusste genau, wo ich sie dringend spüren wollte.

Sanft zog ich ihn in die Wohnung, schob mehrere Finger tief in den Spalt zwischen seiner Windjacke und seiner Haut und flüsterte: »Nasse Wäsche?«

Ihn anzufassen, war doppelt aufregend, weil ich einerseits gar nichts über die typischen Temperaturen und Bewegungen seines Körpers wusste, seine Stimme mir aber vertraut vorkam. Sobald er schwieg, herrschte eine Art blinde Dunkelheit, wie bei Teenagern, die zum Fummeln das Licht ausschalteten. Aber meistens redete er leise gegen meinen Mund, und dann warf seine Stimme diesen schmalen Lichtkegel, als würden wir einträchtig in unserer Raumkapsel arbeiten.

Er besaß sehr kühle und sehr warme Stellen, vielleicht vom Fußweg durch die kalte Luft.

Auch im Bett sprach er weiter. Das störte mich nicht. Wenn er flüsterte, glitt der Klang zurück in die Nähe seiner Telefonstimme. Sorgsam und gedankenverloren zugleich erläuterte er mir, was er tat, was er tun könnte, was er gerne versuchen würde, wie sich das für ihn anfühlte. Dabei klang er so hingebungsvoll, dass ich oft lächeln musste.

Er sprach mit meinem Nacken, später mit dem weichen Stück Haut in der Mitte zwischen meinen Rippen. Die Abwärtsbewegung gefiel mir. Als ein sattes *T* an meiner Hüfte zerplatzte, fragte ich:

»Machst du es mir mit der Zunge?«

Er murmelte zustimmend, aber dann änderte er die Richtung. Vielleicht hatte er oben etwas zu sagen vergessen.

Ich stöhnte. »Du bringst mich um.«

Er nahm eine Brustwarze zwischen die Zähne und machte leise »Au, au«, als ob er mir soufflierte. Dann leckte er darüber und atmete gleichzeitig ein. Heißkalt. Ich zuckte zusammen.

»Wie bitte?«, fragte er höflich.

Um nicht seinen Kopf zu packen und nach unten zu drücken, krallte ich die Finger neben meinen Ohren ins Kissen. Er bewegte sich millimeterweise, und seine Lippen fühlten sich so heiß an, als hätten sie Sonnenbrand.

Endlich lag er zwischen meinen Beinen, ganz still.

Dann, als ob er überlegte, machte er einmal »Hm«. Dieser winzige Luftstoß muss es gewesen sein. Ich griff zu. Wenigstens griff ich statt seines Kopfes nur meine Knie. Ich zog sie so weit nach oben, wie es ging, und so weit auseinander, als spannte ich das wichtigste Transparent einer Demo auf, mit der zentralen Forderung, die sich aus allem, was zuvor geschehen war, ergab.

Keine Reaktion.

Einen Moment lang hob er den Blick, sah mir in die Augen, und ich konnte mich von außen sehen: ein aufgespanntes Verlangen. Er küsste die dünne Haut meines Schenkels. Die Muskeln darunter zitterten, weil es eine viel zu leichte Berührung war. Aus meiner Kehle drang ein Jammern. Dann senkte er den Blick zwischen meine Beine. Es war ein bohrender Blick, begleitet von tiefem Schweigen. Ich spürte beides in mir, hart und körperlos.

Ohne Vorwarnung leckte er einen langen, kräftigen Strich genau meine Mitte entlang. Seine Zunge traf die Nervenzellen dort in bereits völlig aufgebrachtem Zustand, und so erzeugte sie gleichzeitig Druck und Sog, Ziehen und Flattern, legte mir Eis auf die Haut und schmolz mich weg wie Butter.

Er musste dabei wieder angefangen haben zu reden, ich hörte nicht zu, aber die Vibration seiner Stimme lockte mich bis an diesen gläsernen Abhang, der zugleich ein Ort und eine Zeit ist. Dieser Moment kurz vor dem Höhepunkt, wenn Denken und Wahrnehmung ein letztes Mal zurückkehren und sich weiten, bevor sie klirrend einstürzen. Da hörte ich ihn.

Er sagte das Wort.

Das eigentliche, ursprüngliche Wort. Das Wort, das nicht in Ordnung war. Er sprach es zwischen meine Beine, in meinen Körper hinein, immer wieder. Er sprach das Wort mit dem Wort an, voller Genuss, als ob er es gar nicht oft genug und klar genug sagen konnte. Er betonte es prunkvoll, geradezu schwülstig.

Er sagte, dass er mein Wort so gern schmecke. Dass er daran saugen wolle, oh ja, ob er das dürfe, mein Wort richtig schön auslecken, bitte, und dass ich, nein, dass ich mich doch nicht wegdrehen solle, bitte nicht, dass er so auf mein Wort stehe, dass es so heiß sei, so schön, dass ich es ihm zeigen solle, das ganze Wort, weil es so gut sei, ja, dass ich es ihm geben solle, mein Wort, und meine Finger, oh ja, genau so. Dass ich mein Wort richtig weit auseinanderziehen solle, genau, und ob es mir gefalle, was er damit mache, dass ich ihm zeigen solle, was meinem Wort am besten gefiel, weil er das alles mit ihm machen wolle, alles, ob ich ihn verstehen würde, dass mein Wort so verdammt geil sei, so heiß und nass, mein Wort, und dass ich ganz ruhig bleiben solle, hey, ganz ruhig, er würde es meinem Wort schon richtig besorgen, er würde mein Wort ganz in den Mund nehmen, komplett, und zwar jetzt. Genau jetzt, weil es so gut schmecke, er würde mein Wort so rannehmen, wie ich es brauchte, und ja, ich solle ruhig für ihn kommen, genau so, genau jetzt, zu ihm, ja, gut so, gut.

Ein offenes Saugen, mit weit geöffnetem Mund, wie man die Lippen auf einen Apfel pressen würde vor dem Hineinbeißen, damit kein Saft überfloss, mein überfließendes, *überflüssiges* Wort, da war es, genau da.

Wahrscheinlich hätte er schon kurz danach wieder reden können, er konnte wahrscheinlich immer reden, aber er tat es nicht.

Also habe ich nach einer Weile angefangen, ihm von dem Wort zu erzählen. Die ganze Geschichte. Ich habe die Laute und Silben benutzt, viele Male. Ich versuchte zu beschreiben, wie das Wort für mich klang. Es klingt immer noch so. Jedenfalls, wenn ich es laut sage: derb und saftig, fett und rund. Anmaßend. Dreist. Als könne man es nicht leise sagen, sondern nur auf der Straße singen. Eigentlich macht es Spaß, es auszusprechen. Ein ungehorsames Wort.

»Danke«, sagte ich schließlich, und er tat, als ob er nicht wüsste, was ich meinte. Oder er schlief schon halb.

»Hier riecht es total nach Weltraum«, murmelte er bloß. Er strahlte eine immense Wärme ab, und ich rückte ein Stück von ihm weg. Nur so weit, dass ich nachdenken konnte. Irgendwo dort in der kühlen Luft hing eine Idee, die ich noch erwischen wollte, bevor ich ebenfalls einschlief.

Er hatte mir etwas zurückgegeben, also musste ich es verloren haben. Es musste vor langer Zeit in den Weltraum geweht sein, natürlich, weil man ja Raumkapseln nicht öffnen durfte, oder jedenfalls, wenn man sie zum ersten Mal öffnete, dann verlor man etwas, so hieß es doch immer … ich war zu müde. Also noch mal, von Anfang an, dachte ich und schnappte nach dem Gedanken, aber immer, wenn ich ihn beinahe zu fassen bekam, flog er davon, von Anfang an also noch mal, *ich muss über das Anfangen nachdenken.*

Der Anfang

Der Anfang besaß gefährliche Augen, ein verletzt-spöttisches Lächeln und eine orientierungslose Menge von rauchigem, schwarzem Haar. Ich wollte mich hineinstürzen, mit dem Gesicht voran. Wie eine Aschewolke zog dieses Haar durch meine gerade entstehende erotische Vorstellungswelt. Noch heute finde ich dort manchmal Rußpartikel, und manchmal mag ich noch heute, wie sie riechen.

Meine Eltern hassten ihn auf den ersten Blick. Glücklicherweise war es da schon zu spät. Er ist ein guter Anfang gewesen. Damals habe ich geglaubt, ich könnte auch ein gutes Ende von ihm erhoffen. Oder sogar ein *Nicht-Ende*, ein *Weiter*. Aber dafür hatte ihn das Leben gar nicht vorgesehen. Mein Leben jedenfalls, so denke ich inzwischen, hatte ihm genau die eine Sache aufgetragen: ein guter Anfang zu sein. Das hat er gemacht, unbewusst und selbstverständlich. Jede weitere Hoffnung überforderte ihn wie einen Boten, den man festhielt und bat, die

Nachricht zu erklären, die er überbrachte. Weil er das nicht konnte, wurde er böse, wahrscheinlich auch auf sich selbst, er fing an zu lügen, und ziemlich bald riss er sich los.

Ich werde von ihm und mir nur den Anfang erzählen. Das ist schwierig genug. Die Geschichte hat für mich jahrelang immer wieder etwas anderes bedeutet.

Meine Erinnerung setzt gegen 5 Uhr 30 an einem Samstagmorgen ein, und zwar in einer S-Bahn, die über eine Brücke fährt. Unten ist Wasser. Die Morgensonne schiebt einen Strahl durchs Fenster, flach, wie eine Kanüle, die ihren Wirkstoff direkt unter die Haut spritzt.

Dieses heftige, irritierend neue *Wollen*.

Er sitzt neben mir, und er sagt, amüsiert: »Du kannst dich ruhig bei mir anlehnen.«

Das ist nicht wirklich der Anfang.

Zuvor, in der Nacht, müssen wir uns irgendwo kennengelernt haben. Laute Musik. Eine niedrige Decke, von der Kondenswasser tropft. Zwei Mitschülerinnen von mir, die irgendwo tanzen. Eine Menschenmenge, in der man sich genau richtig verlieren kann. Nie ganz, nie so, dass es Angst macht.

Ich tanze. Ich lächle.

Er muss auf seine typische Art zurückgelächelt haben, an mir vorbei, als ob er sagen wollte: *Ich lass mich hier doch nicht für dumm verkaufen.*

Diese Masse von Haaren.

Als ich klein war, spielte ein Mann in der Fußgängerzone Gitarre. Vor ihm ein Hut mit Münzen. In der Zeit danach träumte ich häufiger schlecht, und meine Mutter setzte sich an mein Bett und fragte: »Wieder der Mann mit den langen Haaren?«

Er tanzt allein.

Von der Decke tropft es auf seine Haare. Auf mich.

Ich tanze jetzt hinter ihm, dann sogar neben ihm, obwohl ich so nah bei ihm ganz mutlos werde und zu keinem direkten Blick fähig bin.

Aber er sagt etwas.

Ich muss ihn dann irgendwann gefragt haben, an der Bar, schreiend durch die Musik, wie alt er ist, und er muss gesagt haben, *zweiunddreißig*, und ich muss gedacht haben, *oh*.

Dieses *Oh* muss alles Mögliche bedeutet haben. Nicht nur, dass ich noch zur Schule gehe.

Wir sitzen in der S-Bahn, er, ich und meine zwei Freundinnen, wir haben alle ein Stück gleichen Wegs.

Du kannst dich ruhig bei mir anlehnen.

Er sagt das in einem sanft spöttischen Tonfall, als wüsste er Bescheid. Als hätte ich ja schon lange gebettelt. Und er sagt es sehr leise, zu leise für meine Freundinnen, die uns gegenübersitzen. Ich bin allein mit den Worten. Mein Körper saugt sie auf, wie er in der Nacht die Musik und das Tanzen und jede kleine Berührung aufgesogen hat, und jetzt ist alles da, alle nötigen Elemente, im exakt richtigen Mischungsverhältnis.

Ich habe zu der Zeit einen Freund, und ich habe seinen Namen vergessen. Nicht jetzt, beim Erzählen, sondern in dem Moment im Zug. Heute weiß ich, wie er hieß, und ich erinnere mich auch, dass wir genau zu der Zeit vorhatten, miteinander zu schlafen. Ein Plan wie das Abitur, oder wie eine erste Wanderung durch unwegsames Gelände. Wir sind bereits im Training, wir üben nach der Schule in sanften Hügeln und Tälern, die nach Butterblumen riechen, dem Weichspüler, den seine Mutter für die Bettwäsche benutzt. Das alles ist nervenaufreibend, und ich weiß meistens nicht, was genau mir so peinlich ist: er oder ich, sein oder mein Körper, etwas Technisches oder etwas Gefühlsmäßiges, diese ganze neue Topografie.

Du kannst dich ruhig bei mir anlehnen.

Ein fremdes Land.

Man kann mit jemandem hinfahren, der einen liebt, oder mit jemandem, der schon mal dort war.

Der Zug rattert über den Fluss, und die Brückenpfeiler zucken vorbei wie geheime Schnitte in einem Film, schmutzige Bilder, die jemand hineingeschmuggelt hat, kürzer als ein Blinzeln. So schnell vorbei, dass man sie nur bemerkt, wenn man schon ahnt, dass da etwas sein könnte, und dann ist man bereits mitschuldig, auch wenn man erschrickt.

Da ist etwas.

Mein Kopf berührt seine Schulter, meine Stirn seine Haare, und in der Sekunde kommt es mir vor, als ob ich ihn anfasse. Mit den Händen. Meine Schläfe betastet die Naht an seinem Kragen. Hält ihn dort fest. Sobald mir die Augen zufallen, übernimmt mein Geruchssinn. Rauch, Männerdeo, etwas Kalk, vielleicht von den Wänden einer Wohnung. *Seiner* Wohnung. Ich atme diese erwachsenen Gerüche ein, viel zu tief, viel zu schnell, mir wird schwindelig, und ich hebe mit letzter Kraft den Kopf und reiße die Augen auf.

Die Freundin wirft mir einen kühlen Blick zu. Sie mag meinen Freund.

Nein, ich weiß nicht, *was das soll*.

Dazu müsste ich erst wissen, was *das* ist. Allerdings ahne ich: *Das* ist nicht in Ordnung. Und *das* ist auch keine Frage von Sitzpositionen, wer neben wem, *das* findet gar nicht an offiziellen, äußerlichen Positionen oder Grenzen statt, sondern unter einer Falltür, von deren Existenz ich bis eben nichts wusste und für die ich trotzdem ganz allein verantwortlich bin. Ein Teil von mir schämt sich, und ein Teil von mir will genau so sitzen bleiben, an dieser Falltür, an dieser Schulter. Aus Protest. Ja. Gegen irgendetwas muss man doch auf diese Weise protestieren können.

Als ich aussteige, mit den Freundinnen, befindet sich in meiner Hosentasche ein Zettel. Zuhause werfe ich ihn hinter die Schulbücher.

Es ist Abiturzeit. Mein Freund und ich sehen uns seltener als sonst. Einmal treffen wir uns zufällig vor der Bäckerei. Beim Begrüßungskuss stoßen wir mit den Nasen zusammen, weil wir beide den Kopf zur selben Seite neigen. Dann passiert es noch einmal auf der anderen Seite. Wir lachen, aber ein drittes Mal versuchen wir es nicht.

Freitagabends hat niemand Zeit zum Weggehen. Ich schlafe schlecht ein, weil auf meinem glatten Kopfkissen, sobald ich die Augen schließe, eine Schulternaht erscheint, die sich heiß in meine Wange drückt. Das Kissen riecht ganz anders als ich. Oder als Butterblumen.

Du kannst dich ruhig bei mir anlehnen.

Wie unterschiedlich Sätze sind. Dieser hier fängt an zu wuchern und zu ranken, so intim, dass ich noch im Dunkeln, allein, erröte, obwohl er gar nichts versprochen hat. Der Satz treibt grellrote, skrupellose Blüten: *Ja, verdammt.* Sie erschrecken mich. Bisher hat das, was ich wollte, und das, was mir richtig erschien, immer ganz gut zusammengepasst. Jetzt nicht mehr.

Und dann gibt es Sätze, die liegen im Überfluss herum,

Massenartikel, Ramschware, nur scheinbar verschieden, damit ich endlich einen aussuche. Alles andere wäre gemein.

Ich tue es eine Woche später, und mein Freund muss zuhören. Vor lauter Ungeduld, vor lauter Überdruss will ich am liebsten alle Sätze hintereinandersagen. Dann wäre garantiert der Passende dabei.

»Ich mag dich sehr / Aber es ist so / Es tut mir leid / Wir müssen Kontakt halten / Du bist mir wichtig / Es hat einfach nicht / Ich würde dich enttäuschen / Du bist viel zu gut für mich / Es tut mir …«

»Hast du einen Anderen?«

»Nein«, sage ich.

Gerade noch rechtzeitig, bevor es gelogen ist.

Am Sonntag darauf sitze ich wieder in der S-Bahn. Sie rattert über dieselbe Stahlbrücke. Diesmal verwischen die Pfeiler in der Mittagssonne. Nie werde ich wissen, wie sie wirklich aussehen, denke ich.

Nein, das kann nicht stimmen. Es muss eine andere Brücke gewesen sein. Wenn man auf der Karte nachsieht, dann wohnte er tatsächlich auf einer Insel. Nur über Brücken zu erreichen. In meiner Erinnerung ist es aber immer dieselbe Brücke. Etwas weiter flussaufwärts schwankte auf einer Boje im Wasser eine verwitterte Skulptur. Ein Mann. Er trug ein weißes Hemd und eine schwarze Hose, beides aufgemalt, und er sah mit starrem Blick nach vorn. Immer nur nach vorn. Ein Stück entfernt ragten Schilder für den Schiffsverkehr aus dem Fluss, und die Statue passte zu ihnen, als wäre auch sie ein Richtmaß, ein offizielles Muster für Starre und Einsamkeit.

»Wo willst du dich denn mit mir treffen?«, hat er am Telefon gefragt. Ich sehe ihn herausfordernd lächeln dabei. Ich weiß keinen Ort, denn ich kenne die Stadt nur vom Tanzen und Einkaufen, und die Orte dafür sind am Sonntagmittag geschlossen.

»Dann willst du wohl bei mir vorbeikommen«, sagt er.

Es ist heiß in der Bahn, und die Leute im Waggon verhalten sich still wie betäubte Tiere. Ich auch. Ich fühle mich seltsam allein. Eigentlich hatte ich Widerspruch erwartet, zum Beispiel von meiner Mutter.

»Ich fahre einen Freund besuchen, okay?«

»Bist du zum Abendbrot wieder hier? Oder geht ihr aus?«

Ich bin volljährig. Natürlich bin ich allein.

Von meinem T-Shirt, secondhand, blättert der Name einer mir völlig unbekannten, amerikanischen Uni. Der dunkelblaue Baumwollstoff ist zu dick und zu warm für das Wetter, aber angenehm fest.

Auf dem Weg von der Haltestelle zu seiner Wohnung begegnet mir kein einziger Mensch. Die Hitze hat alles abgetötet. Ich setze einen Fuß vor den anderen, immer auf meinen Schatten, der ganz klein ist, viel kleiner als ich. Mir läuft der Schweiß herunter. Ich spüre einen Tropfen auf der Brust, genau unter dem Steg des BHs. Die Gegend um mich herum ist gar keine richtige Wohngegend, mehr ein Geschäftsviertel.

Die Straße nimmt einen plötzlichen, scharfen Knick in den Schatten. Natürlich habe ich den Knick erwartet; ich bin ihn zuvor auf der Karte mit dem Finger entlanggefahren. Aber in meiner Erinnerung taucht er immer sehr abrupt auf.

Meine Augen brauchen einen Moment, um sich zu gewöhnen. Im Halbdunkel gehe ich weiter, bis am Ende der Straße tatsächlich ein paar Wohnhäuser auftauchen.

Er lässt den Türöffner summen, ohne zu fragen, wer da ist. Durchs Treppenhaus zieht angenehm kühle Luft. Steinstufen, ein glattes Geländer aus Kunststoff.

Zur Begrüßung sagt er nur meinen Namen, und es klingt anders, als jemals irgendwer meinen Namen ausgesprochen hat. Nicht fordernd, sondern so, als ob mein Name bereitliegt und auf mich wartet.

Dann sagt er doch noch »*Hey*«, aber gedehnt, als sei er beeindruckt, dass ich mich hergetraut habe.

»Hallo.« Soll ich ihn umarmen? *Mich ihm an den Hals werfen.*

Sein Blick ist aufmerksam.

Ich kann mich nicht rühren.

Schließlich streckt er die Hand aus, den Zeigefinger, tippt gegen meinen nackten linken Arm und fährt dann mit der Fingerkuppe über die Haut nach oben bis knapp unter den Ärmel des viel zu warmen T-Shirts.

Heute denke ich, er muss die Gänsehaut gesehen haben.

Sein Mundwinkel zuckt, er legt den Kopf schief und tritt zur Seite, um mich in die Wohnung zu lassen. Ich bin neidisch: Er kann die Tür seiner Wohnung öffnen, und er kann einfach so eine Berührung unternehmen, einfach die Hand ausstrecken, als wäre das ganz normal. Das kann man alles, wenn man 32 ist, denke ich, während die Tür ins Schloss fällt.

Da ist er, dicht vor mir. Für mich allein. Seine geöffneten Arme und sein Geruch, an den ich mich erinnere. Ich glaube, er trägt ein Hemd von gestern. Kaum Schweiß, aber auch kein Deo. Seife. Kaffee. Haut, die immer blass bleiben wird, auch im Hochsommer, zumindest in meiner Erinnerung. Das Hemd hängt über der Hose. Als ich die Arme um ihn lege und mein Gesicht, endlich, in seine rauchigen Haare, ist so viel von ihm so nah, dass der Flur schwankt.

Es dauert eine Weile, bis ich meine Hände wiederfinde. Eine liegt auf seiner Hüfte. Jeans.

Er bewegt sich gar nicht.

Ich schiebe die Finger etwas nach oben. Mein Daumen streift Haut. Schnell ziehe ich die Hand weg, aber in dem Moment schnaubt er leise. Vielleicht lacht er mich aus. Ich will keinen Fehler machen. Also lege ich die Hand wieder zurück. Ich schiebe sie sogar unter sein Hemd.

Ein leises Lachen. »Du bist ganz schön schnell.« Er drückt mich ein Stück von sich weg.

Ich muss erschrocken aussehen, denn er streicht noch einmal über meinen Arm, diesmal ruhig und mit der ganzen Hand. Als ob er die Berührung von vorher wieder löscht.

Er hat hellgraue Augen.

Viel später, ein Foto in der Hand, denke ich einmal, dass seine Augen heller sind als die Art, mit der er durch sie auf die Welt blickt. Er ist wütend auf seinen Vater, weil der nie da war. Er pocht auf alles, wovon er glaubt, dass es ihm zusteht. Er gerät leicht mit Leuten in Streit.

Nichts davon lese ich nach unserer ersten Umarmung in seinem Blick. Es muss schon da sein, aber für meinen Anfang ist es unwichtig. Vielleicht bemerke ich es auch nicht, weil ich viel zu sehr mit mir selbst beschäftigt bin. Nichts war so schlimm oder gut, wie ich dachte.

Er hat hellgraue Augen.

»Hier. Es gibt keine Couch. Bei mir müssen alle gleich auf dem Bett sitzen.« Er schneidet eine kleine Grimasse. »Macht bestimmte Dinge leichter.«

Was man im Scherz sagt, meint man nicht wirklich, sage ich

mir. Ich setze mich, das Fenster steht offen, warme Luft drängt herein und das Zimmer gleitet mühelos in die Perspektive, die es für immer behalten wird. Ich kann es mir aus keinem anderen Blickwinkel in Erinnerung rufen. An einem selbst gebauten Regal lehnt ein schwarzes Rennrad.

Er holt mir ein Glas Wasser aus der Küche und lässt sich neben mir nieder, während ich trinke.

»Hey«, sagt er leise, als ob er mich noch einmal begrüßt. Er lächelt nur mit den Augen. Ich stelle schnell das Glas ab. Soll ich –

»Was möchtest du?«

Mit der Frage habe ich nicht gerechnet. Was möchte ich?

Dieses Gefühl weiter haben. Zurückspulen, noch mal im Flur stehen und an deinem Haar riechen, dich anfassen, ohne dass das etwas in Gang setzt, womit ich vielleicht nicht umgehen kann. Bitte gib mir das Gefühl, dass ich normal bin. Bitte sei nicht zu erwachsen, nicht so klar und ironisch und gefährlich. Bitte lass mich glauben, dass ich erwachsen bin. Bitte fass mich an. Nein, bitte fass mich nicht an. Oder: Fass mich so an, wie es richtig ist und wie ich es dir nicht beschreiben könnte.

Ich will eine halbwegs sinnvolle Antwort geben, und die einzige, die mir einfällt, ist eine Drehung zu ihm hin, ein zügiges Annähern unserer Münder. Ein Kuss. Das könnte ich schaffen.

Er weicht zurück.

Falsche Antwort, durchzuckt es mich.

Dann leckt er sich über die Lippen, nähert sich mir viel langsamer, und auf den letzten Millimetern stoppt er. Die Zeit steht auf Zehenspitzen. Wie auf dem Turm im Schwimmbad, in diesem irren, grandiosen Augenblick vor dem Sprung. Und noch eine Sekunde länger. Ich wusste nicht, dass das geht.

Seine Lippen auf meinen sind warm wie die Luft. Entspannt. *Ohne dass das etwas in Gang setzt, womit ich vielleicht nicht umgehen kann.* Er hat Zeit. Ich habe Zeit, und mir wird klar, dass ich beim Küssen noch nie Zeit gehabt habe. In den Ecken auf den Partys war es eine Art Wettrennen, gegen den Jungen oder gegen sich selbst. Schneller sein oder krasser, besser als jemand anders, besser als man selbst *früher*.

Plötzlich gibt es kein *Früher* mehr. Ich habe bis zu diesem Tag überhaupt noch nie geküsst.

Er macht nichts Besonderes. Er ist einfach nur sehr ... da.

Vorsichtig bewege ich die Lippen, und er bewegt seine mit, als hätte er auf mein Stichwort gewartet. Sein Mund öffnet sich, aber die Zunge ist kein aufgeregtes Tier, das sich in meinen hineinwühlt. Sie wartet. Lässt sich von mir finden.

Die Hitze draußen gibt kein Stück nach, aber das Licht ist schräg und abendlich geworden, als ich irgendwann merke, dass er unter mir liegt, dass sein Griff in meinem Nacken ziemlich kräftig ist und dass mir das keine Angst macht. Die Hand ist eher wie ein festes Geländer.

»Ich muss wohl mal in die Drogerie«, sagt er beim Abschied.

Am Sonntag darauf herrscht genau das gleiche Wetter, als hätte die Woche dazwischen gar nicht existiert. Vielleicht ziehe ich deswegen auch dasselbe T-Shirt an. Der Weg von der Haltestelle kommt mir diesmal allerdings kürzer vor. Er wird mir immer kürzer und kürzer vorkommen, und dann von einem Tag im Herbst an wieder länger, bald elend lang, ein Zeichen, dass der Anfang, der gute Anfang, vorbei ist.

Noch ist er es nicht.

Ich gehe durch dieses leere Geschäftsviertel, als ginge ich selbst zu einem Termin. Ich weiß, was passieren soll. Die Tür öffnet sich summend und fraglos.

Er wirkt heute schmaler, und ich brauche einen Augenblick, um zu erkennen, warum.

»Du hast deine Haare zusammengebunden.«

»Ich wollte gerade duschen und sie waschen.«

»Ah.«

»Du kannst mir ja dabei helfen, dachte ich. Erst mal.«

Seine Stimme schwankt nur ganz kurz, aber ich bin erleichtert. *Bitte sei nicht zu erwachsen.*

»Gute Idee«, sage ich.

Das Bad ist winzig. Die Enge macht es zugleich schwieriger und leichter, sich auszuziehen. Wir müssen auf unsere Ellbogen achten, auf unsere Knie, wir müssen sie synchronisieren, so lange, bis wir, fast ohne es gemerkt zu haben, nackt sind.

Wir klettern in die Kabine. Er greift um mich herum und stellt das Wasser an. In der Mitte seiner Brust wachsen schwarze Haare in verschiedene Richtungen. Als ob keins etwas mit dem anderen zu tun haben will.

Es ist die Zeit, in der ich mich am meisten über Männerkörper wundere. Sie kommen mir vor wie aus lauter Einzelteilen zusammengesetzt.

Das Wasser prasselt auf uns herab. Es wird warm.

Ich zucke zusammen, als seine Handflächen sich an meine Taille legen. Die Fingerspitzen kreisen mit leichtem Druck unter meinen Rippen. Er sieht seinen Händen zu und betrachtet meinen Körper.

Meine Brüste wahrscheinlich.

Was sonst.

Sein Atem beschleunigt sich nur leicht, aber ich erkenne die Situation sofort wieder. Mir wird trotz des warmen Wassers kalt. Das schnellere Atmen markiert immer den Punkt, an dem der Kontakt abreißt. Das war bei meinem Freund so. Bei den zwei Freunden, die ich bisher hatte. Immer an diesem Punkt verändern sich die Gesichter. Sie werden starr, als ob der Sauerstoff nur noch zischend durch eine Darth-Vader-Maske gezogen wird, hinter der möglicherweise gar kein Mann mehr ist. Kein Mensch. Oder ich bin es, die verschwindet, in meinem eigenen, angestarrten Körper.

Ich fröstele. Dann höre ich meinen Namen.

»Hier, warte.« Er lässt mich los und stellt den Duschkopf so, dass ich allein unter dem warmen Wasserstrahl stehe. »Besser?« Ein prüfender Blick in mein Gesicht.

Ich muss blinzeln. Nicken. Ich bin noch da. Er ist noch da. Er sieht genauso aus wie vorher.

»Kann losgehen«, sage ich nach ein paar Atemzügen. »Dreh dich um.«

Ich habe starke Hände. Starke Finger. Ich greife tief in sein Haar, es ist wirklich viel, dann führe ich die Brause über seinen Kopf und lasse das Wasser mehrere Minuten laufen. Extra lange, auch deshalb, weil er mich während dieser Zeit nicht ansehen kann. Ich betrachte seinen Rücken, die eckigen Schultern. Seine Atemzüge werden tief und langsam. Ich küsse seine Schulterblätter und sage, obwohl ich gar nichts mehr sagen wollte: »Schöner Rücken.«

Er bleibt still.

Geschäftiges Plätschern um mich herum. Als ob ich hier etwas mache, wozu ich selbstverständlich befugt bin, befugt und befähigt. Als hätte ich es schon oft gemacht. Ich greife nach dem Shampoo und er lehnt den Kopf zurück. Gut, dass er kaum größer ist als ich.

Ich schiebe die Fingerspitzen in seinen Nacken und dann langsam, mit Druck, seinen Hinterkopf hinauf. Er hält dagegen und seufzt. Das gefällt mir. Umso besser, weil ich das Seufzen ausgelöst habe. Um es noch einmal zu hören, versuche ich, die Berührung exakt zu wiederholen. Diesmal stöhnt er leise.

Während ich die Shampooflasche zurückstelle, werfe ich einen schnellen Blick auf seine Vorderseite. »Aha«, sage ich und grinse, »ich kann wohl ganz gut Haare waschen.«
Er lacht.
Ich frage mich, von woher mir der Mut für den Scherz zugeflogen ist.
Beim Ausspülen läuft der Schaum seinen Rücken herunter. Zitronig kitzelnde Luftbläschen an meinem Bauch, die ich unbedingt aufhalten muss; sie oder die Zeit, nur ganz kurz. Eine letzte Frist. Jedenfalls presse ich mich gegen seinen Rücken. Die Bläschen zerplatzen mit leisem Knistern zwischen seinem Hintern und meinen Schamhaaren. Nach einem Moment zwinge ich mich, etwas Abstand zu nehmen. Es muss ja weitergehen, alles muss ja immer weitergehen, ich habe es gewollt, und so stelle ich mit mulmigem Gefühl das Wasser ab. Bei der Bewegung streift etwas meine Brustwarzen, prickelnd und rau.
Er hat Gänsehaut.
Keine *Mir-ist-kalt*-Gänsehaut, denn es ist warm in der kleinen Kabine, sondern eine *Ja-ich-bin-auch-aufgeregt*-Gänsehaut. Eine *Ich-spüre-dich-nicht-nur-zwischen-den-Beinen*-Gänsehaut. Diese winzigen, beredten Hügel und Täler machen mich so euphorisch und hungrig, dass meine eigene Haut nur noch stakkatohaft mit mir spricht: *Heiß* und *haben* und *jetzt* stammelt sie, und genau da greift er nach meinen Händen und zieht sie langsam um seinen Körper herum.
Meine Fingerknöchel stoßen gegen ihn, gegen *ihn*. Dann lässt er mich einfach los. Als ob er nur sagt: *Hier, wusstest du das?*
Sein Penis.

Schade eigentlich, denke ich heute, dass ich meine Hände nicht einfach einen Moment lang still an ihm liegen gelassen habe. Es könnte sein, dass Hände viel zu selten einfach kurz liegen gelassen werden.

Stattdessen denke ich sofort, dass ich etwas tun sollte. Meine Finger brauchen einen Moment, um sich zu orientieren. Zu umfassen und in diese merkwürdige Bewegung zu finden: Als würde man an einem stillen, dunklen Wintermorgen einen Weg streuen. Man läuft über Eis, man streut aus dem Handgelenk, der Weg führt tiefer ins Dunkle. Man sieht kaum, was man tut, wo man hingeht, weiß nicht, ob man es richtig macht. Ob es genug ist. Zu wenig. Ob man stürzen wird. Männerkörper sind seltsam und mögen seltsame Berührungen.

Er dreht sich in meinen Armen zu mir um. *Heiß*, *haben* und *jetzt* drücken fordernd gestreckt gegen meine Bauchdecke, und er küsst mich, tief und nass diesmal, gefährlich und erwachsen. Aber ich halte mit. Hunger macht furchtlos.

Seine Hand legt sich zwischen meine Beine wie eine gewölbte Schale. Fest. Als könnte ich sonst wegrutschen, nass, wie ich bin. Ein Druck. Nachlassen. Druck. Nachlassen. Ich scheine dieser Handfläche entgegenzuwachsen, *fass mich so an, wie es richtig ist und wie ich es dir nicht beschreiben könnte*, und er gleitet an mir entlang, und ich wachse weiter, wie eine Animation der Erdoberfläche: tektonische Platten, die sich auftürmen, bis meine Knie lächerlich weich werden, bis Kontinente umeinanderdriften, mein Kopf nur noch sehr schwer aufrecht zu halten ist, bis ich die Stirn irgendwo anlehnen muss, da ist ein Schlüsselbein, zum Glück, und er sagt: »Komm.«

Diese Enttäuschung, weil er mich ausgerechnet jetzt aus dem Badezimmer und ins Bett lotsen will. Natürlich. Weil es wieder so ist, dass ich gerade erst anfange, zu driften, während der Junge – während der *andere* schon will, dass ich mich für ihn einsammle und in eine Form sortiere, die ihm gefällt.

Aber seine Hand macht weiter, und die andere drückt meinen Nacken. Hält mich an Ort und Stelle.

Ich habe ihn falsch verstanden.

»Komm.« *Bleib da und komm.* Also drifte ich immer weiter. Ich lasse Europa zerfallen, Australien gegen Asien stoßen, ich habe 60 Millionen Jahre Zeit, oder vielleicht passiert all das auch in wenigen Minuten. Es gibt eine grandiose Zerstörung, und mein letztes Keuchen klingt in der kleinen Duschkapsel so, als ob jemand die Asche der Erde zusammenfegt.

»Gehen wir«, sagt er.

Auf dem Bett legt sich mein Kopf von allein wieder an die richtige Stelle. Über mir ein plakatgroßer Himmel im offenen Fenster, ein selbst gebautes Regal und ein Mann, der nie altern wird. Nicht für mich.

»Du kannst auch oben sein.«

»Meine Knie …«

Sein spöttisches Lächeln kehrt zurück. »So gut, ja?«

»Ja. Stell dir vor.« Ich glaube, ich kopiere seinen Ausdruck. Das ist beruhigend, das erzeugt dieses *befugte* Gefühl. »Also, warst du jetzt in der Drogerie oder nicht?«

Ich habe etwas Dunkles, Plötzliches erwartet, das bis in den Bauch zuckt, vielleicht mit dem Klang einer reißenden Gitarrensaite. Einen Widerstand, eine Art Schalter. Stattdessen fühlt es sich an, als ob man im Sommer das erste Mal barfuß über rauen Asphalt läuft und sich dabei ein bisschen Haut abschürft. Wie seltsam, dass ich dem Gefühl nicht ausweichen soll. Nicht beiseitegehen, ins Gras, nicht stehen bleiben.

Ich bin stark und fest.

Dann herrscht eine Zeit lang das Bild von etwas Fremdem in meinem Körper. Es könnte alles Mögliche sein, es gehört nicht zu mir. Ich atme. Wir sehen uns an und er hält still. Auf dem Himmelsplakat verblasst eine weiße Kondensspur.

»Ich war auch neunzehn«, sagt er.

Da umklammere ich ihn mit den Beinen, und als die weiße Spur vom Himmel verschwunden ist, gehört alles, was in mir ist, mir. Vorsichtig bewege ich mein Rückgrat. Kippe das Becken. Wir gleiten umeinander. Ich muss lächeln.

»Gut gemacht«, sage ich. »Bis jetzt.«

»Hm?«

»Kann ich noch mal kommen? So?«

Er lächelt auch und sagt, als ob er zurückfragt: »Weiß ich nicht?«

Ich lege eine Hand auf seinen Hintern.

Kommen. Ich will kommen, und ich will ihn kommen sehen. Ich will wissen, ob es verschiedene Orte sind, an die wir gelangen.

Als ich am Abend zur Bahn gehe, wirkt die Hitze fadenscheinig, zerschlissen; man kann etwas Kühles hindurch atmen, vor den Kellerfenstern sogar schon etwas Kaltes. Bald wird sich alles ändern. Ich werde allein sein, und der Winter wird mir arktisch vorkommen, dunkel und einsam wie unter einer Aschewolke. Aber vielleicht hätte kein Wetter dem Vergleich mit der Hitze dieses einen Tages standgehalten. Weil ich die Hitze gar nicht richtig erkannte. Weil sie so rabiat und gesetzlos war, wie ich danach lange nicht mehr zu sein wagte.

Ich erinnere mich noch daran, dass die S-Bahn auf dem Rückweg kurz vor der Brücke anhielt, *außerplanmäßig*. Niemand
erklärte den Halt. Im Waggon herrschte Stille. Eine Mücke
schwirrte vor meinem Gesicht herum, blieb in der Luft stehen
und sah mich an, als ob ich sie kennen müsste. Dann rollte die
Bahn sehr langsam über den Fluss. Alle Brückenpfeiler standen
da, einzeln, klar und deutlich. Der Waggon war immer noch
aufgeheizt von der Sonne und mein T-Shirt inzwischen wirklich zu dick und zu warm.

Herr Neumann

»Hier entlang, bitte«, sagt Herr Neumann.

Ich warte darauf, dass er in irgendeine Richtung weist, aber das tut er nicht. Er steht bewegungslos vor mir. Als ob er sich selbst meint. *Zu mir entlang, bitte.* Es sind die ersten Worte, die er an mich richtet. Nach unserer professionellen und absolut austauschbaren Begrüßung.

Irgendwo neben uns zieht ein Drucker seufzend Papier ein. Jemand beendet ein Telefonat und legt auf.

Wir sehen einander in die Augen. Wir stehen da, zwei Erwachsene in ihrer jeweiligen Rolle, und dann dehnt sich der Moment über uns aus, wölbt sich, schillert, zerplatzt. Abrupt wendet Herr Neumann sich zum Gehen. Ich folge ihm.

An solchen Unregelmäßigkeiten bin ich schon immer hängen geblieben. Interessante kleine Webfehler im Alltag, scheinbar überflüssige, verdächtig unprofessionell gearbeitete Schlaufen. Ich habe sie lange ignoriert, und zwar erfolgreich, und darauf war ich stolz. Besonders in den letzten fünf Jahren.

Eine Redensart nennt Liebe *ein unordentliches Gefühl*, aber für mich war sie Ordnung. Ein Plan, ein Weg und immer häufiger eine beruhigende Erklärung. Deshalb sah ich stets gezielt an den interessanten kleinen Schlaufen vorbei. Ich war treu. Alles andere wäre mir inkonsequent vorgekommen. Auf keinen Fall wollte ich scheitern an diesem großen, schönen, wichtigen Gefühl. *Wir* durften keinesfalls scheitern. Das Prinzip galt bis vor ein paar Wochen. Das *Wir* galt bis vor ein paar Wochen.

Jetzt folge ich Herrn Neumann durch einen langen Flur. Ich bin auffällig allein mit ihm; ein dunkelgrauer Teppich lässt unsere Schritte schüchtern verstummen, und plötzlich will ich wissen, was passiert, wenn man nach einer dieser Alltagsschlaufen greift und einfach daran zieht.

Mir rieselt etwas aus den Taschen, ein letzter Rest. Liebe, ein *anständiges* Gefühl. Die Spur verliert sich hinter mir auf dem Teppich.

Geschlossene Bürotüren ziehen mattweiß vorbei, in so gleichmäßigen Abständen, dass ich an die Reflektoren am Rand einer nächtlichen Autobahn denken muss. Und an das wiederkehrende, blau leuchtende, Erlösung verheißende Schild: *Ausfahrt*.

Herr Neumann ist mein Begleiter auf dem Weg zu einer Ausfahrt, könnte man sagen. Nun ja. Er ist Anwalt. Kein Scheidungsanwalt, denn ich war nicht verheiratet. Er ist Experte für Sachfragen und mittlere Konflikte, nicht für überlebensgroße.

An einer Bodenvase mit kunstvoll arrangierten, nackten Zweigen biegen wir links ab. Ein weiterer Gang. Hinter den Türen ist es so still, als stünden die Büros alle leer.

Ich hatte – *wir* hatten – ein leer stehendes Zimmer in unserer Wohnung. Drei Jahre lang. Am Anfang versuchte ich noch, ihm eine provisorische Funktion zu geben, Büro, Bibliothek, aber auf den Wänden lag ein Schimmer, je nach Lichteinfall blau oder rosa, der wie eine glatte Beschichtung alles abwies. Alles *andere*.

Mein Freund hat nicht gedrängelt. Er sah mich nur an, je nach Lichteinfall hoffnungsvoll oder betrübt. Ungläubig, weil sein Wunsch einfach nicht meiner werden wollte. Stattdessen wurde ich unter seinem Blick nach und nach zu etwas Leerem. Ich war nicht mehr vollständig und nicht mehr genug.

Herr Neumann ist kein Scheidungsanwalt, denn der einzig überlebensgroße Konflikt zwischen meinem Freund und mir, die allerschlimmste, schmerzhafteste Frage, war exakt mit dem Moment gelöst und beantwortet, als wir uns trennten. Zwischen uns herrschte der Frieden von zwei unterlegenen Parteien. Wir hatten uns nichts wegzunehmen. Wir hatten einfach nur beim Mietvertrag schlecht aufgepasst. Zehn Blatt Papier und eine winzige Heftklammer, die uns aneinandertackerte.

Herr Neumann geht in einem mietrechtsgrauen Anzug vor mir her. Er hat einen sportlichen Rücken, aber er bewegt sich, als sei ihm das Gefühl, in einem Körper zu stecken, etwas unangenehm. Als halte er eine andere Erscheinungsform für seriöser. Sein Gang erklärt seinen Körper mit jedem Schritt für nichtig, für unwirksam, versucht es jedenfalls, und dabei entsteht ein seltsames Flimmern. Wahrscheinlich könnte man, wie einige Menschen bei schnellen Rot-Grün-Blitzen, in Ohnmacht fallen, wenn man zu lange hinsieht.

Ich sehe lange hin. Sein Körper ist eine Klausel, die sich partout nicht streichen lässt.

Auf dem Schild neben seiner Bürotür steht nur *Herr Neumann*. Ohne Vornamen. Das gefällt mir. Es passt zu ihm. Vornamen sind ebenfalls etwas leicht Unseriöses, und deshalb hat er seinen ausgezogen und stattdessen das uniforme *Herr* für mich angelegt. Es schmiegt sich eng wie ein Geschirr um ihn. Man könnte ihn daran festhalten.

Beim zweiten Termin haben wir schon eine kleine Choreografie an der Tür. Er öffnet sie, lässt mir den Vortritt, am Tisch warte ich auf ihn und wir setzen uns gleichzeitig.

Herr und *Frau*.

Eigentlich, fällt mir heute ein, sind diese Anredeformeln überhaupt nicht seriös. Im Gegenteil. Sie weisen ständig darauf hin, dass Geschlechtsteile anwesend sind.

Wo es doch hier um völlig anderes gehen soll.

Herr Neumann sagt etwas und deutet auf eine Stelle in dem Schriftstück, das zwischen uns liegt. Er sieht mich erwartungsvoll an.

»Entschuldigung, ich war … Was haben Sie gesagt?«

»Ich sagte: Es sieht schlecht aus.«

Meine Fingerspitzen werden kalt, aber da fährt er schon fort: »Für Ihren Vermieter.«

Sein Blick ist eine Spur amüsiert, aber so ist er eigentlich immer. Ich versuche, das nur als personalisierten Ausdruck von *freundlich & verbindlich* zu deuten.

»Also, Sie haben auf jeden Fall Chancen …«

Leider ist es zu spät. Ich habe diesen Blick schon nach unserem ersten, seltsamen Moment am Empfang mit einer gewissen Abgründigkeit ausgestattet. Mit einem Geheimnis, dem ich nachgehen will.

»Dann machen wir das so«, sagt Herr Neumann etwas später, und als ich nicke, legt er die Papiere aufeinander.

Er bringt mich jedes Mal wieder zurück zum Empfang, als

könnte ich sonst wie in einem Labyrinth nicht mehr hinausfinden.

Nachmittags hat er einen leichten Bartschatten. Ich stelle mir vor, wie er abends aussieht, wenn die Härchen noch weiter gewachsen sind, unbeirrbar körperlich. Wie sich fast schon Zigarettenrauch zwischen ihnen fängt. Herr Neumann könnte Raucher sein. Vielleicht rauchen aber auch nur seine Kollegen. Ich komme ihm nicht nah genug.

Wenn ich hinter ihm über den Flur gehe, betrachte ich seinen Nacken. Er trägt die Haare genau zwei Zentimeter zu lang für seine Branche. Nicht so, dass es schon unpassend wäre, nur so, dass es auffällt. Kein herausgewachsener Schnitt, sondern Absicht. Die Länge hat etwas Subversives. Wie ein leises, beharrliches Klopfen aus der Nachbarzelle: ein Zeichen, dass dort noch jemand ist. Herr Neumann hat ein geheimes Leben. Vielleicht ist es ihm selbst so geheim, dass er nichts davon weiß, aber es ist da. Ein dezenter Riss in der Oberfläche, aus dem flüsternd die Hitze emporsteigt.

Natürlich könnte es auch bloß meine eigene Hitze sein.

Wenn ich nach einem Termin zurück ins Erdgeschoss gefahren bin und auf den Vorplatz trete, rieselt mir das deutliche Gefühl über den Rücken, dass Herr Neumann mich von seinem Büro aus beobachtet. Mit einer Zigarette in der Hand. *Genüsslich.* Dann spannt mein Rock, meine Hose, mein Mantel über dem Hintern. Ich könnte mich einfach umdrehen und die Illusion zerstreuen, aber etwas hält mich davon ab. Also guckt mir Herr Neumann jedes Mal hinterher, wenn ich über den Platz gehe. Dreist betrachtet er meine Hüften. Sie sind voller als früher. Ja, das Universum dehnt sich aus.

Bei unserem letzten Termin behalte ich den Mantel an und die Hände in den Taschen. Vor allem die Rechte. Sie schwitzt. Ich schwitze.

Ich bin für so etwas gar nicht der Typ; das habe ich nachgelesen. Leute, die der Typ für sowas sind, schreiben im Internet coole Sätze wie: *aufriss im club, nach 10min zu mir, 2std rumgestosse, nicht viel ahnung von seiner seite aber gut gefingert.*

Die Erkenntnis, dass ich nicht der Typ für so was bin, war nutzlos. Weil ich jetzt trotzdem hier sitze und in meiner rechten Hand ein kleiner, gefalteter Zettel langsam feucht wird. Weil es eigentlich Spaß gemacht hat, den Zettel zu schreiben. Es war ganz einfach.

Du gefällst mir. Gehen wir »was trinken«?

Irgendeine Instanz in mir wusste genau, was ich schreiben wollte. Schon das *Du* war eine Übertretung, und ich fand, die Anführungsstriche drückten auf nette Weise meinen Wunsch nach weiteren Übertretungen aus.

»Das ist ein ziemlich erfreulicher Abschluss«, fasst Herr Neumann zusammen. Er hält mir die zwei letzten Unterlagen hin. Eine links, eine rechts. Ich muss sie nehmen. Im Dunkel meiner Manteltasche lasse ich den kleinen Zettel los.

Diesmal kommt mir die Strecke zurück zum Empfang tatsächlich labyrinthisch vor, und sehr, sehr lang. Ich schleiche wie eine Diebin über den Teppich.

Wir bleiben stehen, und Herr Neumann streckt mir die Hand hin, aber nicht den Blick. »Dann alles Gute für Sie«, sagt er zu meinem Mantelkragen.

Als ich zögere, hebt die Rezeptionistin den Kopf.

Ich ziehe die Hand aus der Tasche und drücke sie gegen seine. Dabei sehe ich ihm möglichst herausfordernd in die

Augen. Herr Neumann friert ein. Ich auch. Es ist wie in einem Special-Effects-Film, *Matrix* oder so. Die Kamera kreist um unser Standbild, gleich kommt die Szene, in der ich den Kugeln ausweiche. Aber zuerst wird der Empfangstresen samt Mitarbeiterin gelöscht, die Wände, die Stockwerke über uns. Wir stehen auf einer turmhohen, völlig freien Plattform. Der Wind saust in meinen Ohren.

Ich weiß sofort, dass ich diesem Gefühl verfallen bin. Diesem Schwanken. Chance und Risiko, Peinlichkeit, Abenteuer. Meine Hand liegt in der von Herrn Neumann, und als er blinzelt, ziehe ich sie langsam zurück.

Der Zettel ist nicht mehr meiner Hand, und er liegt nicht auf dem Boden. Anscheinend bin ich talentiert. Herr Neumann auch. Natürlich: ein weiteres Indiz für sein geheimes Leben. Er steckt die Hand in die Tasche seiner Anzughose, dreht sich ohne ein weiteres Wort um und geht weg, den Flur hinunter.

Im Fahrstuhl atme ich tief aus.

Als ich über den Platz gehe, greift mir der nasse Wind unter den Rock. Oder ist es der Blick von Herrn Neumann? Ich muss stehen bleiben, weil in meinem Unterleib ein tiefes Wummern aufbrandet, ein Gefühl, als hätte ich eine laute, ungenierte Mitbewohnerin, die einfach ihre Boxen aufstellt und den Bass hochjagt. Alles Gewebe übernimmt ihren Rhythmus, einen pochenden Phantomschmerz. Der Rest von mir will sich beschweren, aber ehrlich gesagt: Die Musik ist verdammt gut. Ich gehe in ihrem Takt zur Bahn, und jeder Schritt von mir nimmt ein Stück Straße in Besitz.

Eine lange Kurznachricht von Herrn Neumann teilt mir am selben Abend mit, er sei gar nicht der Typ, habe so etwas noch nie, sei wirklich sehr geschmeichelt (hier bin ich schon fest davon überzeugt, dass er absagt), und ja, er wolle etwas mit mir trinken. Die Anführungsstriche um die letzten Worte hat er weggelassen. Er duzt mich. Es folgen ein paar ungelenke, rührend allgemeine Komplimente.

Herr Neumann ist aufgeregt. Mindestens so aufgeregt wie ich, und das finde ich überraschend heiß. Leute, die *der Typ dafür* sind, sind nicht aufgeregt. Zumindest, so habe ich das verstanden, will niemand die Aufregung haben. Die Special Effects.

Am Ende der Nachricht von Herrn Neumann steht sein Vorname. Ich versuche, ihn nicht zu lesen.

Wir einigen uns auf eine Bar, von der ich glaube, dass ihr Treibhausklima genau richtig für uns ist. Verraucht und vollgestopft mit Leuten, die wesentlich jünger sind als wir, und vor allem mit den Pheromonen dieser Leute.

Schon von draußen sehe ich ihn. Er hat seine schmale Anzughose gegen Jeans im Cargoschnitt eingetauscht und die Schuhe gegen etwas, das man beim besten Willen nur als Wanderstiefel bezeichnen kann. Er trägt einen kleinen, hoch sitzenden Rucksack. Als ob er eine Art Survivaltour befürchtet. Vielleicht ist ihm die Aufregung doch weniger angenehm als mir.

»Guten Abend, *Herr Neumann.*«

Immerhin lässt er sich auf das Spiel ein und siezt mich wieder konsequent.

Er raucht tatsächlich, und er sieht gut aus dabei. Auch etwas entspannter. Als ob es weniger das Nikotin ist, das ihn beruhigt, sondern eher die vertrauten Bewegungen, denen sich sein Mund und seine Hände hingeben. *Genüsslich.*

Aber da er kein Kettenraucher ist, hat sich diese Möglichkeit der Stressbewältigung recht bald erschöpft. Ich halte das Gespräch am Leben, während sein Blick unstet durch den Raum wandert. Wir sitzen an der Längsseite der Bar. Er trinkt Bier, ich Wein. An der Stirnseite knutscht ein Pärchen. Beide Frauen tragen ein weißes Hemd, und das Weiß verschwimmt zwischen ihnen, als wären sie in eine gemeinsame Stoffbahn gehüllt.

Herr Neumann drückt die Zigarette aus.

Er nimmt auf der Theke meine Hand, sieht mir tief in die Augen und vollführt ein Zeitlupenblinzeln.

Manche Schauspieler blinzeln so, wenn sie darstellen sollen, dass sie tief berührt sind. So tief, dass sie die Welt und das berührende Objekt kurz aussperren müssen, indem sie die Augen schließen. Zum Beispiel, wenn im Drehbuch steht: *Liebe auf den ersten Blick.*

Es ist schrecklich. Falscher Film, falsches Genre.

Als er die Augen wieder öffnet, hängt der Rest seines Blinzelns penetrant wie synthetische Vanille zwischen uns in der Luft. Herr Neumann ist bestimmt ein anständiger Mensch, und ich will ihm nichts Böses, aber ich will auch keine falsche Liebe auf den ersten Blick. Ich möchte einfach nur gern mit ihm schlafen.

Weil ich nämlich doch der Typ dafür bin.

Er sieht mich mit waidwundem Lächeln an und streichelt mechanisch meinen Handrücken, bis ich es nicht mehr aushalte. Ruckartig drehe ich die Hand um und schiebe sie näher zu ihm, sodass seine Fingerkuppen über die dünne Haut auf meiner Pulsader gleiten.

»Warum spielst du mir was vor?«, frage ich.

Sein Streicheln stoppt mitten in der Bewegung. Plötzlich stehen wir wieder auf der freien Plattform, und die paar Quadratmillimeter Hautkontakt bilden unseren einzigen Halt, den Dreh- und Angelpunkt der ganzen Szene.

Aber Herr Neumann hat ein anderes Skript. Er sagt, als ob er daraus abliest: »Du bist doch viel zu schade für ... so was hier.«

Er sagt es leise, aber es ist wie ein Stoß vor die Brust. Wir werden von der Plattform stürzen, beide, weil es der falsche Satz für diesen Film ist. Ich ziehe die Hand weg. Sofort löst sich die Szene auf. Mein Glas ist leer, und in dem von Herrn Neumann steht nur noch eine Pfütze.

Wenn du das wirklich glaubst, denke ich, *wenn du glaubst, dass ich für etwas, das ich will,* zu schade *bin, glaubst du in Wirklichkeit, dass es egal ist, was ich will.*

Vielleicht sollte ich gehen.

Neugier hat die Katze umgebracht.

Ich greife in seinen Nacken und küsse ihn.

Nach einer Schrecksekunde küsst er zurück, erst mit provozierend schüchterner Zunge, dann wie ein Verfolger, der aufholen will. Mein Fuß rutscht von der Strebe des Barhockers; fast verliere ich das Gleichgewicht. Aber Herr Neumann greift mit seinem Mund nach mir und hält mich fest wie Beute. Ich ihn auch.

Als der Kuss endet, blinkt ein lüsternes Erkennen in seinen Augen auf, doch es verlischt sofort. Mir fällt die Geschichte mit den Ureinwohnern und den Schiffen ein. Vielleicht nur ein koloniales Märchen, aber angeblich konnten diese Ureinwohner die Schiffe nicht sehen, die eines Tages am Horizont auftauchten. In ihrer Kultur baute man keine Schiffe. Die Erscheinung war dermaßen undenkbar, dass sie vom Bewusstsein sofort gelöscht wurde. Und so bemerkten die Ureinwohner erst viel zu spät, dass eine Horde gieriger, bewaffneter Eroberer an ihrer Küste gelandet war.

Leute wie ich.

Wenn ich jetzt nichts unternehme, wird er mich in wenigen Minuten wieder falsch verliebt ansehen. Übersehen.

»Gehen wir?«

Herr Neumann nickt stumm.

Die Kälte draußen ist wie das Tauchbecken nach einem Saunagang. Ich bin hellwach und kribblig, fast mehr vor Freude als vor Lust. Herr Neumann hat etwas für mich abgestreift. Sein geheimes Leben schimmert schon durch, und jetzt will ich ihm alles ausziehen. Nicht nur die Kleidung, alles.

Aber die Kleidung zuerst.

Er besitzt den schönsten Penis, den ich je gesehen habe. Vielleicht habe ich aber auch noch nie auf die richtige Art hingesehen. Die besondere Form deutet sich jetzt schon an, obwohl er noch nicht ganz hart ist und wahrscheinlich nicht sehr groß werden wird. Aber er hat so eine … sanfte Kurve nach oben. Wie ein Sinnbild für freundlichen Optimismus. Und ich weiß sofort, was diese Kurve kann. Welche Stellen sie mühelos erreichen könnte, wenn wir es richtig machen.

Meine Beine werden vor Freude ganz schwach. Ich falle vor Herrn Neumann auf die Knie.

Er riecht sauber, ein bisschen nach Staub, warm-säuerlich wie die Luft in der Kaffeeküche eines Büros, wo aus Platzgründen auch der Kopierer steht. Leicht überhitzt.

Ich streiche über seine Kniekehlen und lecke mir die Lippen. Noch schmecke ich nur nach mir selbst. Aber gleich. Gleich.

Jetzt.

Mein egoistischer Mund will alles für sich allein, will nicht einmal meinen Händen etwas abgeben, und deshalb sauge ich Herrn Neumanns Schwanz in meinen Mund, ohne ihn anzufassen. Ohne auch nur den Kopf zu bewegen. Es dauert lange und wird eine ziemlich nasse Angelegenheit. Herr Neumann tritt millimeterweise näher, bis ich so viel von ihm im Mund habe, dass ich nicht weitersaugen kann.

Er hat eine Beherrschung und Geduld, wie sie nur aus jahrelangen, zähen juristischen Kämpfen erwächst.

Zwischen uns wird es still.

Dann spüre ich die Bässe in meinem Unterleib. Diesmal ist der Rhythmus fast betäubend, der Puls, der Druck, ein Phantom*schwanz*. Ich atme langsam durch die Nase ein und aus. Ein und aus.

Als ich anfange, den Kopf zu bewegen, höre ich über mir ein singendes Geräusch. Herr Neumann stöhnt leise, mit viel Atem, es ist ihm ernst. Sein Stöhnen ist wie ein weich geschwungenes, handschmeichlerisches Objekt aus Stein. Grau, glänzend poliert, sodass man es bedenkenlos auf dem Wohnzimmertisch liegen lässt, selbst wenn Besuch kommt – dabei dient es schamlosen Zwecken.

Nach einer Weile zieht er mich zu sich hoch und küsst mich ohne jede Befangenheit. Wir kriechen ins Bett. Er beugt sich zwischen meine Beine, um sich zu revanchieren, aber ich bin schon zu weit.

»Bitte. Bitte fick mich einfach.«

Ich hätte gern noch ein bisschen darum gebettelt. Aber Herr Neumann ist eben kein Spieler, das habe ich inzwischen verstanden. Er positioniert sich mit gespreizten Knien zwischen meinen Schenkeln, hebt meine Beine und gleitet, ruhig mit den Hüften kreisend, in mich und wieder hinaus. Seine aufrechte Haltung ist anmutig wie eine Yogafigur. *Ebbe und Flut* müsste sie heißen. Sollte ich diese Haltung jemals in anderem Zusammenhang sehen, egal wo, wird sie mich erregen.

Bloß gibt es wohl nicht viele andere Zusammenhänge.

Herr Neumann hält meinen Blick, aber wegen seiner Anmut und der Steilkurve seines Schwanzes schließe ich schon nach ein paar Minuten die Augen. Er macht einfach weiter, auch als ich schon zappele wie ein geangelter Fisch auf dem Bootsdeck; er macht weiter, in diesem vernichtend guten Tempo.

Ich komme heftig und lange und laut, und danach, sobald ich meinen Beinen wieder etwas zutraue, hole ich uns einen Schnaps. Ich *brauche* einen Schnaps. Ich habe ihn *sehr, sehr nötig*. Und auch Herr Neumann verdient einen.

Wir lehnen uns ans Kopfende meines Bettes und trinken schweigend, wie Arbeiter, Kollegen, die eine schöne Etappe ihres gemeinsamen Werks geschafft haben und *sehen, dass es gut ist*.

Ich gebe zu: Ich habe ganz kurz an Gott gedacht. Gott in der Schöpfungswoche, Mittwochabend. Im Kontrast zu uns war er allein. Es gab ja noch keine Menschenseele, sondern erst Land, Meer und Pflanzen, die alle so einschüchternd unbenutzt glänzten. Armer Gott.

Herr Neumann und ich trinken unseren Kollegenschnaps. Ich glaube, Vertrauen entsteht in gemeinsamen Pausen. Nach dem Schnaps jedenfalls vertraue ich Herrn Neumann meinen Körper völlig an, meinen klebrigen, ganz und gar nicht mehr unbenutzten Körper. Ich lasse ihn mit ihm allein. Das Gesicht lege ich in ein Kissen, während Herr Neumann mich von hinten nimmt, unbeobachtet.

Seine Hände liegen links und rechts unter meinen Rippen, an der weichsten Stelle meiner Taille. Wieder und wieder zieht er mich sanft zurück, auf sich, und stößt mich dann mit den Hüften nach vorn. Mal weich, mal mit etwas mehr Schwung, und ab und zu fickt er mich richtig schön hart durch. *Viel...*

leicht ... ist ... er ... doch ... ein ... Spieler, denke ich in seinem Rhythmus.

Nur ein paarmal lässt er meine Taille los, um die gewölbten Hände unter mir zu meinen Brüsten gleiten zu lassen. Ich hänge sie mit einem geheimen Vergnügen hinein, das etwas mit dem Akt des *Hängens* an sich zu tun haben muss, ja, ich denke sogar ausgiebig *hängende Brüste*.

Die Spitzen tanzen über seine Handlinien.

Ich denke an reife Birnen, und Herr Neumann vielleicht auch, denn er drückt die empfindlichen Früchte vorsichtig, zupfend, und sie fallen ihm wie von selbst in die Hände. Dieses Gefühl lässt mich glatt noch einmal kommen, ganz weich und süß diesmal.

Mit der Zeit fange ich an, mich zu wundern. Herr Neumann huldigt meinem Körper, scheint aber seinerseits immer auf demselben Niveau von Erregung zu bleiben. Ich rechne ständig damit, dass sich sein Rhythmus unkontrolliert beschleunigt oder verlangsamt, verstärkt, jedenfalls: auf einen Höhepunkt zubewegt, wie auch immer der aussehen könnte. Nichts dergleichen passiert.

Zwischendurch lässt seine Erektion nach, ich streichele ihn und hole uns noch einen Schnaps.

»Möchtest du gar nicht kommen?«, frage ich.

»Mal sehen.«

»Etwas Spezielles?« Er hat noch keinen einzigen Wunsch geäußert.

»Nein, das ist alles sehr schön.«

Ich trinke aus und beuge mich über ihn. Er schließt die Augen und legt die Arme über dem Kopf ab. Langsam küsse ich mich wieder nach unten.

»Der schmeckt doch jetzt nach Gummi«, wendet Herr Neumann ein.

»Quatsch.«

»Fand meine Frau immer.«

Ich probiere. Dabei denke ich nach. *Fand? Findet?* Vielleicht kommt er nicht, weil er Schuldgefühle hat.

»Ist das schon länger her?«, frage ich.

»Na ja.«

»Kein bisschen Gummi«, versuche ich zu sagen.

»Man spricht nicht mit vollem Mund.«

»Hab baf auf beine Fau bewagt?«

Herr Neumann lacht.

Sein entspannter Penis fühlt sich leicht an, gar nicht *en garde*; niemand käme auf die Idee, ihm Waffen- oder Werkzeugnamen zu geben. Er liegt in meinem Mund wie ein Streifen reifer Mango, und ich werde ganz schläfrig. Es ist wie bei einem sehr frühen Frühstück, wenn ich mehr meinen Traumresten nachhänge als zu essen.

Vielleicht nehme ich noch ein Ei dazu.

Herr Neumann scheint auch schläfrig zu sein. So schläfrig, dass man ihn zu allem Möglichen verleiten kann.

Ich schiebe seine Beine weit auseinander, stütze einen Ellbogen auf und mache es mir gemütlich. Nach einer Weile passt sein Penis nicht mehr ganz in meinen Mund.

Als ich einmal hochsehe, liegt auf seinem Gesicht ein entrücktes Lächeln. Ich werde wach und ziehe das Tempo an. Steigere den Druck. Aber: nichts.

»Zeig mir mal, was du magst«, sagte ich.

»Genau das.«

Irgendwann lasse ich von ihm ab, und er wirkt weder enttäuscht noch erleichtert.

»Hmm, das war toll.« Er zieht mich in seine Arme.

»Ja. Fand ich auch«, murmele ich. In Wahrheit bin ich etwas verstört. Aber er scheint recht zufrieden, und ich selbst habe nun wirklich keinen Grund, mich zu beschweren. Wir trinken einen dritten Schnaps, dann sucht er seine Kleidungsstücke zusammen.

»Bis bald«, sagt er im Treppenhaus.

Wir treffen uns wieder, in Abständen von jeweils ein paar Wochen. Manchmal kontaktiert Herr Neumann mich, häufiger melde ich mich bei ihm. Und egal, was wir machen: Er genießt es offenbar – und kommt nicht. Das scheint ihm geradezu gleichgültig.

Einmal fragt er, ob er mich so streicheln kann, wie ich es mache.

Ich führe seine Hand, aber das ist nicht präzise genug. Ich muss es erklären.

»Stell dir einen Plätzchenteig vor«, sage ich. »Auf dem Tisch.« Er legt seine Finger flach auf meine Vulva und drückt. »Nein, ausgerollt hast du ihn schon.« Sein Druck lässt nach. »Und du hast sogar schon mit den Förmchen lauter Sterne und Herzen und Ringe und Sternschnuppen und Weihnachtsbäume und ...«, ich sage noch ein paar Keksformen, um ihn warten zu lassen, und als ich endlich beim Wort *ausgestochen* ankomme, sticht Herr Neumann aus Rache seine Fingernägel in meine Haut.

»Oh, tut mir leid«, sagt er unschuldig. »Das habe ich wohl falsch verstanden.«

»Jetzt willst du die Plätzchen von der Tischplatte kriegen. Sie kleben ein bisschen fest. Mach die Augen zu. Stell es dir vor. Was tust du?«

»Ich nehme einen Bratenwender?«

Aber er hat es schon verstanden. Seine Hand hat es so gut verstanden, dass sich unter meine wachsende Lust das irritierende Gefühl mischt, er sei in Gedanken in der Küche. Plätzchenbacken.

Mit leisem Vibrato ruckeln seine Finger den Teig hin und her, sodass sich alles sehr schön löst. Er streicht beharrlich über die Spitze einer Sternschnuppe, bis sie sich ein Stück einrollt, nach oben ragt, und dann zupft er an der buttrigen Weichheit und hebt sie unversehrt hoch, hoch, hoch.

Er nascht. Das geht in Ordnung.

Andere Leute backen zusammen, wir haben Sex. Wir teilen sonst nichts miteinander. Wir behandeln uns höflich und freundlich. Wir müssen nicht versprechen, unser gemeinsames Hobby mit niemand anderem zu teilen. Das wäre absurd. Vorerst aber sind wir in genau dieser Konstellation, Herr Neumann und ich, einfach zu gut, um aufzuhören.

Ja? Sind wir gut? Bin *ich* gut? Wie war ich? Jedes Mal, wenn ich nachglühend in meinem Flur oder in seinem Treppenhaus stehe, frage ich mich das. Mir fällt ein Ex-Freund ein, der mir nach dem Sex immer die Zahl der Orgasmen ins Ohr flüsterte, die er mir diesmal verschafft hatte. Zwei bis drei sollten es sein, sagte er, *»das ist die halbe Miete«*. Eine Phrase, die gleich ein paar andere mitbringt und in meinem Kopf liegen lässt wie Gerümpel: Selbst wenn *es nicht an mir liegt*, wie lange *kann das noch gut gehen*, wenn *er nie zum Schuss kommt*?

Als es Frühling wird, spreche ich diese Gedanken einmal aus.

Herr Neumann lacht leise gegen meine Bauchdecke. »Ich habe doch so schönen Sex mit dir ohne dich«, sagt er.

Es dauert einen Moment, bis ich glaube, ihn verstanden zu haben.

»Ach. Ich bin deine Wichsvorlage?« Das Wort scheppert, als ob es gar keine Bedeutung hat.

»Wenn du das so unschön ausdrücken willst...« Herr Neumann raspelt versonnen mit seinem Kinn über meinen Oberschenkel.

Eigentlich weiß ich überhaupt nicht, was ich jetzt für eine Meinung haben soll. Ich bin überrascht. Die Männer, mit denen ich zusammen war – die ich *geliebt* habe –, redeten fast alle eher abfällig übers Masturbieren. Es schien ein notwendiges Übel für sie, eine immer etwas lächerliche und armselige Ersatzhandlung. Mehrere haben für das Gefühl dabei das Wort *schal* verwendet.

Herr Neumann haucht zwischen meine Beine. Ich stelle mir vor, wie er Sex mit mir ohne mich hat. Rückhaltlos und streng geheim. Das Bild glänzt verführerisch, es zieht Saft wie gezuckerte Erdbeeren.

Natürlich bemerkt er das, grinst und leckt den Überfluss auf. Sehr gewissenhaft.

»Kann ich mal zusehen?«, frage ich außer Atem.

»Vergiss es.« Ein entschiedener Luftstoß, kalt auf meiner nassen Haut.

»Bitte ... Ich bin auch ganz ...«

Sein Mund bringt mich mit einem kräftigen Unterdruck zum Schweigen. Ich spüre die winzigen Nadeln oder Nägel, die man nur sieht, wenn man die Spitze einer Erdbeere ganz dicht vor Augen hat. Dann nimmt er sie mir wieder weg. Herr

Neumann ist inzwischen Fachanwalt für meinen Körper. Ein Experte.

Ich frage ihn, wann und wie er *es sich mit mir macht*. Direkt nach unseren Treffen? Im Bett? Im Badezimmer? Er lächelt nur. Und diesmal lässt er mich betteln.

An einem Sonntagnachmittag, inzwischen ist es draußen heiß, öffnen wir das Fenster, ziehen die Gardinen zu und bewegen uns in dem weichen, kontrastlosen Licht. Heute sind wir sehr leise. Ich seufze, Herr Neumann summt und murmelt, und jemand von draußen könnte aus dem, was man hört, nicht unbedingt auf das schließen, was wir tun. Er könnte ebenso gut denken, dass hier eine Frau getröstet wird, die ein bisschen traurig ist. Mir fällt auf, dass ich lange nicht mehr traurig war. Das habe ich mir zu verdanken und Herrn Neumann. Ich suche an seinem Körper die beste Stelle für einen dezenten Dank an uns beide. Es müsste eine Stelle sein, die empfindsam ist, erregbar, aber leicht zu übersehen. Ein bisschen wie Herr Neumann selbst.

Er liegt auf dem Rücken.

Ich schiebe seine Knie nach oben. Während ich ihn streichle, sehe ich ihm ins Gesicht. Merkt er, dass ich etwas suche? Er hat schöne, muskulöse Oberschenkel. Sehr weiche Haut unter dem Nabel. Aber, nein, das ist es noch nicht. Meine Fingerkuppen gleiten zwischen seinen Beinen hindurch, scheinbar ziellos, bis zu dem flachen Stück Haut hinter seinen Hoden.

Er atmet tief ein, als ob er eine Rede halten will, vielleicht ja ebenfalls einen Dank an uns beide. Aber er schweigt. Seine Augen sind geschlossen.

Die kleine Hautstelle ist warm und nachgiebig, ein bisschen stumpf, sie lässt sich gut reiben.

Herr Neumann fängt an, leise und lasziv zu stöhnen, und ich ändere überhaupt nichts. Weder das Tempo noch die Intensität. Auch nicht, als er den Rücken durchbiegt und sich mir entgegenstreckt. Etwas hat sich verändert. Es gibt kein Ziel mehr und keinen Weg, nur noch eine weite Fläche, sonnenwarm und offen in alle Himmelsrichtungen. Herr Neumann keucht, seine Brustwarzen sind dunkel zusammengezogen. Ich will nicht schon wieder nass werden, aber gegen dieses Bild bin ich machtlos. Immerhin halte ich eisern mein Tempo. Sehr lange halte ich es, bis der Anblick und die Geräusche einfach zu viel werden, bis ich zwischen meine Beine greife und innerhalb von Sekunden über ihm zusammenbreche.

Herr Neumann lächelt.

Ich will ihn schlagen. Aber dann auch wieder nicht, denn ich habe ihn wirklich sehr gern.

An dem Abend, allein im Bett, denke ich noch einmal ausgiebig an seine Geräusche. An seinen Geschmack. Die Landschaft seiner Handrücken.

Ich streichle mich, aber mir wird nicht einmal warm.

Herr Neumann braucht etwas, er sucht und greift danach. Vielleicht kommt er nur, wenn er jemanden liebt. Vielleicht hat er deshalb ganz am Anfang so getan. Nicht meinetwegen, sondern weil er es sich wünscht, und das darf niemand wissen. Wer weiß. Es könnte auch etwas ganz anderes sein, was er braucht, und er hat selbst noch keine Ahnung. Alles Mögliche könnte es sein.

Aber ich bin es nicht.

Wie schade, flüstert mein müdes Denken, und dann schlafe ich ein, mit einer Fingerspitze auf der Klitoris wie auf dem Aus-Knopf.

Unsere Treffen sind immer noch schön, aber sie werden seltener. Sie werden seltener, sind aber immer noch schön. Es kommt mir vor, als ob wir nicht das passende Endstück besitzen. Irgendwann sage ich das zu Herrn Neumann.

»Ja, vielleicht«, stimmt er mir ohne Zögern zu.

Wir umarmen einander zum Abschied, sehr fest.

»Danke«, sagt er, und ich tue so, als ob ich nicht weiß, was er meint.

In den Monaten danach schlafe ich noch oft mit Herrn Neumann. Er ist nie dabei, und er kommt jedes Mal.

Apfelringe

Es ist sieben Uhr früh, als der Kidnapper in meiner Straße hält. Ich steige ein und knalle die Beifahrertür zu.

»Na endlich«, sage ich.

»Ach, du schon wieder«, sagt Paul zur Windschutzscheibe. Er grinst. Und mir wird heiß.

Ach, das schon wieder.

Ich gucke ebenfalls ganz entschieden an ihm vorbei nach draußen, aber dort wälzt sich die Sonne gerade wie eine dicke Diva aus apricotfarbenen Laken. Das kann ja heiter werden heute.

»Hier.« Paul wirft mir eine Plastikpackung auf den Schoß. Noch bevor ich die Aufschrift lesen kann, erkenne ich die Farbe wieder. Sie muss sich vor Jahrzehnten in mein Gehirn gebrannt haben. Ein fieses Neongrün.

»Bist du irre? Ich hatte noch nicht mal Kaffee.«

Auf der Verpackung wickelt sich immer noch die gleiche Schlange mit dem geistesgestörten Blick um einen Zweig im gleichen Apfelbaum.

»Mach mal auf«, drängt Paul. »Nimm einen.«

»Wenn das dein Proviant ist, weigere ich mich, heute mit dir zusammenzuarbeiten.«

Er guckt erschrocken, aber ich meine es natürlich nicht ernst. Wir sind ein gutes Team. Wenn bloß unser Problem nicht wäre.

Umzüge bringen auf eine perverse Art Spaß. In meinem Bekanntenkreis sind eigentlich alle zu alt dafür, ihre Umzüge noch selbst zu machen. Manche verdienen inzwischen sogar zu viel Geld. Aber ein gemeinsamer Umzug ist ein Ausnahmezustand, ein archaisches Ritual des Konkreten: Man darf *scheiße* aussehen, Kraftausdrücke benutzen und, wenn man selbst die Umziehende ist, in sozial akzeptierter Form Nervenzusammenbrüche erleiden. Es gibt gemeinsame Feinde (Waschmaschinen, Treppenhäuser) und sichtbare Rückmeldung über Sieg oder Niederlage. Es gibt Schmerzen und Wunden und Mitleid. Wer auffällig oft bei Umzügen hilft, weiß (aber schweigt darüber), dass er in Wahrheit einem kleinen, schmutzigen Kriegsspiel verfallen ist. Einem *guilty pleasure*. Ich spiele es, und Paul spielt es auch.

Wir sehen uns immer nur, wenn jemand umzieht. So habe ich ihn kennengelernt, schon vor ein paar Jahren, und seit meiner Trennung helfe ich öfter als früher. Paul ist gefragt, weil er den kidnappingweißen Lieferwagen besitzt. Und einen praktischen, nein: *körperlichen* Sinn für angewandte Physik. Sein Körper *spürt*, wann eine Schrankwand kippt, sein Pi-mal-Daumen ist auf sechs Nachkommastellen genau.

Heute holt Paul mich ab, denn ich wohne an der Strecke von ihm zu dem Umzugspärchen.

Zumindest so einigermaßen.

Zumindest fanden wir das beide.

»Na komm, nimm einen Apfelring.« Falsch wie die Schlange im Paradies klingt er dabei. *Saure Apfelringe.* Komisch, dass sich die Verpackung seit zwanzig Jahren nicht geändert hat.

Oder das Zeug liegt schon so lange hier im Auto. Was Pauls boshaften Blick erklären würde.

Er fährt los.

Ich kann jetzt nicht kneifen.

Gleich bei unserem ersten gemeinsamen Umzug, damals war Hochsommer, wurden Paul und ich für die Tetris-Position eingeteilt. Wir stapelten Kisten und Möbel in seinen Wagen, der in der prallen Sonne stand. Zuerst versuchte ich noch, mit Paul zu reden, aber das hatte keinen Zweck. Er benutzte Floskeln wie zum Beispiel *zum Bleistift*, und der differenzierteste Ausdruck seiner Zustimmung war ein tief abfallendes, hamburgisch gefärbtes »Jo«.

Ich langweilte mich zu Tode.

Aber nach und nach mischte sich in der Luft des Laderaums unser Schweiß auf unanständig harmonische Art.

Eine Stunde lang atmete ich durch den Mund und guckte sehr weit an Pauls nass klebendem T-Shirt vorbei. Das T-Shirt war exakt so eine Alltagsschlaufe, wie ich sie damals noch mit aller Kraft ignorierte. Ich guckte so lange keusch und taktvoll gar nicht hin, bis er mich erwischte. Somit konnte ich schlecht etwas einwenden, als er dann seinerseits einen absolut unverschämten, demonstrativ langsamen Blick über meinen verschwitzten Oberkörper gleiten ließ.

Am Abend betranken sich alle, nur ich nicht, ich wollte schnell nach Hause zu meinem Freund. Als ich am nächsten

Vormittag wiederkam, um beim Einräumen zu helfen, hörte ich, Paul habe im Laderaum seines Autos vor dem Haus gepennt. Inzwischen war er aber schon weg.

Ich reiße die Tüte auf. Eine Wolke künstlichen Aromas steigt empor. Sofort knülle ich die Packung zusammen und stopfe sie ins Türfach, aber es ist zu spät, die Luft ist kontaminiert, und auch das schnelle Herunterkurbeln des Fensters hilft nichts gegen diesen Geruch, nein, ich kurbele bloß die Jahrzehnte zurück.

Dieser spezielle Geruch.

Ich war in der fünften Klasse, oder in der sechsten. Mit Björn. Weil ich auf ihn stand, strengte ich mich bei dem Spiel besonders an. Meine Taktik war gut. Ich biss halb fest in den quietschgrünen Apfelring und zog ihn mit einer einzigen, ruckartigen Kopfbewegung zwischen Björns Zähnen hervor. Perfekt. Ich strahlte, aber er wandte sich dem nächsten Mädchen zu, und da wurde mir klar, dass ich nicht beides haben konnte: den Apfelring und einen Kuss von Björn. So ging das Spiel nicht. Für den Kuss hätte ich mich dümmer anstellen müssen.

Die Luft im Auto ist eiskalt, riecht aber immer noch penetrant süß. Ich kurble das Fenster wieder hoch.

Bei meinem zweiten Umzug mit Paul erzählte er mir stolz, er habe für die Suffnacht im Auto nicht einmal Ärger bekommen zuhause. Sondern nur eine Woche als Alleinerziehender. Es sei die Hölle gewesen, aber auch irgendwie super, und während der ganzen Woche habe seine Frau auf irgendeinem Festival getanzt, in ihren schärfsten Sommerkleidern, und mit fremden Leuten in einem Zelt geschlafen. »Und wozu?«, fragte Paul grinsend. »Zu Recht.« Was für ein bescheuerter Spruch.

Ich mochte, dass ich den Spruch bescheuert fand und Paul seine Frau scharf. Dass er auf ihre Kleider und auf ihre Stärke stand.

Ich mochte auch, dass er mich trotzdem so angrinste.

Ich mochte, dass ich seine Frau nicht kannte.

Beim dritten Umzug, tiefster Winter diesmal, schlief ich im warmen Luftstrom der Standheizung auf dem Beifahrersitz ein, während wir vor der leeren neuen Wohnung auf die Leute mit dem Schlüssel warteten.

Als ich aufwachte, sagte Paul: »Du machst Geräusche im Schlaf.« Die Fältchen in seinen Augenwinkeln zuckten. Offenbar meinte er *spezielle* Geräusche.

Das war gut möglich. Zu der Zeit fing ich gerade an, Herrn Neumann Plätzchenbacken beizubringen.

»Ja, und? Hast dich gleich angesprochen gefühlt?«

»Pff«, machte Paul. »Einbildung ist auch 'ne Bildung.« Aber er wandte den Blick verdächtig schnell ab.

Die Anwesenheit seines Körpers zerrüttete mir langsam die Nerven. Den gesamten restlichen Tag achtete ich darauf, nicht mit ihm allein zu sein, weil ich das Gefühl hatte, sonst würde mir wie einem Comic-Teekesselchen der Dampf aus den Ohren kommen.

Jetzt ist also wieder Winter, und wir sitzen wieder im Kidnapper, der Motor vibriert, und zwischen uns sitzt das Problem. Nein, es sitzt nicht, es schwirrt herum wie ein Schwarm Mücken. Es nervt langsam. Die Viecher schlüpfen, sobald wir uns begegnen. Wenn der Umzug dann vorbei ist, sterben sie ab, ich vergesse Paul wieder, und er mich auch, glaube ich. Aber die Mücken werden bei jedem Umzug mehr. Eine regelrechte Plage.

Das geht nicht. Heute wirklich nicht.

Weil das Pärchen, das heute umzieht, sehr eng mit Pauls Frau befreundet ist.

Wir fahren über ein Stück Bundesstraße, links und rechts Autohäuser, Küchenstudios, Supermärkte, alle noch geschlossen. Der Apfelringgeruch verfliegt langsam. Draußen sind knappe fünf Grad. Ich habe Handschuhe eingepackt.

Paul trägt einen grob gestrickten grauen Pullover mit einer kurzen Knopfleiste am Hals. Ein Pullover, wie ihn Männer tragen, die gern Männer wären, die bei Sturmflut auf den Klippen mit dem Hund gehen. Der Pullover macht mich aggressiv. Er gibt sich locker, sitzt aber an Brust und Schultern eng, und auch die Wolle tut nur so dick und bauschig. In Wirklichkeit zeichnet sich darunter Pauls rechtes Schlüsselbein ab, jedes Mal, wenn er schaltet.

Wir reden über Paketklebeband.

Paul sagt, es gebe nur zwei Sorten: braunes, das braune Klebeflecken hinterlässt, und klares, dessen Flecken man erst sieht, wenn Staub daran hängen bleibt.

»Aber es gibt noch eine Sorte«, sage ich, »die wirklich spurlos wieder abgeht.«

»Nee, gibt's nicht«, sagt Paul.

»Woher willst du das wissen? Hast du alle Klebebänder der Welt gesehen?«

»Reine Lebenserfahrung«, murrt er vom Sockel seiner knapp zehn Jahre Vorsprung herunter.

»Lebenserfahrung«, äffe ich ihn nach. »Mit Flecken, oder was?«

»Das auch.« Er grinst.

Toll, ich gebe mir hier Mühe, ein normales Gespräch zu führen, und er nutzt gleich die erste Chance für einen schmutzigen Witz.

Aber vielleicht gebe ich mir gar keine Mühe mehr. Vielleicht könnten wir genauso gut über Glasfaserkabel reden oder über die bischöflichen Liegenschaften Schleswig-Holsteins; jeder Satz ist bloß eine Trägerrakete für etwas ganz anderes.

»Nichts geht ohne Spuren wieder ab«, sagt Paul zum Straßenrand.

Der Satz schlägt dort ein und bleibt stehen wie ein Warnschild. Ich weiß nicht, was ich sagen soll. Vielleicht stimmt es. Wir fahren an dem Schild vorbei.

Nach einer Weile sagt Paul ganz aufgeräumt: »Egal. Wer richtig packt, braucht gar kein Klebeband. Wenn ich packe, hält das auch so.«

Da kann ich mich einfach nicht mehr beherrschen.

»*Dein* Päckchen will ich erst mal sehen«, sage ich leise, herausfordernd.

Der Kidnapper schlingert kurz und heftig, als hätten wir einen Unfall. Er kommt von der Fahrbahn ab, schneidet rumpelnd einen Kantstein in der Kurve, dreht sich einmal um sich selbst und bleibt stehen. Jemand hupt im Vorbeifahren lange und wütend.

Wir stehen auf einem Parkplatz. Schräg hinter uns ist ein geschlossener Lidl-Markt, vor uns die Straße.

Paul nimmt die Hände vom Lenkrad, zittrig, und lässt sie in den Schoß fallen, mit einer Geste, die sagt, dass es jetzt aber mal endgültig reicht. Dass er sich ergibt. Im Auto wird es auf eine sehr laute Art leise. Verräterisch leise. Die Straße vor uns nimmt ruhige Atemzüge. Ein Auto, Pause. Ein Auto, Pause. Wir dagegen —

Ich sage hier die ganze Zeit *wir*. Ich tue so, als wüsste ich über den Mückenschwarm Bescheid und über die Trägerraketen und darüber, dass beides wirklich existiert. Aber, ach du Scheiße, was, wenn ich hier etwas krachend falsch verstehe?

Ein Auto, Pause. Ein Auto, Pause. Pause.

Vielleicht möchte er etwas klären. Mir sagen, dass ich aufhören soll, womit auch immer, weil er ein verheirateter – aber wenn er etwas sagen wollte, könnte er jetzt etwas sagen. Und er sagt nichts.

Ich warte darauf, dass er entweder zum Pinkeln rausgeht, was (bitte!) sowieso seine einzige Absicht war, oder dass er sich auflöst, spurlos, wie man das eben von Problemen hofft. Aber keine Chance. *Er* hat angehalten, *er* bleibt sitzen, und anscheinend bin *ich* dran, etwas zu tun.

Also dann: Pech.

Entschlossen drehe ich mich zu ihm, aber ich pralle zurück. Ach, der Gurt. Ich greife an meine Hüfte, löse ihn und schlüpfe heraus. Die Schnalle sirrt nach oben und schmiegt sich mit einem indezenten, klackernd-schmatzenden Geräusch in die Halterung. Verdammt nochmal.

Paul schielt nach unten, an seinem eigenen schrägen Gurt vorbei auf seinen Bauch und seine Hände. Er strahlt Wärme ab.

»Ähm«, sage ich.

Ja, das ist doch schon mal ein eloquenter Einstieg.

Er blickt hoch, und mir fällt nichts anderes ein, als die Schultern zu heben und dümmlich zu lächeln wie nach einem Missgeschick: *Tja, nun ist das so, da kann man wohl nichts machen.*

Und Paul lächelt unsicher zurück: *Tja, oder man muss da jetzt endlich was machen, sonst überstehen wir beide den Tag nicht.*

Die guten Gegenargumente fahren an uns vorbei wie draußen die Autos. Mit immer längeren Pausen. Irgendwann kommt keins mehr.

Vielleicht sollte ich ihm sagen, dass ich es nett finde, wie er sitzen bleibt und mir die Entscheidung überlässt. Aber er überlässt mir auch die Logistik.

Das kann jetzt alles sehr *Loriot* werden. *Fräulein Dinkel, lassen Sie uns zur Sitzgruppe gehen!* Ich versuche, in der Drehung nicht am Schaltknüppel hängen zu bleiben, und setze die Füße vorsichtig auf Pauls Seite ab. Meine Knie berühren fast seinen rechten Oberschenkel. Er sieht mich an, lächelt immer noch, aber mit schmaleren Augen, misstrauisch und wachsam.

Ich löse seine Gurtschnalle. Sein Blick folgt meinen Fingern. Als ich fertig bin, ziehe ich mich zurück, aber Paul kommt mir mit dem Oberkörper entgegen, sodass wir uns synchron bewegen wie bei einem Tanz. Ich stoppe. Er auch. Die Moleküle in der Luft jedoch fliegen weiter, seine stürzen sich schamlos zwischen meine, bevor wir uns auch nur berührt haben.

Kaum zwei Handbreit sind unsere Gesichter noch voneinander entfernt. Molekular gesehen ist das eine wahnsinnige Entfernung.

Oder gar keine.

Zuerst treffen unsere Lippen nur an zwei Punkten aufeinander, aber ich spüre an dem heißen Luftzug, dass wir beide den Mund geöffnet haben.

Das lässt sich jetzt nicht mehr zurücknehmen.

Nach einer Sekunde schließt Paul seinen Mund und zupft damit an meiner Oberlippe. Er zupft an *mir* und ich gebe nach. Oder auf. Denn nach der ganzen Aufregung eben ist es fast schon wieder entspannend, ihn wirklich zu küssen.

Und wir küssen uns aber mal wirklich.

Als ich seine Zunge überfalle, entschlüpft ihm ein Geräusch, das hilflos zwischen Vokal und Konsonant herumirrt, und ich liebe solche Geräusche bei Männern, oh Gott, ja, so eine selbstvergessene Hingabe, ich will dieses Geräusch am liebsten hinunterschlucken.

Die Wissenschaft wird sicher bald herausfinden, dass bei einem guten Kuss die Speicheltextur der Partner harmonieren sollte. Auf Pauls Textur stehe ich sofort. Dünnflüssig und hell, leicht salzig, wie Lichtreflexe auf einem warmen Stein, der gerade von Meerwasser überspült wurde. Seine Zunge ist weich, aber konturiert, kräftig, aber schlau. Sie spricht und antwortet. Dieser Kuss ist eindeutig unser bisher bestes Gespräch.

Leises Seufzen füllt die Fahrerkabine wie Dunst, und obwohl auch meine Gedanken langsam dunstig werden, muss ich mich kurz von Paul lösen. Ich will das sehen: seinen verdrehten Hals und wie seine Hände sich in die Ecken der Sitzfläche verkrallt haben. Wie er aussieht, wenn er frustriert keucht. Ob er sich vielleicht ein bisschen schämt für all die eindeutigen Signale seines Körpers. Inzwischen muss er sich von seiner Jeans recht eingeengt fühlen.

Er lacht leise und gequält.

Oder ob er diese Signale zur Schau stellt.

Ja. Er windet sich ein bisschen, präsentiert sich – schamlos, kann ich nur sagen. Gefährlich für ihn. Ich will ihn haben, wie ein Raubtier die roh-blutigen Stücke an der Angel des Tierpflegers haben will. Oder gleich den ganzen Pfleger.

Paul wäre bestimmt ein guter Tierpfleger geworden.

Jedenfalls setze ich jetzt zum Sprung an. Er beobachtet mich und schiebt gerade noch rechtzeitig seinen Sitz nach hinten. Ich schwinge mich über ihn und lasse mich breitbeinig auf seinen

Schoß sinken. Aber nicht ganz. Oh nein, nicht ganz, ich drücke mich hoch und lasse eine kleine, gemeine Lücke zwischen unseren wichtigsten Stellen. Paul grinst. Er weiß also ein bisschen Qual zu schätzen. Seine Hände reiben hart meinen Rücken hinauf. Ich lehne mich gegen sie.

Pauls Blick fällt auf meine Lippen, *bitte komm her*, und ich setze mich richtig auf ihn. Jetzt. Ich muss die Augen schließen, weil allein der Druck, der süße, dicke, warme Druck gegen den Schritt meiner Hose kaum auszuhalten ist, aber durch den Stoff auch noch die Hitze zu mir sickert.

Er stößt einen Atemzug aus, und ich ziehe die Luft durch die Zähne wieder ein. Seine Hände gleiten zur Seite und fahren meine Flanken hinauf bis unter die Arme. Ich setze die Füße fest auf den Boden, stütze mich auf Pauls Schultern ab und versuche, meine Atmung zu beruhigen.

Er beginnt, unter mir vor- und zurückzuschaukeln, wobei er sich abwechselnd gegen mich und von innen gegen den Stoff seiner Hose presst. Er sieht sehr schön aus, sehr genussvoll. Sein Kopf ist zurückgelehnt, und einmal streife ich mit den Lippen seine Kehle. Was für eine Entdeckung: Er keucht unkontrolliert und streckt mir in einer Art Engelshaltung seinen Hals hin, also lecke ich ein bisschen darüber, und ich bin auch nur ein Mensch, ich ertrage das mit den vielen Klamotten nicht mehr lange.

Als ich zu seinem Mund zurückfinde, küssen wir uns schon lebensbedrohlich kurzatmig. Pauls Finger streifen meinen Hosenbund. Er öffnet die Knöpfe. Das bringt natürlich nichts, weil ich breitbeinig auf ihm sitze, aber Paul hat einen Sinn für Effizienz, also öffnet er zumindest gleich auch seine eigene Hose.

Überhaupt zahlt sich unsere mehrjährige Zusammenarbeit im Logistikbereich jetzt aus. Wir verstehen uns ohne Worte: Ich stehe auf, er hebt den Arsch, ich ziehe ihm mit einer einzigen Bewegung Hose und Unterhose bis auf die Knöchel.

»Jo.« Das kann er gerade noch anerkennend sagen, bevor ich ihm das O zurück in den Mund stöhne. Aber wahrscheinlich hätte er sonst auch nicht mehr viel gesagt.

Nach ein paar weiteren, offenen Küssen zwinge ich mich, Abstand zwischen uns zu bringen, und greife zu. Zwischen seine Beine.

Diese irrsinnig feine Haut, keine Ahnung, wer sich das ausgedacht hat, gerade diese Haut ausgerechnet über etwas zu spannen, das beim Streicheln immer härter und heißer wird; diese Haut ist so dünn und empfindlich, als ob sie jetzt sogar von innen verletzt werden könnte, dabei hält sie was aus, oh ja, ich merke das schon. Ich packe fester zu, sehe in Pauls Gesicht, dann auf seinen Schwanz, dann wieder in sein Gesicht, und anscheinend erregt es ihn, so mit sich selbst verglichen zu werden.

Er drückt die Beine auseinander, um mir besseren Zugriff zu geben.

Ich reibe seinen Schwanz mit meiner Linken und schiebe die Finger der Rechten ganz unter ihn, unter die Hoden, die ich anhebe und sanft schüttle wie etwas, dessen Gewicht ich prüfe.

Paul wird sehr still, und ich beobachte die Reaktionen in seinem Gesicht. Ich kenne das von mir selbst, diesen inneren Zoom, dieses Einstellen auf die Berührungen von jemand anderem. Dieses *Scharfstellen*.

Er sieht so schön aus. Rau und geil und sekundenweise grotesk, als ob ich ihn an den Füßen kitzeln würde. Auf seinem

Gesicht kann ich den Widerschein jeder einzelnen Berührung lesen. Es macht so viel Spaß, dass ich mich selbst dabei fast vergesse.

Aber nur fast.

Irgendwann ziehe ich die rechte Hand unter ihm weg und schiebe sie mir selbst in die offene Hose. Paul sieht mir zu. Er sieht aber nicht viel unter dem Stoff. Er hört auch nicht das Ufergrasknistern meiner Schamhaare, als ich mit den Fingern hindurchstreife. Trocken, trocken, dunstig, feucht, nass. Ich gehe noch tiefer, tief, dann ziehe ich die Hand wieder ein Stück hervor, führe sie nach links und rechts, und Paul sieht nichts, nur Stoff, aber an seinem Blick erkenne ich, dass er sich alles vorstellt. Er stellt sich die zwei Finger vor, die zwischen die Lippen tauchen, tiefer, und den leichten Schmerz, mit dem sich die Muskeln meiner Scheide um die Finger herum dehnen, sich dann zusammenziehen, an den Fingern saugen, sie überall mit meiner Feuchtigkeit benetzen. Wie ich mich mit mir selbst einreibe, einöle, ganz glänzend.

Er will das auch.

Sein Schwanz zuckt und wird an der Spitze nass.

Inzwischen sind die Scheiben beschlagen, wir könnten uns also auch ausziehen.

Ich habe keine Kondome dabei, und ich vermute, Paul ebenfalls nicht. Wer rechnet schon damit, dass man an einem Dienstagmorgen um acht auf dem Lidl-Parkplatz übereinander herfällt?

Gut, vielleicht hätte man bei uns damit rechnen können. Rechnen müssen.

Also rechne ich jetzt, ich verrechne alles Mögliche miteinander, Zyklusphase, Risiko, Pauls mutmaßliche sexuelle Vorgeschichte und die Minuten, die uns bleiben, bis unser Zu-spätkommen auffällig wird. Klares Ergebnis dieser konfusen Kalkulation: Ich ziehe mich untenrum aus. Der Vorgang hält Momente großer Eleganz bereit für Knie, Schnürsenkel, Ell-bogen und Armaturenbrett.

Paul wartet geduldig.

Als wir beide nur noch unsere Pullover tragen, setze ich mich wieder auf seinen Schoß. Nur auf die Länge seines Schwan-zes; die Spitze halte ich gut fest. Ich will gar nicht wissen, was meine Hand als Verhütungsmittel für einen Pearl-Index hätte. Einen verdammt schlechten jedenfalls.

»Hm«, sagt Paul, der anscheinend das Gleiche denkt. »Dann musst du aber echt zuerst kommen.«

Ich nicke.

Er legt die Hände auf meine Hüften, weich und beruhigend. Wir atmen tief durch. Ganz schön nah sind wir uns jetzt. Ganz schön nackt, obwohl wir noch halb angezogen sind.

Wir küssen uns noch einmal, und dann folge ich einem Im-puls aus dem Rückenmark, aus der Steinzeit, und lasse meinen Unterleib kippen, vor und zurück, ich wusste gar nicht, dass ich so ein Hohlkreuz machen kann. Mit den Fingern der freien Hand öffne ich mich, und Paul sieht meinen Fingern zu.

Da ist keine Scham, nirgends.

Ich finde, *Venuslippen* ist ein gutes Wort, auch weil die Venus der heißeste Planet im Sonnensystem ist. In der kalten Luft des Autos fühlt sich die nasse Haut zwischen meinen Beinen aller-dings sofort eisig an. Ich muss landen. Ich verwandle meine Ve-nuslippen in ganz irdische, weiche, breite Pinsel, die sanft an Paul entlangstreifen und ihn mit meinem glänzenden Lack überziehen. Ruhige Pinselstriche. Dann ein paar festere.

Paul schließt die Augen, aber ich übernehme seinen Blick.

Ich sehe mich durch seine Augen. Ich sehe, wie die Spitze seiner Eichel auf ihn zukommt bei jedem Strich von mir und wie ihr Spalt aufklafft bei jedem Rückzug. An ihrem unteren Rand sehe ich die ringförmige Barriere, die ich mit Daumen und Zeigefinger bilde und gegen die ich mich presse, jetzt, und jetzt, und noch ein bisschen härter. Öffnen und schließen. Mein Körper stellt sich vor, seiner zu sein, nicht anstatt, sondern zusätzlich, und das ist zu viel; meine verdoppelte Lust durchschlägt die Frontscheibe und hat danach noch so viel Schalldruck, dass sie zwei Autos in den Straßengraben fegt.

Das Erste, was ich wieder mitbekomme, ist der warme Atem der Standheizung zwischen den Beinen. Paul muss sie eingeschaltet haben, und dann spüre ich auch seine Hände, die immer noch meine Hüften festhalten, jetzt mit einem sanften Gegendruck, damit ich nicht auf ihm zusammensacke. Nicht an der falschen Stelle.

Er hat gewartet.

»Komm«, sage ich, rutsche ein Stück zurück zu seinen Knien, und seine Finger schließen sich um meine. Er führt. Nur noch zwei oder drei Mal, druckvoll; gerade noch kann ich die andere Hand über seine Spitze halten und so den hübschen Wollpullover retten.

Danach liegen die stillen, weißen Tropfen in meiner hohlen Hand, als hätte ich sie geschöpft und dann auf beschwerlichen Wegen hierhergetragen.

Eine Gänsehaut zieht über Pauls Oberschenkel. Er greift zur Seite und fummelt mühevoll eine Packung Taschentücher aus dem Türfach, reicht mir zwei und wischt sich mit einem dritten selbst ab.

Draußen rumpelt und scheppert etwas.

Pauls geweitete Augen spiegeln mir die eine, kleine Variable, die ich bei all meinen Berechnungen vorhin vergessen hatte: die Tatsache, dass wir direkt vor einem Supermarkt stehen. Zum Glück sind die Scheiben noch nicht wieder ganz frei, aber es reicht, um schemenhaft einen Lidl-Mitarbeiter zu erkennen, der eine vollgepackte Palette genau an uns vorbeizieht, scheinbar tief in die Arbeit versunken.

Das Taktgefühl dieses Mannes werde ich ewiglich in meinem Herzen bewahren.

Ächzend klettere ich zurück auf den Beifahrersitz. Meine Knie knirschen, und außerdem habe ich brennende Standheizungs-Stigmata auf der Lendenwirbelsäule.

Aber trotzdem. Trotzdem!

»Das war ja mal ganz okay«, sage ich.

Paul ächzt, stemmt sich gegen die Sitzlehne, zieht seine Hose hoch und sagt: »Jo.«

Wir sind wieder vollständig angezogen, aber die Kleidungsstücke benehmen sich wie dreimal umgestülpt. Selbst die Knöpfe sehen aus, als hätten wir sie abgeschnitten und an willkürlich gewählten Stellen wieder angenäht. So können wir auf keinen Fall beim Umzug auftauchen.

»Du siehst irgendwie doof aus«, sagt Paul.

»Ja. Du hingegen … machst die schönsten Komplimente.«

Ich drehe mich mit übertrieben beleidigter Haltung zum Seitenfenster. Über dem Backshop geht gerade die Jalousie hoch. Mein Magen knurrt.

»Paul? Ich sage das ungern, weil du schon eingebildet genug bist, aber wir hätten das schon viel früher machen sollen.«

»Noch früher?!« Er guckt mit gespieltem Entsetzen auf seine

Armbanduhr. Dann merkt er, wie ich über den Witz das Gesicht verziehe, und sagt zur Abwechslung etwas sehr Nettes: »Kaffee?«

Die Uhr im Armaturenbrett zeigt acht Uhr elf.

»Schaffen wir gerade noch«, stimme ich zu.

Er holt ein paar belegte Brötchen und zwei große Becher Kaffee und wir trinken mit leicht heruntergelassenen Seitenscheiben. Ich muss an das Comic-Teekesselchen denken. Ein wenig Dampf entweicht bestimmt aus dem Kidnapper, aber jetzt ohne aufgeregtes Pfeifen. Der Dampf riecht nach Sex und Kaffee.

Ein paar Minuten vergehen, dann sieht Paul mich leicht sorgenvoll an. »Ähm«, sagt er und beißt ein extragroßes Stück Brötchen ab. Ich weiß schon, dass manche Dinge sich leichter mit vollem Mund sagen. »Das … reicht jetzt aber auch, oder?«, nuschelt er.

»Noch ein schlechtes Kompliment, vielen Dank.« Er schweigt und kaut. »Hey, denkst du, ich will dich auf Dauer zum Alleinerziehenden machen? Oder deine Frau?« Aus Pauls Gesicht starrt mir die nackte Panik entgegen. Ich schlucke. »Ganz bestimmt nicht.«

Aber eigentlich finde ich auch, dass er ein bisschen billig davonkommt. Ich war schließlich niemandem untreu. Sondern er.

Strafe muss sein.

»Sorry für den Schreck«, sage ich beschwichtigend. »Als Entschuldigung würde ich dir gern noch einen süßen Nachtisch anbieten …« Ich nehme ihm den Kaffeebecher aus der Hand und stelle ihn aufs Armaturenbrett.

Paul sieht demonstrativ an sich hinunter. »Ich glaub nicht, dass ich jetzt noch mal …«

Ich lasse meine Lider flattern, sehr suggestiv, aber er kapiert es nicht. Blitzschnell reiße ich die Packung Apfelringe aus dem Türfach und knalle sie Paul mit voller Wucht vor die Brust.

»Ey!«

Die Tüte platzt, die grünen, gezuckerten Teile fliegen in alle Richtungen, und sofort herrscht ein betäubender Chemieobst-Geruch im Auto. Ich habe mich mitbestraft. Okay, du sollst auch nicht begehren deiner Nächsten Mann.

Paul unternimmt gar nicht erst den Versuch, die Apfelringe einzusammeln. Er macht die Fahrertür auf, und ein paar fallen auf den Parkplatz. Dann versucht er, den klebrigen Zuckerstaub aus den Maschen seines Wollpullovers zu klopfen. »Spinnst ja wohl …«, murmelt er.

»Gern geschehen. Gib mal das eklige Taschentuch da.«

Er reicht es mir mit spitzen Fingern.

Ich steige aus und bringe die Überreste unseres spontanen Ausflugs zum nächsten Papierkorb. Mit fröhlichem Schwung werfe ich sie hinein. Die Morgenluft ist klar und frisch und die fette gelbe Sonne streckt ihre Strahlen zufrieden auf dem Lidl-dach aus.

Beim Wiedereinsteigen knalle ich die Tür genauso laut zu wie vor einer guten Stunde.

»Guten Morgen«, sagt Paul aufgeräumt.

»Hä?«

»Nett, dich mal wiederzusehen«, macht er unbeirrt weiter, »und sorry, dass ich zu spät bin. War ganz schön was los auf den Straßen.«

Er lächelt wie ein netter Bekannter. Einer, den man ab und zu bei Umzügen trifft. Freundlich und entspannt.

Ich brauche ein paar Sekunden. Dann lächle ich zurück. »Macht nichts«, sage ich, »nett, dass du mich abholst.«

Wir schnallen uns an und fahren los, in einen klaren, frischen

Morgen, bestimmt noch keine zehn Grad draußen. Im Auto ist es warm, und in mir breitet sich eine Ruhe aus, die mir neben Paul bisher nie vergönnt war. Es fühlt sich an, als ob sich sogar meine Kleider entspannten, jede Naht, jede Falte, jeder einzelne Knopf.

Die Luft riecht entfernt nach Äpfeln. Kurz überlege ich, Paul mit einem kleinen, schmutzigen Grinsen zu fragen, ob hier vielleicht jemand ... Saft verschüttet hat. Aber manche Dinge muss man einfach auf sich beruhen lassen.

Sehr zufrieden

»Ich verstehe nicht, was du meinst«, sagt die Freundin zu mir. Sie sagt es an einem windstillen Abend im Frühling, wir können schon wieder vor unserem Restaurant draußen sitzen.

Das Restaurant gehört uns nicht. Es war schon vor uns hier und vor den anderen Lokalen in der Gegend, aber es ist doch unseres. Ich komme mit niemand anderem her, und jeden Winter befürchte ich, dass es pleitegehen könnte. Die Speisekarte wechselt wöchentlich, nach Saison und der Laune der Chefin; wir haben hier senegalesische Tapas probiert, Rote-Bohnen-Eis und sogar ein flambiertes Chili. Auch der Kaffee ist gut. Aber drinnen riecht es immer ein bisschen muffig. Niemand, der sich auskennt, geht hinein. Man muss draußen sitzen.

Heute steht unser Tisch ganz am Rand des breiten Bürgersteigs, direkt vor der Fassade. Es ist immer noch hell; die Straßenbahn bringt alle paar Minuten eine Portion goldgelbes Licht vorbei, auf Vorrat für den Abend.

»Ich verstehe nicht, was du meinst«, hat die Freundin gesagt.

Also beginne ich von vorn.

Ich habe es schon früher ein paarmal versucht, aber immer, wenn ich die Veränderung genauer beschreiben wollte, sind wir bei anderen Themen gelandet.

Vielleicht macht der Frühling den Unterschied.

Ich beginne von vorn, die Freundin hört zu und trinkt Wasser. Sie trinkt keinen Wein, weil sie noch stillt, ein halbes Jahr zusätzlich, wegen der Abwehrkräfte, sagt sie. Ihr Mann ist Mediziner an einem internationalen Forschungszentrum.

Ich erzähle, und dann warte ich. Aber sie sagt nichts und fragt auch nicht nach. Sie schneidet eine marinierte Feige durch. Ich versuche, so zu erzählen, wie wir damals von den Tapas geredet haben und vom Rote-Bohnen-Eis: von der kleinen, blinden Schrecksekunde beim Probieren. Von meinem Staunen darüber, was ich alles mag. Auch von dem etwas peinlichen Moment, als ich vor einer Delikatesse saß und nicht wusste, dass man dafür am besten die Finger nimmt.

Finger, Hände und Haut.

Und es sind nicht nur die Dinge, die ich probiere. Es ist, als ob mein eigener Mund anders schmeckt. Mein Körper fühlt sich anders an, wenn jemand ihn berührt, der nicht den mindesten *Anspruch* auf ihn hat.

Ich benutze dieses Wort, und da legt die Freundin ihr Besteck auf den Teller. Messer und Gabel gleichzeitig, mit einem einzigen, kühlen Klicken.

Ich verstumme. Wann haben wir eigentlich zuletzt über Sex geredet, beide? Wahrscheinlich in irgendeiner Wohngemeinschaft, in der Küche, an einem Tisch voller klebriger Gläser, mit fünf oder sechs Mädchen, Frauen, die gerade erst aus ihrer Deckung kamen. Drittes Semester, viertes. Dann muss es aufgehört haben.

»Entschuldigung«, sage ich.

Die Freundin hebt das Kinn. »Nein, wieso denn?«

»Na ja, ich weiß gar nicht … vielleicht ist dir das nicht mehr so angenehm …«, stottere ich, und ich meine den zeitlichen Abstand zum dritten Semester, aber sie scheint etwas anderes zu verstehen.

»Da irrst du dich«, sagt sie. »Wir reden sehr häufig darüber.«

»Du und Henry?«

Irritiert sieht sie mich an. »Zwischen den Müttern, meine ich. Wie man das hinkriegt.«

Das.

»Wir haben natürlich alle nicht so viel Zeit wie du«, fährt sie mit einem kleinen Lächeln fort, »und wenn die Partner dann auch noch beruflich viel unterwegs sind …«

Sie macht eine Vorspulbewegung mit der Hand und sieht mich an, als sollte ich den Satz für sie vervollständigen. Vielleicht, weil ich *so viel Zeit* dafür habe.

»Und … wie?«, frage ich.

»Wie bitte?«

Ich bereue die Frage sofort und will mir schnell eine andere ausdenken, aber mir fällt keine ein.

»Wie kriegt man das hin?«

Die Freundin schiebt ihren Stuhl ein Stück zurück.

»Ich meine«, schlingere ich in den nächsten Satz, von dem ich auch noch nicht weiß, wie er ausgeht, »hat das mit Zeitmanagement zu tun? Oder … klar, so auf Knopfdruck ist es wohl doch … wird man da einfach spontaner? Was sagen die anderen?«

Die Freundin blinzelt. Fünf- oder sechsmal.

»Also, derart *konkret* werden wir da nicht.«

»Ah. Okay.«

Sie lehnt sich zurück. »Das ist nun mal das Schönste und Privateste, was es in einer Partnerschaft gibt.«

Das.

Ich nicke bestätigend, und sie fährt fort: »Man kann so ein Thema auch totreden.«

Ich will es nicht totreden, also trinke ich einen Schluck Wein und frage nach dem Urlaub, den sie plant. Ihr Mann hat Bonusmeilen, also wird es eine Fernreise. Die erste mit Kind. Die Freundin hat ein passendes Resort auf Bali gefunden, all inclusive. »Nächstes Jahr dann aber wieder Bauernhof mit Max und Ingrid«, sagt sie fast entschuldigend. »Die haben ja jetzt das Zweite. Im Sommer heiraten sie auf dem Hof, großes Fest, ganz spontan. Der Termin war eigentlich schon weg.«

Wir reden über Hochzeiten, ich bestelle ein zweites Glas Wein, und als der Kellner sich schon abwendet, ruft die Freundin: »Ach, für mich auch!« Sie beugt sich zu mir vor. »Ganz ausnahmsweise«, flüstert sie.

Ich senke ebenfalls die Stimme. »Ich werde schweigen wie ein Grab.«

Wir lächeln.

Auf Bali gibt es einen Feiertag, an dem man schweigen muss, erzählt die Freundin. Wenn alle tun, als wären sie nicht da, gehen die bösen Geister wieder weg. Danach gibt es zum Ausgleich bunte Umzüge mit Musik. Alles genau zur passenden Reisezeit. Sie nimmt einen großen Schluck Wein. »Und bei dir?«, fragt sie.

Ich bin unsicher, wovon ich erzählen soll. Vom Wichtigsten, das sich gerade in meinem Leben verändert, schon mal nicht. Und sonst so? Ich habe immer noch den gleichen Teilzeitjob und die gleiche kleine Wohnung, in die ich nach meiner Trennung gezogen bin, und eigentlich verbringe ich die meiste Zeit mit Lesen. Ich plane keine Fernreise und kein Fest, denn das, was ich am liebsten feiern würde, feiert man nicht öffentlich, und die Reiseziele, die mich gerade interessieren, liegen alle in null Komma null Kilometern Entfernung zu meiner eigenen Haut.

»Na, du weißt schon«, sage ich und rolle mit den Augen, damit sie es nicht tun muss.

Sie sieht mich gespielt fragend an. Als wüsste sie gar nicht, worum es geht. Als hätte sie mir nicht eben noch den Mund verboten.

Gut, wenn sie es drauf anlegt.

»Gerade habe ich zum Beispiel aus einem Buch gelernt«, sage ich mit aller Freude, die mir der Lernvorgang tatsächlich beschert hat, »dass weibliche Ejakulation kein Märchen aus der Pornoindustrie ist, sondern dass Ärzte schon in der Antike davon wussten. Und ich«, breit lächelnd beuge ich mich zu ihr vor, »ich bin ein Springbrunnen.«

Die Freundin nimmt ihr Glas vom Tisch. Vielleicht befürchtet sie, dass ich gleich hier und jetzt anfange zu sprudeln. »Na, wenn dir das Spaß macht.« In ihrer Stimme liegt Ekel. Wenigstens hat sich das Thema damit nun wohl endgültig erledigt.

Ich trinke einen Schluck Wein.

Sie auch. »So ein Aufklärungsbuch, oder was?«

Ich sage Titel und Autorin, aber mehr nicht. Wenn es sie interessiert, wird sie schon fragen.

Sie kippt ihren restlichen Wein, blickt sich kurz um, dann wischt sie etwas Lippenstift von ihrem Glas. Vielleicht fragt sie ja wirklich. Wie gern würde ich erzählen, dass es nicht eklig ist, sondern schön, eine tiefe Befriedigung, irgendwie … majestätisch.

Die Freundin räuspert sich, und dann sagt sie, als ob sie mir diese Frage schweren Herzens stellen muss: »Verlangen die Typen, dass du das machst?«

Typen, das Wort haben wir seit Jahren nicht mehr benutzt. Heute klingt es aus dem Mund der Freundin so, als säße ich immer noch an dem klebrigen Tisch in der WG, als wäre ich buchstäblich kleben geblieben, allein, und als müsste man so mit mir reden, damit ich es kapiere. *Typen*, die etwas Ekliges von mir verlangen.

»Nein«, sage ich. »Aber die meisten mochten es.«

Auf das Gesicht der Freundin tritt jetzt endgültig ein sorgenvolles Lächeln. »Ach«, sagt sie, »irgendwann verliebst du dich auch wieder.«

Ich muss beinahe lachen. Es ist, als hätte ich ihr gerade gesagt, dass ich veganes Essen mag, und sie hätte tröstend geantwortet, auch ich würde eines Tages ein leckeres Schweineschnitzel bekommen.

Der Kellner tritt an den Tisch und fragt, ob wir noch etwas möchten. Ich schüttle den Kopf, und die Freundin sagt: »Nein danke, ich bin sehr zufrieden.«

Jetzt muss ich wirklich lachen. »Das wollte ich auch gerade zu dir sagen.« Es soll ein Witz sein, aber sie lacht nicht. Wir bestellen die Rechnung. Als der Kellner weg ist, lehnt sie sich vor. Ihre Augen sind schmal.

»Pass bloß auf«, sagt sie. Es klingt seltsam, fast wie eine Drohung. Als ich sie fragend ansehe, fügt sie hinzu: »Nicht alle Männer sind nett.«

Dieses scharfe *T* am Ende. Wie ein Wurfstern schießt es auf mich zu. Zack, schlägt es hinter mir in die Mauer, haarscharf neben meinem Kopf. Ein heißer, horizontaler Strich brennt auf meiner Wange. Die Freundin und ich starren einander an. Ich muss an das weiche *T* des Mannes aus dem Callcenter denken. Wie gut es sich auf meiner Haut angefühlt hat.

Anders als das hier.

Ich kann mich nicht rühren.

Die Freundin hat den ganzen Satz so heftig hervorgestoßen wie etwas, das aus einem ganz anderen Teil von ihr kommt als alle Sätze, die sie sonst zu mir gesagt hat. Etwas, das dort gespeichert ist, tief eingeschnitten, unlöschbar. *Nicht alle Männer sind nett.*

Wir haben wirklich lange nicht mehr über Sex geredet.

Automatisch strecke ich die Hand aus. Ich will die Freundin berühren, mich entschuldigen, und ich rechne damit, dass ihr Blick einstürzt.

Aber sie guckt eher forschend, fast erwartungsvoll, es irritiert mich, und kurz bevor meine Hand ihren Arm erreicht, sehe ich, dass ihre Augen leuchten. Ich muss blinzeln, weil der Gesichtsausdruck so unpassend ist. Sie schlägt die Augen nieder, aber ich habe es schon gesehen. Dass sie sich freut.

Richtig freut.

Wenn die Freundin sich freut, dann merke ich das. Immer, auch wenn sie es nicht zeigen will. Und jetzt freut sie sich darüber, dass sie etwas Scharfkantiges nach mir geworfen hat und es mich trifft. Sie freut sich. Mit blitzenden Augen. Mein Arm weicht in Zeitlupe zurück.

Danach weiß ich nicht mehr, was ich sagen soll. Ich schiebe den Zuckerstreuer ein Stück in die Mitte. Sehe dem Kellner dabei zu, wie er den Tisch neben uns abräumt. Zwei Weingläser, Servietten, einen vergessenen Teller. Essig und Öl. Salz und Pfeffer. Am Ende wischt er die Tischplatte ab. Es bleibt kein Krümel kleben, nichts, wovon auch nur ein Spatz noch satt werden könnte. Gar nichts.

Dann bringt er uns die Rechnung. Es ist weniger, als ich dachte.

Ich schiebe den Zuckerstreuer an die alte Position, hole mein Portemonnaie aus der Handtasche und lege einen Schein auf den Tisch. Streiche ihn glatt. Ich kann einfach nichts sagen. Dabei liegt mir etwas auf der Zunge, das ich antworten möchte auf *Nicht alle Männer sind nett*. Etwas über manche Frauen. Über die Frau hier, die mir an vielen verschiedenen Tischen viele Jahre lang gegenübergesessen hat. Aber ich schweige. Manche Dinge muss man nicht mal mehr totreden.

Die Glühbirne

Wir sind elf Mädchen in einem Zimmer mit Doppelstock-betten, und während der gesamten Klassenfahrt schlafen wir keine acht Stunden. Wir sind so wach, wie wir es im Leben nie mehr sein werden. Es gibt noch keinen Kaffee und keinen Alkohol; es gibt Instant-Zitronentee, ein Granulat, staubig braun wie der Sand auf dem sonnenverbrannten Hof hinter der Jugendherberge; es gibt heimtückisch auf der Waldrallye einsetzende *Tage;* es gibt Jungs aus der Parallelklasse und be-deutungsvolle Tränen, die in der Hitze so schnell wegtrock-nen, dass wir bald die Lust an ihnen verlieren, und eigentlich gibt es nur uns.

Fast nur uns.

Ich weiß nicht, warum mir die Geschichte einfällt, als ich vom Restaurant nach Hause gehe. Die Freundin war nie in meiner Klasse. Vielleicht sind es einfach all die Mädchen, die inzwi-schen erwachsen sein müssten und irgendwo ein Leben führen.

Einige sind bestimmt noch miteinander befreundet. Vielleicht nur noch die, deren Leben sich ähneln.

Als ich nach Hause komme, stelle ich mich vor den großen Spiegel, ziehe das T-Shirt ein Stück hoch und die Hose ein Stück nach unten. Ich muss mich etwas verrenken; ich habe lange nicht mehr nachgesehen, aber sie ist noch da, die Geschichte. Sie steht auf meiner Hüfte wie durcheinandergewirbelte Blindenschrift.

Es gibt nur uns. Fast: Es gibt noch den *Zivi*.

Den ganzen Tag läuft er mit nacktem Oberkörper über den Hof, trägt Säcke mit Grillkohle, sprengt den Rasen, schiebt Leihfahrräder hin und her oder blättert hinter dem Rezeptionstresen schläfrig in Aktenordnern. Auch dabei trägt er kein Hemd. Seine Brust glänzt wie die von Berührung glatten, robusten Holzbänke im Hof.

Unsere Klasse hat eine Nachtwanderung gemacht. Als wir zurückkommen, so übermütig vom vielen Gruseln, dass wir springen wie Popcorn, raucht der Zivi am Eingang. Ganz still. Seine Jeans ist ein Stück heruntergerutscht; die Hüftknochen werfen im Licht unserer Taschenlampen scharfe Schatten. Wir müssen an ihm vorbei. Er riecht nach Kohle, Schweiß und Stroh. Und irgendwie buttrig. Absolut fremd. Er ist zwei Köpfe größer als die Größte von uns und schickt seinen Marlboroblick über uns hinweg, tief in die Nacht der Lüneburger Heide. Etwas sehr Heldenhaftes muss er gehabt haben, zumindest von schräg unten.

Wir gehen einzeln durch die Tür. Die Jungs reden weiter, sie bekommen gar nichts mit, aber wir verstummen. Alle elf. Auch im Zimmer sagt niemand ein Wort über ihn. Kein Herzchen wird gemalt und keine Träne vergossen; mit so etwas lässt er sich schlecht beschreiben, das spüren wir. Er ist nicht *süß*. Er ist etwas, wofür wir kein Wort haben.

Eigentlich ist er ein Problem.

Am nächsten Tag, nach dem Museumsbesuch, versammeln wir uns in unserem Zimmer. Jemand schließt trotz der Hitze Fenster und Tür. In der Mitte des Zimmers baumelt ein Kabel mit einer nackten Glühbirne von der Decke und ringsum von den Stockbetten zweiundzwanzig Mädchenbeine. Wie in einem Amphitheater, wie im römischen Senat beraten wir, was zu tun ist.

Dass etwas zu tun ist, steht offenbar fest. Ich erinnere mich an keine Rechtfertigung, keine Skrupel, wir reden von Anfang an ausschließlich über das *Wie*.

Schließlich schieben wir mit vereinten Kräften ein Bett in die Mitte, und jemand, der ich gewesen sein könnte, weil es mein Bett war, greift nach dem Kabel und zerschlägt die Glühbirne an der Decke. Ein heller Tusch, eine Explosion feinster Splitter.

Wir hätten im Zimmer Fußball gespielt, sagen wir der Klassenlehrerein und fegen die Scherben eifrig zusammen. Dann setzen wir uns wieder auf die Betten. Wir warten, bis man von ferne schon die Edelstahlkannen scheppern hört, randvoll mit saurem Hagebuttentee fürs Abendessen. Es wird knapp. Aber wir halten die Stellung.

Der Zivi trägt eine Trittleiter, eine Glühbirne und eine Hose. Arbeitsstiefel natürlich. Er steht in der Mitte des Zimmers und legt den Kopf in den Nacken. In der Luft um ihn herum mischt sich Zitronentee mit Rauch, und zweiundzwanzig Mädchenbeine hängen sehr still. Er stellt die Leiter auf.

In meiner Erinnerung ist es, als hätte ich ihn nicht nur durch meine eigenen Augen gesehen, sondern durch die aller Mädchen ringsum. Von allen Seiten. Er bringt die Leiter in Position. Die gebräunte Haut auf seinem Rücken rollt über lauter verborgene Dinge, unter den Armen springen regenzerzauste Grasbüschel hervor, und auf dem Bauch zeigen andere Härchen verwirrend pfeilartig zum Jeansknopf.

In meiner Erinnerung sind wir alle ein gemeinsamer Blick. Fasziniert, ungetrübt, frei.

Dieses *Wir* gab es natürlich nie.

Schon rein statistisch interessiert sich mindestens eine von uns überhaupt nicht für den Zivi. Sondern vielleicht für eins der anderen Mädchen.

Er steigt auf die Leiter und hebt die Arme. Wir halten den Atem an.

Die Decke ist relativ hoch und das Kabel ist relativ kurz.

Eigentlich bräuchte man eine größere Leiter.

Er tastet über seinem Kopf ins Leere, streckt sich; die perspektivische Verkürzung erschwert seine Arbeit. Endlich berührt seine Rechte die Fassung, aber im gleichen Moment zuckt er zurück, lässt die Arme sinken, steigt von der Leiter und geht aus dem Zimmer. Wortlos.

Auch wir schweigen, aber unser Schweigen ist ein anderes. Wir dürfen die Luft nicht bewegen. Niemand öffnet das Fenster, oh nein, auf keinen Fall.

Als der Zivi kaum eine Minute später zurückkehrt, wiederholt er seinen Bewegungsablauf, so exakt wie ein Tänzer bei der Probe. Als wäre irgendetwas am ersten Auftritt nicht makellos gewesen, gönnt er uns einen zweiten. Vielleicht würde er, wenn wir es uns nur mit aller Kraft wünschen, ewig so weitermachen.

Aber jetzt schraubt er tatsächlich die zerbrochene Birne aus der Fassung, vorsichtig und behutsam, beugt sich hinunter, legt sie auf die Trittfläche der Leiter und setzt die neue ein. Er arbeitet langsam und bedächtig, und wir sehen ihn an. Wir sehen ihn ganz genau an, bis er fertig ist.

Heute bin ich mir sicher, dass er das Zimmer zwischendurch bloß verlassen hat, um die Sicherung herauszunehmen.

Ich mag heute Männer, die sich ansehen lassen können. Die sich einfach mal eine Weile ansehen lassen können, mit oder ohne Hemd, aber auf jeden Fall ohne den Drang, gleich etwas tun zu müssen wegen dieses Angesehenseins. Ohne meinen Blick gleich zu beschriften mit *Aufforderung* oder *Angebot*. Ohne *mich* zu beschriften.

Der Zivi hat unsere Blicke wahrscheinlich gar nicht bemerkt. Es gibt sie überhaupt nicht. Mädchen gucken nicht so, nicht in dem Alter, denn wenn sie es täten, würde man sie ja sofort beschriften, würde auch gleich etwas mit ihnen tun, was denn sonst, und das darf nicht passieren.

Mädchen dürfen nicht so gucken, damit ihnen nichts passiert.

Nur passiert sehr vielen eben trotzdem etwas.

Rein statistisch mindestens einer von uns. Zuhause oder im Sportverein oder bei Verwandten. Zwischen uns sitzt rein statistisch eine wie gelähmt auf ihrem Bett. Sie will weg aus dem Zimmer, sie schämt sich, sie ist allein, und nichts davon kann der Anblick des stillen, schönen Männerkörpers in unserer Mitte wiedergutmachen.

Mein unversehrter Blick ist ein glücklicher Zufall, aber das weiß ich noch nicht. Ich sehe mir den Zivi ganz genau an.

Ich sehe ihn mir an, als ob ich sein Bild abspeichere, ganz für mich allein. Ich würde absolut nicht mögen, dass er etwas mit mir tut, dass er mich anfasst. Es wäre absurd. Aber nachdem das Licht an dem Abend ausgeknipst worden ist und verdächtig schnell Ruhe einkehrt zwischen den Betten, fasse ich mich selbst an. Schläfrig und beschützt vom Dunkel meiner Decke und der Sicherheit, dass ich *für mich* bin. Dass ich mich für mich habe, jetzt und noch so lange, wie ich will. Ohne überhaupt darüber nachdenken zu müssen. Ohne diese Tatsache verteidigen zu müssen.

Danach drehe ich mich auf die Seite und schlafe sofort ein. Die ganze Nacht lang piekst und kratzt es unter meiner Hüfte. Am Morgen sind Blutflecken in der Schlafanzughose, aber viel zu klein und an der falschen Stelle. Ich leihe mir eine Pinzette und einen Handspiegel. Nach einer halben Stunde im Waschraum bin ich immer noch unsicher, ob ich alle Glassplitter erwischt habe.

Habe ich nicht.

Ich streiche über die verblassten rosa Punkte auf meiner Hüfte. Es wäre schön, wenn ich in dem Jahr, als der Zivildienst abgeschafft wurde, an den Zivi gedacht hätte. Ich hätte irgendwo eine Kerze für ihn anmachen können. Oder eine Glühbirne.

Noch schöner wäre es, zu wissen, ob die Splitter damals nur in das eine Bett geflogen sind. Oder ob es noch andere Frauen gibt, die diese kleine Punktschrift auf der Haut mit sich herumtragen. Und ob sie diese Geschichte gern lesen, vielleicht, weil wir sie selbst geschrieben haben. Ich wüsste gern, was aus ihren Blicken geworden ist. Es wäre schön, mit ihnen darüber sprechen zu können.

Herr Neumann kommt

Ein paar Monate lang schleife ich die tote Freundschaft noch hinter mir her. Man trauert auch um das, was man sich glücklich schätzen könnte zu verlieren. Und als ich loslasse, fühle ich mich nicht einmal erleichtert. Sondern flattrig, so, als wäre mir ein riesiger Gipsverband abgenommen worden und jeder Windstoß könnte mich in die nächste Baumkrone wehen, wo ich mich verheddern würde wie ein loses Stück Wäsche. Als stünde im Wörterbuch unter *al-lein: von der Leine gerissen*. Es ist ein körperliches Gefühl, wie Schwindel.

Ich habe noch andere Freundinnen und Freunde. Mit einigen kann ich sehr offen reden, und einige sagen Dinge über die *Freundin*, die vielleicht wahr sind, aber die das Flattern nicht vertreiben. Ich glaube, ich brauche einen Experten. Einen Experten für mittelgroße Konflikte und für meinen Körper.

Unsere Treffen sind eine Weile her; vorsichtshalber rechne ich damit, dass er ablehnt. Ich höre mich nicht gut an in der Nachricht, das merke ich selbst. »Außerdem gibt es vielleicht keinen Sex«, schreibe ich.

Er antwortet nur: »Wann soll ich da sein«, ohne Fragezeichen, als ob nichts fraglich ist an meiner Bitte oder seiner Antwort.

Ich habe mal gehört, dass echte Nächstenliebe meistens holprig daherkommt, wenig elegant, weil jemand, der sie gibt, vorher nicht lange überlegt.

Herr Neumann steht in denselben Wanderstiefeln, mit demselben albern kleinen Rucksack vor meiner Tür. Und doch sieht er verändert aus. Als hätte er an Kontur gewonnen. Er begrüßt mich, als wäre ich eine gute, langjährige Klientin und als gäbe man solchen Klientinnen üblicherweise nicht die Hand, sondern den Mund, mit einer kurzen, höflichen Berührung der Zungenspitzen.

»Ach, Herr Neumann, gut, dass ich Sie treffe.« In meinem Flur klingt das weicher und wahrer als der Witz, der es eigentlich sein sollte.

Sein Blick huscht über mein ausgeleiertes T-Shirt und die Sporthose, die noch niemals beim Sport war. »Schlimm?«

Er hat Schnaps dabei, guten. Er zieht seine Jacke aus, die Stiefel, die Jeans, und wir legen uns ins Bett. Sein graues Hemd zerknittert sofort, es war frisch, aber Herr Neumann lässt es an. Er breitet ein nacktes Bein und einen bekleideten Arm über mich; er deckt mich mit seinem halb angezogenen Körper zu.

»Erzähl«, sagt er.

Also erzähle ich, und Herr Neumann sagt nichts. So viel Nichts, dass ich ihm für jedes einzelne dankbar bin. Er sagt nicht, dass die Freundin *garantiert nur schlechten Sex hat*. Er sagt nicht, dass sie *verklemmt* ist oder *neidisch* oder beides. Genauso wenig sagt er, dass sie vielleicht recht hat. Er sagt nicht, dass ich besser geschwiegen hätte, zum Beispiel über ihn, und dass ich mich bestimmt bald lebensrettend verlieben würde, zum Beispiel in ihn. Vor allem aber sagt er nicht mehr, ich wäre *zu schade* für das, was ich will.

Er wickelt sich um meinen Körper, so fest, wie man Kinder früher in Tücher eingewickelt hat. Ich strample ein bisschen, aber es ist gut; ich kann mich gegen ihn stemmen, um die Sätze hervorzupressen.

Es dauert keine Viertelstunde, die Geschichte zu erzählen, und das macht sie fast noch trauriger.

Am Ende wartet Herr Neumann, ob noch etwas kommt. Er atmet in meinen Nacken. Dann sagt er: »Das klingt nicht so, als ob man da viel retten kann.«

Sein Bein liegt schwer auf meiner Hüfte, und sein Arm zieht mich gegen die Brust seines Hemds.

»Fester«, sage ich.

Herr Neumann kreuzt die Arme vor meinem Brustkorb, und ich kann nichts tun, ich muss nichts tun, außer die Stellen zu spüren, an denen ich zu Ende bin. An denen meine Verantwortung endet.

Ich schließe die Augen.

Es ist nicht meine Schuld, wenn mein Leben irgendwem ein schlechtes Gefühl gibt. Ich kann nichts daran ändern. Ich halte nicht alle Fäden in der Hand.

Plötzlich lässt die Umarmung nach, und ich drifte auseinander wie schwimmende Baumstämme auf einem Fluss.

Ich protestiere lautstark.

»Keine Panik. Ich hab dir was mitgebracht.«

Herr Neumann lässt mich los und greift zum Fußende des

Bettes. Als ich mich widerstrebend aufgesetzt habe, gibt er mir den kleinen Rucksack in die Hand. Er hat fast kein Gewicht. Ich sehe Herrn Neumann an, sein Mundwinkel zuckt, sein Blick ist hell und abgründig zugleich. Da ist es wieder, sein geheimes Leben. Aber es leuchtet anders als früher. So, als ob er es jetzt kennt. Als ob er sich mit ihm bekannt gemacht hat, und jetzt sitzt er vor mir und sieht glücklich aus.

»Ich habe Lust zu raten«, sage ich und öffne den Rucksack nur so weit, dass ich eine Hand hineinstecken kann.

Ein Fischernetz? Kabel?

Tote Schlangen?

»Ach«, sage ich.

Seile.

Sie sind dunkelblau, seidig glatt. Und sehr fest.

»Ich habe mich fortgebildet«, sagt Herr Neumann.

»Bei wem?«

Er lächelt und zuckt mit einer Schulter.

»Muss ich nackt sein?«

»Du kannst sein, wie du willst«, sagt er.

Ich ziehe die Sporthose aus und auch das Höschen. Das T-Shirt riecht nach mir, nach meinem Bett, einem sicheren Ort. Ich behalte es an. Dann nicke ich Herrn Neumann zu.

Er legt das Seil doppelt und führt es mehrmals um meinen Bauch, über den Stoff des T-Shirts, die zwei Stränge genau parallel. Sobald sie sich verdrehen, korrigiert er. Der Druck fühlt sich gleichmäßig an. Zwischen uns tritt aufmerksames Schweigen. Ich sitze in der Mitte meines Betts, die Beine leicht angewinkelt, und sehe seinen Händen zu. Sie binden einen Knoten über meinem Brustbein und teilen die Stricke. Die Enden führt Herr Neumann nach oben. Er rutscht auf den

Knien hinter mich, drückt die Lippen kurz auf den Stoff an meiner Schulter, dann legt er mir das Seil um wie eine Halskette mit schwerem Anhänger. Er macht einen Knoten in meinem Nacken.

Ich zucke zusammen, als seine Fingerspitzen gegen meine Kehle stoßen. »Da nicht.«

Da war gar kein Seil, aber er nimmt trotzdem die Hände weg. Ich drehe den Kopf, und wir küssen uns still und langsam.

In der nächsten halben Stunde hüllt Herr Neumann meinen Oberkörper in ein Netz, das mich zugleich einzwängt und hervorhebt. Darunter schlägt der Stoff des T-Shirts Wellen. Über den Brüsten spannt er sich. Bestimmt würden die Seile besser über nackte Haut gleiten, aber Herr Neumann beschwert sich nicht. Er lässt meine Arme und Hände frei. Ich rieche, dass er ein wenig schwitzt, und bekomme Lust, über die raue Haut auf seiner Kehle zu lecken, am liebsten genau die Linie entlang, an der er beim Rasieren absetzt.

Er bewegt sich so langsam, dass das Bett unter uns nicht knarrt, sondern nur knackt, und weil das Bettzeug dazu knistert, hört es sich ein bisschen an, als säßen wir am Lagerfeuer. Ein langer Abend, an dem man im Feuerschein etwas schnitzen kann. Oder knüpfen.

Oder einander anfassen.

Als er das nächste Mal in die Nähe meines Gesichts kommt, drücke ich den Mund auf seinen Hals. Er stoppt, zieht die Luft durch die Nase und lässt mich gewähren.

Ein paar Sekunden lang.

Herr Neumann ist niemand, der sich leicht ablenken lässt. Ruhig drückt er mich aufs Bett, und als er meine Knie teilt und sich dazwischen auf die Fersen setzt, denke ich schon, dass er fertig ist und wir jetzt – aber er hält immer noch ziemlich viel blaues Nylon in der Hand. Er greift meine Fesseln, was für ein Wort, und setzt sich meine Fußsohlen auf die Brust. Auf die Herzgegend. Auf sein schrecklich zerknittertes Hemd.

Dann stellt er meine Füße ein Stück weiter auseinander.

Wie ich daliege. Er könnte in mich hineinsehen.

Er tut es auch, ganz kurz. »Du glänzt ja schon«, sagt er.

Ich merke, dass ich Lust habe, die Augen niederzuschlagen. Sonst will ich mich vor niemandem mehr schämen. Aber vor ihm: sehr gern. Ich drehe den Kopf zur Seite, stemme die Füße gegen seine Brust und spüre ein kraftvolles, begehrliches Ziehen. Als hätte Herr Neumann seine Seile auch in mir gespannt.

Er fesselt meine Beine einzeln. Das Nylon sirrt, wenn er einen Knoten macht und das Ende hindurchzieht. Ich werde immer ungeduldiger. Um meine Schienbeine liegen tiefblaue Rauten, um die Oberschenkel große Schlingen. Er zieht sie fest, ist unzufrieden, löst sie wieder, versucht es noch einmal.

»Das sollte hier nicht …«, murmelt er, »das sollte nicht auf die Lymphknoten drücken.«

»Egal. Egal, komm her, fass mich an.«

Mit einem stumpfen Laut der Ergebenheit fällt das Seilende aufs Bett. Dann presst Herr Neumann seine Hand auf meinen Schoß, mit überstreckten Fingern.

Ich halte still, er auch, und trotzdem ist da eine leise Vibration. Wie ein ruckelnder Nachhall von damals, von dem Tag, an dem wir *Plätzchen gebacken* haben. Oder es ist ein Pulsschlag. Als ob mir das Herz in den Schoß gerutscht wäre.

Ich küsse Herrn Neumann, und der Puls ist auch zwischen unseren Lippen.

Dann sehe ich an meinem Oberkörper hinab. Die Seile erkenne ich kaum, weil der Stoff darunter so starke Falten wirft.

»Kannst du das T-Shirt wegschneiden?«

Er nimmt meine Nagelschere. Bestimmt ist es mühsam, das Gezupfe und die vielen kleinen Schnitte, aber Herr Neumann wirkt wie jemand, der eine schöne und wichtige Arbeit tut.

Meine Haut wird an immer mehr Stellen kühl.

Am Ende liegen die Stoffreste auf einem Häufchen neben dem Bett. Als seien eigentlich sie die Fesseln gewesen und das, was ich jetzt trage, ist mein schönstes, nachtblaues Kleid. Maßgeschneidert. Ein paar rötliche Stellen glimmen dort, wo der Stoff in Falten gelegen hat. Herr Neumann reibt sie mit den Fingerkuppen, und die Hitze breitet sich langsam in mir aus, ganz gleichmäßig.

Der letzte Rest Blau fließt zwischen seinen Fingern hindurch, als er sich neben mich legt. Wir drehen die Köpfe zueinander und lächeln uns an.

»Deine Hände?«, fragt er.

Ich nicke. »Aber du musst dich auch ausziehen.«

Er knöpft sein Hemd auf, einhändig, während er mir weiter in die Augen sieht, und das ist jedem Striptease der Welt überlegen.

Als er dann wirklich nackt ist, sieht er seltsam unfertig aus. Vielleicht ist es nur der Kontrast: Ich bin fest verschnürt, gesichert, ich stehe nicht infrage, seine Hände aber bewegen sich beinahe linkisch über dem letzten Seil. Er drückt meine Handflächen gegeneinander, bugsiert mich mit angezogenen Beinen auf die Seite und schiebt meine Arme hoch, die Ellbogen angewinkelt, bis die Daumen die Stirn berühren. Ich liege da wie in einem nächtlichen Gebet. Dann fädelt er das blaue Nylon zwischen meinen Fingern hindurch, wickelt es um sie herum, als ob er mir schüchtern Ringe ansteckt, und legt es um die Handgelenke. Die Enden führt er links und rechts an meinem Hals vorbei zu der Schlinge im Nacken. Es ist komisch: Ich atme ganz frei, er dagegen keucht. Beim letzten Knoten muss er zweimal ansetzen, weil seine Finger zittern.

»Hast du Durst?«, fragt er.

Ich nicke.

Er holt Wasser und flößt es mir ein. Danach bekomme ich noch ein sehr kleines Glas Schnaps. Es ist ein schwerer, weicher Rum. Herr Neumann trinkt auch einen, dann legt er sich hinter mich.

Zwischen meiner Haut und seiner gibt es nur noch die Seile. Ich hätte nicht vermutet, dass ich ihn durch dieses Raster so intensiv spüre. Als sei jeder abgegrenzte Fleck von ihm ein eigenes Wesen, das mich sehnsüchtig berührt und zugleich hoffnungslos von mir getrennt ist.

Jetzt wünschte ich doch, ich hätte die Hände frei.

Seine Fingerspitzen kommen in Bewegung. Sie klettern über blaue Strickleitern, bleiben hängen, fallen hin, haken sich schließlich an meiner Hüfte ein und ziehen mich gegen ihn. An meine Lendenwirbel drückt sein Penis, flach und fest.

Vielleicht eine halbe Minute lang.

Herr Neumann zieht sich ein Stück zurück, und dann tippt er mich an, meinen Rücken, wie mit der Fingerspitze, aber nicht mit der Fingerspitze. Er tippt einen kleinen Tropfen in mein Kreuz.

Das ist alles.

Ich warte, aber dieser winzig kühle Punkt auf meinem Rücken bleibt die einzige Berührung.

Dann trocknet er.

Meine Beine sind nur mit Seilen umwickelt, nicht aneinandergefesselt, also teile ich die Knie und stelle einen Fuß auf. Ich öffne mich weit.

Ein kalter Luftzug streicht an meinem Schoß entlang. Mir fällt der windige Tag ein, als ich nach unserem Termin über den Parkplatz ging. Wie der Wind zugegriffen hat.

Herr Neumann stöhnt zart; er hat eine gute Nase.

Ich presse meinen Po in die Kuhle, die sein Körper bildet.

Er könnte mir jetzt die Hand auf die Hüfte legen, ein Stück nach unten rutschen und dann …

»Hinter dir, im Regal«, sage ich.

Aber er bringt wieder mehr Raum zwischen uns und berührt mich nur mit seiner Spitze. Er lässt sie über mich gleiten und malt heißkalte, nasse Kreise in das Raster auf meinen Rücken. Mehrmals zieht er die Luft scharf durch die Zähne und stöhnt.

Ich muss die Augen schließen. Jetzt rieche ich ihn ebenfalls.

Er riecht nach Algen und Chlor, nach Schwimmbad, wie mein nasser Badeanzug, der an mir klebt, in einer dunklen, schwülen Umkleidekabine. Draußen an der Wand steht *Männer*, und hinter mir steht Herr Neumann, seine Brust an meinem Rücken. Er hat mir den Badeanzug heruntergezogen, die Träger drücken in die Haut, und er rollt meine Brustwarzen zwischen den Fingern. Seine Fingerkuppen sind ganz aufgeweicht vom Schwimmen, wellig und stumpf. Sie kneifen mich und schicken ein Gefühl durch meinen Körper, das auf dem Weg nach unten mehrmals die Form wechselt: Stechen, Kribbeln und dann ein tiefer, schmerzhafter Sog.

Draußen gehen Leute vorbei. Sie reden und lachen. Ich verbeiße mir jedes Geräusch, aber er hat kein Mitleid. Er lächelt gegen meinen Hals, lässt ein wenig los, drückt wieder zu.

Bis ich es nicht mehr aushalte. »Schläfst du mit mir?«

»Nein«, flüstert Herr Neumann an meinem Ohr. Er lässt los und seine Finger folgen dem Seil, das sich um meine Brüste schmiegt. Eine kunstvolle, liegende Acht. »Du bist vollständig.«

Dass ich das ja wohl nur selbst wissen kann, will ich zuerst entgegnen, aber dann beschließe ich einfach, ihm zuzustimmen. Vielleicht brauche ich heute niemand anderen in meinem Körper. Nur die kalte Luft zwischen den Beinen stört mich. Ich lasse ein Knie weit nach hinten fallen, auf seine Hüfte.

»Aber, Herr Neumann, könnten Sie ...«, sage ich, als säßen wir in seinem Büro, der leichte Tonfall kostet mich meine ganze Beherrschung, »könnten Sie sich vielleicht noch um diese ... *private Angelegenheit* von mir kümmern? Bitte.« Ich öffne meine Beine, so weit es geht. »Bitte.«

»Selbstverständlich«, sagt er. So kühl und seriös.

Diesmal träume ich nicht, sondern sehe ihm zu.

Er fängt wieder bei meinen Brüsten an, die ich gut sehe, weil sie hochgeschnürt dastehen, prall und unbequem. Irgendwie geil, aber auf eine Art, als ob jemand anders das Wort in mir flüstert. *Geil.* Eine männliche Stimme. Es klingt gierig. *Eine ordentliche Handvoll.* Fremd, aber geil, aber fremd.

Herr Neumann hat nichts gesagt, er greift nur zu, nimmt die Hände so voll von mir, dass sie überquellen, ein kurzer, stechender Schmerz, und leckt mir den Nacken, dass *ich* überquelle. Fortlaufend überlaufe wie ein Schwimmbecken, und Herr Neumann ist irgendwo hoch oben, und dann klatscht etwas.

Wie ein Mensch bäuchlings auf eine Wasseroberfläche schlägt, ist seine Hand zwischen meinen Beinen gelandet, auf meiner wildesten, welligsten Haut, so aufgeworfen und schäumend, absolut unbezwingbar. Eine irre Sekunde lang frage ich mich, ob er das überlebt.

Er muss mich mit aller Kraft festhalten. Eine Handfläche presst er hart gegen meinen Schoß; er hält mich zusammen, alles, woraus ich bestehe. Die Schockwelle setzt sich in mir fort und wird größer und größer, sie türmt sich auf – sie schlägt um…

Er lebt noch. Bei mir bin ich nicht sicher.

Seine Lippen an meinem Hals, plätschernd, paddelnd, als wäre gar nichts passiert, und so still ist es auch. Fast unmerklich schwankt der Mann hinter mir, als ob er dort angespült worden ist, als ob die letzten Ausläufer der Wellen seinen müden Körper streifen.

Aber ihm ist nichts passiert.

Noch nicht.

Dann streift er wieder meinen Rücken und setzt seine kleinen, nassen Schriftzeichen darauf. Ich bin noch ganz außer Atem, doch ich verhalte mich so still wie möglich. Gleich, gleich, flüstere ich in Gedanken. Herr Neumann allein am Strand, ganz nackt. Möwen. Feine, weiße Schaumkronen, die es schon fast bis zu mir schaffen. Ja, kommt nur. Kommt.

Sein Körper spannt sich, und ich spüre die warmen Tropfen auf meiner Wirbelsäule. Sie laufen sofort hinunter bis zum nächsten Stück Seil. Gleich werden sie versickern und trocknen. Aber noch sind sie da.

Jetzt stören mich die Fesseln. Ich möchte die Hände so gern nach hinten führen und dann vor meine Augen halten, weiß benetzt.

Herr Neumann liegt noch einen Moment still, dann seufzt er tief, nimmt eine Hand von meinem Körper und greift zum Nachtschrank. Oh nein.

»Untersteh dich!« Ich höre das Knistern von Plastik, dann ein Rascheln.

»Was denn? Ich habe dich besudelt.«

In aller Ruhe pflückt er ein Taschentuch aus der Packung und wischt sorgfältig meinen Rücken ab. Er nimmt sogar ein zweites; er wischt alles weg, das ganze schöne Klebrige, während ich nach ihm trete und mich vergeblich herumwerfe. Mit gefesselten Händen habe ich nicht den Hauch einer Chance.

Aber am Abend.

Da schleiche ich ins Bad, als sei es nicht mein eigenes. Und als sei ich nicht allein, zupfe ich das Taschentuch aus dem kleinen Mülleimer. Ich atme Herrn Neumanns Schwimmbadduft ein. Chlor und ein bisschen Salz.

»Sollten noch Fragen auftauchen«, hat er mit dem Rucksack in der Hand gesagt, »zögern Sie bitte nicht.« Aber unser Kuss an der Tür war wie das Ende für eine gute Geschichte.

Ich fotografiere die rötlichen Abdrücke auf meiner Haut, bevor sie ganz verschwinden. Sie gehen nicht so tief wie die Punktschrift von damals, aber das heißt ja nicht, dass ich sie nicht behalten will. Wäre das Seil etwas gröber gewesen, könnten sie aussehen wie Fährten. Es sind einfach nur Linien, die einander kreuzen und dann wieder auseinandergehen.

Audio

Klack, klack, klack, klack. Entschlossen und raumgreifend. Aber etwas unrhythmisch.

Natürlich. Normalerweise gehe ich nicht auf hochhackigen Schuhen durch meine Wohnung. Normalerweise gehe ich gar nicht auf hochhackigen Schuhen. Ich war immer schon ein Turnschuhmädchen.

Kurze Stille, Ausatmen. Wieder Schritte, erst auf dem Parkett, dann auf dem Teppich. Unentschlossenes Räuspern. Ein Stuhl wird über den Teppich gezogen, dann knarrt er unter meinem Gewicht.

Tiefes Ausatmen, eher ein Schnaufen.

Etwas gluckert. Das Geräusch ist so deutlich und so fehl am Platz, als ob es aus einer Datenbank für Hörspiele käme.

Stille.

Leises Rauschen, wahrscheinlich die Heizung.

Wieder dieses überdeutliche Gluckern.

Stille.

Die Türklingel.

Ein erschrockenes Japsen, der Stuhl knackt, knarrt, zugleich ein lauteres Gluckern, dann, kurz: ein Zischen und Plätschern.

Drei Sekunden lang nichts.

»Scheiße«, flüstert meine Stimme. »Scheiße, Scheiße.«

Das Scharren von Stuhlbeinen, schnelle Schritte, hektisches Rascheln und Knistern.

»Ach, verdammt.«

Klack, klack, klack, die Schritte entfernen sich. Dann der Summer und das Aufreißen der Wohnungstür. Hallende Stille aus dem Treppenhaus.

»Okay«, murmele ich, weit entfernt. »Okay. Is jetzt egal.«

Meine Schritte nähern sich wieder. Das Knarren des Stuhls. Tiefes, mit aller Macht zur Ruhe gezwungenes Ausatmen.

Stille.

Mein Atem.

Und als ich meine Füße auf dem Teppich anders hinstelle, besser, schöner: ein leise schmatzendes Geräusch.

Dann Stille.

Stilles Warten.

Wenn ich mir die Aufnahme anhöre, springe ich selten direkt zu meinen Lieblingsstellen. Auch das Warten gehört dazu, all das scheinbare Nichts. Kopfhörer sind wichtig, für die Feinheiten. Es ist schön, mir auszumalen und mich daran zu erinnern, was in den beinahe leeren Zeiträumen passiert ist. Ich lache leise über das Plätschern, und dann werde ich fast so aufgeregt wie damals. Ich liege im Bett, aber ich fasse mich noch nicht an. Ich lasse die winzigen, nervösen Geräusche in meine Ohren rieseln, und mein Herz schlägt schneller. Meine Körpertemperatur steigt. Alle Sinne schärfen sich, als ob das Denken seine Härchen aufstelle.

Auch in dem Moment, den ich mir anhöre, habe ich Gänsehaut.
In dem Moment gehe ich noch einmal alles durch.

Von: Intercity, 7:36 Uhr

Bitte erwarte mich auf einem Stuhl sitzend. Haare hochgesteckt.
Dunkler BH, kein Höschen. Hohe Schuhe. Etwas zum Augenverbin-
den wäre schön. Bis heute Abend. Freue mich :-)

Alles stimmt.

Nun ja. Bis eben hat alles gestimmt. Der BH ist nachtblau.
Von meinem Handgelenk baumelt eine Schlafmaske. Ich trage
High Heels. Aber in High Heels bekomme ich kalte Füße, und
mit kalten Füßen macht Sex keinen Spaß. Also habe ich mir
eine Wärmflasche auf den Teppich vor den Stuhl gelegt und
vorsichtig meine Fußballen daraufgestellt. Ich wusste ja nicht,
ob der *Intercity* wieder so pünktlich sein würde wie bei unserer
ersten Verabredung. Und ich wusste nicht, dass ich mich so
erschrecken würde über seine Pünktlichkeit. Ich bin abenteuer-
lustig, aber ich bin auch die Frau, die mit Pfennigabsätzen auf
eine zwanzig Jahre alte Wärmflasche tritt.

Kennengelernt hatte ich ihn auf dem Weg zur eisernen Hoch-
zeit meiner Großeltern. Sehr unpassend. Gerade das war das
Schöne. *Wir begrüßen alle Fahrgäste, die in Frankfurt am Main
Flughafen zugestiegen sind.* Jemand schwang einen silbernen, ge-
rillten Alukoffer in die Gepäckablage über mir. Einen dieser
Koffer, die Geschäftsreisende gern benutzen und die besonders
robust sein sollen, reduziert auf die Kernkompetenz eines Koffers. Mir scheinen sie immer seltsam schutzbedürftig mit ihren
frei liegenden Rippen, den sichtbaren Schlössern und Scharnie-
ren. Als fehlte ihnen die weiche, äußere Haut. Auch an dem Tag
im Zug bekam ich so ein ziehendes Gefühl.

Der Mann ließ den Koffer los, knöpfte seinen Mantel auf und

fragte mit einer Geste und einem effizient knappen Lächeln, ob der Platz neben mir frei sei. Ich nickte.

Es war noch früh am Tag. Draußen tauchten Bäume auf und verschwanden, dann fuhren wir unter einer Autobahnbrücke hindurch. Der Mann schloss die Augen. Er hatte schöne, dichte Wimpern, und zwischen den dunklen entdeckte ich ein paar weiße. Ein Stück seines Mantels fiel über mein Bein. Ich ließ es liegen und mir wurde warm darunter. Eigentlich zu warm.

Er musste den Mantel mit Absicht angelassen haben, vielleicht, weil sein Körper nach einem langen Flug ein bisschen fröstelte. Und er hatte sich vor höchstens einer halben Stunde rasiert. Das Metallisch-Alkoholische aus seinem Aftershave war noch nicht ganz verflogen.

Draußen zogen gleichförmige Wolken vorbei.

Er begann, wärmer und erdiger zu riechen. Als ob er jetzt erst wirklich landete. Im Schlaf seufzte er ein paarmal; es klang einladend.

»Entschuldigung«, flüsterte ich, etwas zu nah an seinem Ohr, genau richtig, denn der Mann schlug ohne jedes Zucken die Augen auf und sah als Erstes mein verlegenes Lächeln.

»Lassen Sie mich raus?« Ich ließ es klingen wie eine Bitte, die er mir auch gut abschlagen könnte.

Wie eine Luftspiegelung stieg zwischen uns ein Bild auf, ein Bild von mir in höchster körperlicher Bedrängnis. Es blieb einen Moment zu lange dort hängen, und der Mann blinzelte es nicht ganz weg.

»Nur dieses eine Mal«, sagte er leise, eine Spur warnend, und erhob sich.

Er war wach.

Ich meine: wirklich wach.

Männer wie er, mit solchen Koffern, sehen für mich sonst meistens aus, als ob sie in Wirklichkeit schliefen. Ihre Blicke wälzen sich fade und gleichgültig über die Dinge, zu beleben vielleicht noch durch starke Reize oder die Aussicht auf einen geldwerten Vorteil. Manche sind in der aggressiven Körperhaltung zutiefst heimwehkranker Soldaten erstarrt. Und wenn sie einen Flirt anfangen, dann wie auf Befehl, mit einem inneren *Hauruck*.

Aber dieser Mann hier war *wach*.

Ich drückte mich an ihm vorbei.

Er hatte unter seinem Anzug eine Haut, die auf Empfang gehen konnte. Die meine Richtung anzeigte und meine Frequenz aufnahm, und er, er würde die einzelnen Wellen entschlüsseln können und den Funkspruch hören.

Als ich zurückkehrte und wieder neben ihm Platz nahm, verfolgte er meine Bewegungen. Er registrierte die Turnschuhe. Sie schienen ihn nicht abzuschrecken. Ich machte es mir bequem. Dann fing ich seinen Blick ein. »Und bei Ihnen so?«

Er zog eine Augenbraue hoch.

Es wurde ein unterschwellig unanständiges Gespräch, auch ein bisschen boshaft. So, als könnten wir uns fast alles erlauben miteinander. Als gälte hier, auf offener Strecke zwischen den Städten und zwischen uns, höchstens noch Seerecht. Ohne jegliche übergeordnete Autorität.

Seine Visitenkarte reichte er mir etwas zu früh. Ich musste lächeln, weil die Initialen *IC* lauteten. Dann saßen wir schweigend nebeneinander, der Intercity und ich, bis wir meinen Umsteigebahnhof erreichten.

Hallende Schritte im Treppenhaus.

Sie nähern sich meinem Stockwerk ohne Eile.

Meine Atemzüge, laut und flach, noch unregelmäßig von dem Missgeschick mit der Wärmflasche.

Ein Zupfen und Rascheln, als ich die Schlafmaske aufsetze. Ein Laut aus meiner Kehle, verhaltenes Räuspern, weil es zu spät ist für ein richtiges. Leises Knarren, anscheinend verlagere ich mein Gewicht. Kaum hörbar: das Schmatzen meiner Schuhsohlen auf dem nassen Teppich.

Je näher die Schritte im Treppenhaus kommen, desto mehr verliert sich ihr Hall. Schließlich stoppen sie, und es klingt, als ob jemand vor meiner geöffneten Wohnungstür sehr entschieden ein paar Blätter Papier zerreißt. Die Fußmatte, natürlich. Die Tür wird geschlossen.

Auf den Dielen der selbstbewusste Anschlag harter Ledersohlen. »Guten Abend.« Die Stimme im Flur ist angenehm tief und verlässlich wie das Motorengeräusch eines Mittelklassewagens.

Nur bin ich mir nicht sicher, ob ich sie wiedererkenne.

Oh Gott, ich bin mir nicht sicher. Ich habe nicht aufgepasst.

Ich hatte nicht gut aufgepasst beim ersten Mal, jedenfalls nicht so gut wie er. Er muss sich alles gemerkt haben. In der sanft driftenden Viertelstunde nach unserem ersten Sex, in dem nüchternen Hotel, hatte ich ihm ein Bild gezeigt. Etwas von meiner Lieblingspornoseite. Schwarz-weiß, schöne Kontraste, keine Gesichter. Die Frau sitzt mit verbundenen Augen auf einem Stuhl, weit zurückgelehnt, die Beine streckt sie aus. Sie ist nackt bis auf einen schwarzen Spitzen-BH. Kein Höschen. Neben ihr steht ein Mann, zu sehen von der Hüfte bis zu den Schultern. Er ist vollständig bekleidet, mit einem eleganten, dunklen Anzug, und beugt sich über sie. Seine weißen Manschetten blitzen hervor, seine Fingerspitzen befinden sich zwischen den Beinen der Frau. Er scheint dort etwas Kompliziertes zu tun, mit beiden Händen. Als ob er eine teure Schweizer Uhr einstellt. Die Frau biegt den Rücken durch und streckt sich seinen Fingern entgegen.

Mich erregte an dem Bild gar nicht so sehr die spitzfindige, fast geizige Berührung, sondern die Ausstrahlung des Mannes dabei. Ruhig, bescheiden, kompetent. Der Gentleman weiß, was er tut.

Das hatte ich zu erklären versucht, in dem Hotelbett.

»Aha«, sagte IC und betrachtete das Bild, das ich ihm auf meinem Handy zeigte. Er griff nicht danach, sondern strich mir gedankenverloren über die Hüfte.

Ich dachte, er hätte es sofort wieder vergessen.

Stille. Er orientiert sich.

Ein paar gemessene Schritte. Die Badezimmertür. Wasserrauschen. Wieder die Tür, Schritte in meine Richtung. Die Schwelle zum Wohnzimmer knarrt. So knarrt sie nur, wenn man auf ihr stehen bleibt.

Stille.

Mein Atem, leicht beschleunigt.

Seinen kann ich nicht hören, und ich werde nie wissen, ob er lächelt in diesem Moment. Welchen Teil meines Körpers er zuerst betrachtet. Vielleicht wundert er sich auch über den Fleck unter mir auf dem Teppich.

Es ist so dunkel hinter der Schlafmaske.

»Hallo«, sage ich, und seinen Namen, um die leere Luft zu füllen. Vielleicht auch als Zauberspruch, damit er es wirklich ist. Und nicht irgendein Fremder. Meine Stimme klingt belegt.

Schritte.

Er könnte direkt vor mir stehen. Vielleicht nur einen Meter weit weg. Oder einen halben. Ich zucke zusammen, als Wärme und ein Luftzug meine Wangen streifen. Er muss sich zu mir heruntergebeugt haben. Sein Gesicht muss nah sein. Ich hebe vorsichtig die Hände und stoße an fein gewebten Stoff.

Rascheln.

Ich taste mich hoch bis zum Kragen. Hebe meinen Kopf, suche mit den Lippen seine.

Er lässt seinen Mund, wo ich ihn finden kann, leicht geöffnet, ruhig, aber als ich ihn berühre, antwortet seine Zunge schnell und schlagfertig. Sie ist heiß wie nach einem Schluck Kaffee.

Das unregelmäßige Klicken könnte man für eine technische Störung der Aufnahme halten, aber es sind unsere Zungen und Münder, jedes Mal, wenn sie sich voneinander lösen.

Es ist ein langer Kuss. Ich muss an den Mann auf dem Bild denken. Die präzisen Bewegungen seiner Finger. Wahrscheinlich ein ähnliches Geräusch. Mein Schoß zieht sich zusammen, und die lackierte Sitzfläche bekommt eine kalte, nasse Stelle.

Der Mund verschwindet von meinem. Stattdessen wölben sich warme Handflächen um meine nackten Knie. Es ist keine erotische Berührung, eher eine verschwörerische. Ich muss an das Wort *Räuberleiter* denken.

Mit leichtem Druck öffnet er meine Beine. Er öffnet sie weit. Einen Moment lang passiert nichts.

Er atmet tief ein.

Kalt. Seine Fingerkuppen fühlen sich kalt an, als er sie an mich legt und zwischen die Falten taucht, als ob er ihre Temperatur prüft. Er prüft sie gründlich, auf allen Seiten.

»Du bist noch nicht richtig nass. Streng dich mal ein bisschen an.« Geraunt, in der Aufnahme fast tonlos, so nah an meinem Ohr spricht er. Ein Knarren, als er sein Gewicht verlagert. Er nimmt meine Hand und legt sie mir zwischen die Beine. Als ob etwas einrastet, knackt eine Diele, während er zurücktritt.

Ich sitze mit gespreizten Beinen auf dem Stuhl und versuche, mit meinem Finger das nachzuahmen, was er gemacht hat. Aber sofort will ich mich fester berühren und verteile mit zwei Fingerkuppen die Nässe, schiebe die Lippen weit auseinander, ein Abbild meiner geöffneten Schenkel.

»Das machst du gut.«

Etwas raschelt.

»Na. Weiter. Ich will, dass der Stuhl nass wird. Den leckst du sauber, wenn wir fertig sind.«

»Fasst du dich auch an?«, wagt meine Stimme sich vor.

»Ja.« Er sagt nicht, wo oder wie. Er berührt also seinen Körper und gibt mir nichts davon ab.

»Kann ich …?«

Ein Schritt auf mich zu. Zwischen meine Knie. Trockene Wärme an meinem Gesicht. Stoff. Ich lehne den Kopf nach vorn und etwas Kaltes berührt meine Stirn. Die Gürtelschnalle. Ein Rauschen, als ich die Arme hebe und hinten an seinen Oberschenkeln hinaufstreiche. Er trägt eine Anzughose und ich knete ganz leicht seinen Hintern. Nur zweieinhalb Mal. Unvollständig sozusagen. Auffordernd schiebt er sich gegen meine Hände. Na gut, noch einmal.

»Mm.«

Ich ziehe ihn zu mir heran und presse einen Kuss auf den Stoff in seinem Schritt. Lege den offenen Mund auf die Wölbung. Die Wärme, die von ihr ausgeht, hat sich von trocken nach tropisch verändert.

»Aber *du* bist schon nass«, sage ich.

»Bin ich den ganzen Tag schon«, sagt er, und dann, als ob er angibt: »Du solltest mein Höschen sehen.«

»Flecken?«

»M-hm.«

Ich drücke den Mund wieder gegen seinen Schoß und hauche ihm ein leises Stöhnen ein. Wie ein Echo kommt es von weiter oben zurück.

Dann ist er plötzlich weg. Rascheln, zwei Schritte, ein Schlüsselbund klirrt und wird abgelegt.

»Was tust du?«

»Kann sein, dass ich gleich ein paar Fotos mache.«

Ich bin sofort hellwach.

»Dann kannst du nachher —«

»Nein.«

»— sehen, wie schön —«

»Keine Fotos.«

»Okay. Okay, kein Problem.«

Ein weiterer Gegenstand wird auf den Tisch gelegt. Durch meine Blutbahn zirkuliert der Schreck. Zwar spüre ich noch die Nässe in meinem Schoß, aber sie hat keine Verbindung mehr zu mir. Der Kontakt ist ausgeschaltet worden und etwas anderes angeknipst wie grelles Licht.

Ich nehme die Augenbinde ab.

Seltsamerweise hört man in der Aufnahme an dieser Stelle nichts.

Da ist mein Wohnzimmer. Hell und lächerlich alltäglich. Auf dem Couchtisch liegen ein Schlüsselbund und ein Handy, und daneben steht IC und reibt sich die Stirn. Er tritt von einem Fuß auf den anderen. »Ich … irgendwie dachte ich, weil du ja gar nicht siehst … aber, klar. Völlig klar.« Er schüttelt den Kopf, als ob er sich über sich selbst ärgert, und sieht zu Boden.

Dann ein zittriges Ausatmen: wie ich mich sammle.

»Könntest du die Sachen bitte rausbringen?« Meine Stimme festigt sich erst beim Sprechen. »Sonst kann ich die Augen nicht wieder zumachen. Entspannung und so.« Am Ende ein angreifbares, halbes Lachen.

»Ja. Ja, natürlich.«

Klimpern und schnelle Schritte, die sich entfernen, ein Reißverschluss draußen im Flur. Erstaunlich, dass man mein Herz an dieser Stelle nicht schlagen hört. Ich spüre es bis unters Kinn.

Schritte, die sich nähern.

»Kannst du die Tür richtig zumachen?«

Sie wird geschlossen.

Erst als IC mit leeren Händen vor mir steht, sehe ich ihn wirklich. Weißes, dicht gewebtes Hemd, schmaler schwarzer Anzug. Ich greife nach seinem Handgelenk. Tatsächlich trägt er sogar Manschettenknöpfe, silbern gebürstet und quadratisch. Er ähnelt dem Mann auf dem Foto sehr.

»Schön«, sage ich zu ihm.

Er verdreht die Augen. »Tut mir leid. Blöde Idee.«

Ich bin immer noch etwas außer Atem. »Keine Frau bei Verstand würde so was machen.« Langsam, zur Erholung, lasse ich meinen Blick über seine Brust und Hüften wandern und bleibe an der Ausbuchtung in seiner Hose hängen. »Aber gut. Dafür habe ich jetzt wenigstens schon ein bisschen was von dir gesehen.« Der Stuhl knarrt, als ich mich zurücklehne. »Beruhig mich mal ein bisschen«, flüstere ich.

Von unserem nächsten Kuss hört man kaum etwas, denn er ist tief und innig, nach außen abgeschlossen. Wir atmen durch die Nase. IC hat sich vorgebeugt und die Hände sanft an meine Oberarme gelegt. Seine Zunge ist angespannt, befangen, und ich sauge an ihr, bis sie ein wenig nachgiebiger wird.

Gemeinsames Seufzen, lange Atemzüge.

Gut, vielleicht wäre das der Moment gewesen, die Aufnahme zu stoppen. Aber ich habe ganz vergessen, dass mein Handy neben uns im Regal liegt und die Sekunden zählt.

Ich merke, dass ich immer noch die Schlafmaske in der Hand habe, und unterbreche den Kuss.

»Sicher?«, sagt er. »Alles gut?«

Ich nicke und küsse ihn erneut. Schön ungenau und nass diesmal. Anschließend setze ich die Maske wieder auf.

»Na also.« Seine Stimme wird eine Nuance kälter. »Dann vergiss bitte nicht, zu wichsen.«

Sofort schiebe ich meine Hand zurück zwischen die Beine. »Entschuldigung.« Ich werde schnell wieder warm mit mir.

Mein Seufzen. Ein undefinierbares Rascheln, von dem ich mir gern vorstelle, dass es das Reiben seiner Hand auf dem Stoff über seinem Schwanz ist. Jedes Mal, wenn ich das Audio höre, macht er an dieser Stelle etwas anderes. Vielleicht fasst er seinen eigenen Hintern an, knetet ihn so, wie ich es getan habe. Oder er knöpft sich schon das Hemd auf und fährt mit den Fingern über die Brustwarzen. Bei unserem ersten Treffen habe ich sie zwischen die Zähne genommen, mit langsam steigendem Druck. Das mochte er.

Mein Stöhnen, das sich an sich selbst emporrankt, an seinem hungrigen Sound, und dem ich dabei zuhöre, wie es wächst und rau wird. Ich rutsche über den Stuhl und spüre die Nässe unter meinem Bein.

»Hier«, sage ich stolz, hebe und öffne die Knie. Ich präsentiere mich so schamlos, wie ich es nicht könnte, wenn ich ihn dabei ansehen müsste.

»Gut machst du das. Sehr, sehr gut.« Diesmal sind seine Finger schnell und hart und drücken tief in mich, die Kuppen nach oben. Er krümmt die Finger.

»Ah…«

Er macht es noch mal. Er weiß Bescheid.

»Sch… Spielst du Gitarre?«, stoße ich hervor.

»Was?«

»Du hast so schöne … Schwielen.«

Er packt extrafest zu, als wollte er mich hochschleudern. Seine ganze Hand schmiegt sich um mich herum. Er lockert sie und spannt sie wieder an, und dabei entsteht ein herrlich obszönes Schmatzen. Ich liebe diese Stelle der Aufnahme.

Konzentriert und methodisch fingert er mich, es ist geradezu *anständige Arbeit*. Bestimmt wäre es eine Freude, ihm zuzusehen. Er massiert meine durchweichte Haut, bis mein Stöhnen in Wimmern umschlägt.

Dann hört er auf. Stille.

Ein frustrierter Laut von mir.

Sein freundlicher Tonfall: »Benutzt du irgendwelche Toys?«

Ich merke, wie ich rot werde. »Ein Küchengerät«, sage ich. Es soll versaut klingen, aber man hört genau, dass es mir peinlich ist.

»Wo?«, fragt er nur.

»Am Bett. Bei den Gummis.«

Keine Antwort, keine Regung.

Sein Finger scheint in mir auf etwas zu warten. »Na. Steck deinen dazu. Du magst doch zwei Finger.«

Er hat recht. Er hat sich auch das gemerkt. Ich gehorche, er nimmt seine Bewegung wieder auf und ich passe mich ihr an. Ein schönes, intimes Gefühl, unsere Finger aneinander und in mir.

»Gut.« Seine Stimme ist ernst. »Wenn ich jetzt gehe, machst

du es dir anständig weiter, ja? Ich will nicht, dass du eine Sekunde lang aufhörst.«

Ich nicke eifrig und massiere mich etwas schneller, während er seinen Finger aufreizend langsam und gekrümmt aus mir herauszieht.

Schritte, die sich entfernen, Ledersohlen auf Teppich, auf Parkett.

Mein Atem, einsam, schnell und abgehackt.

Ich habe Angst, dass ich komme. Dass ich schon komme, während ich allein bin. Trotzdem masturbiere ich weiter. Meine Finger gehören mir nicht. Ich führe einen Auftrag aus. *Anständige Arbeit*. Wenigstens das Stöhnen halte ich unter Kontrolle.

Schritte nähern sich. Ein leises Lachen. »So klein, ja?«

Ich recke das Kinn. »Aber dafür schön hart.«

Der Porzellanmörser hat ein raues und ein glattes Ende. Das eine ist tropfenförmig verdickt, auf dem anderen sitzt ein kleiner Knauf. Wenn man den Mörser auf eine bestimmte Weise nach hinten drückt ... Ich versuche es zu erklären.

»Zeig's mir.«

Der Stuhl knarrt. Schritte.

»Ich helf dir mal ein bisschen.«

»Danke.«

Ein lückenhafter Rhythmus von Porzellan auf Holz beginnt. Und schweres Atmen.

Seltsamerweise weiß ich gar nicht mehr genau, wobei er mir hilft. Ich mache es mir ja selbst, aber vielleicht hält er meinen Unterschenkel, hält ihn an der weichen Stelle in der Kniekehle, damit ich keinen Krampf bekomme. Ich weiß nur noch, dass ich plötzlich sehr dankbar und glücklich bin. Mir wird warm, obwohl mir schon heiß ist, und ich frage mich, womit ich diese

Hilfe verdient habe. Diese Aufmerksamkeit. Diese Manschettenknöpfe. All seine Ideen. Wir kennen uns kaum. Er gibt sie mir einfach so.

»Höher? Okay.«

»Meistens nehm ich zuerst die Seite …«

Schweigen. Nasse Geräusche.

Diese Aufmerksamkeit.

Mein Stöhnen, dem man anhört, dass ich dabei lächle.

Leder knarrt, Stoff raschelt. Es ist so dunkel. Vielleicht öffnet er jetzt seine Hose und pumpt sich mit langsamen Bewegungen. Er stöhnt, und es klingt, als ob ein morscher Baum endlich anfängt zu kippen.

Ich keuche das Laub dazu, in das er hineinfällt. Der Mörser ist glitschig und rutscht mir jedes Mal fast aus der Hand, wenn ich ihn herausziehe. Ich greife ihn fester.

»Bitte, ich —«

»Nein, mach das weiter.«

Schmatzende Geräusche. Sein Stöhnen, meins.

»Aber dann —«

Er, gepresst: »Mach. Das. Weiter.«

Mir fällt wieder ein, dass unter mir ja bereits der nasse Fleck von der geplatzten Wärmflasche ist; was für eine Ironie.

»Ich … wenn ich immer auf diesen Punkt …«, jetzt klinge ich schon nicht mehr warnend, sondern bettelnd. Um Schonung. Oder doch um das Gegenteil?

»Ich weiß«, sagt er. Seine Stimme klingt jetzt sanfter, auf perverse Art liebevoll. »Genau das möchte ich von dir.« Oder auf liebevolle Art pervers.

Und in Wahrheit will ich ja selbst nichts lieber, also bewegt meine Hand den Mörser schneller, treibt ihn gegen dieses eine, einzig richtige Stück Haut, so millimetergenau, wie es niemand anders könnte. Er möchte das von mir. Er möchte mich genau so, wie ich sein kann. Ich fange an zu lächeln.

»Weiter.«

Oh Gott. »Ich werd den Teppich sauber machen müssen«, lache ich tonlos, »Ich spritz gleich auf den Teppich.«

»Und auf mein Hemd.«

»Willst du das?«, keuche ich.

»Und auf mein Gesicht, wenn du … rechtzeitig … Bescheid sagst.«

»Das … ich …«

»Mach«, flüstert er nah an meinem Ohr. »Gut. Schieb ihn dir ganz tief rein. Sagst du mir Bescheid?«

»…«

»Sagst du es?«

»Ja.«

»Gut. Ich werde keine … Verschwendung … tolerieren.«

Feuchte Küsse. Stöhnen, zweistimmig. Wimmern. Schmatzende Geräusche, das könnte der Mörser sein, der saugend herausgezogen wird, oder ich, die an ein paar männlichen, gepflegten Fingern saugt.

Küsse. Mein Stöhnen klingt, als wäre ich geknebelt.

Sein heiseres *Oah*, und seine Stimme: »Stell dir vor, ich mache das.«

Ich stelle es mir vor. Herrisch dringt der Mörser in mich ein. Noch mal. Noch mal. Das offenporige Porzellan reibt über die zarte Haut meiner Scheide, bis sie überall glüht, bis sie durch meinen Bauch leuchtet wie ein Signalfeuer, ich setze der Lust eine Leuchtkugel an den Himmel, Achtung, hier gilt das Seerecht.

Sein leises, sardonisches Lachen und dazu ein strenger Stoß. Noch einer.

Stopp.

Ich stöhne nicht mehr und atme nicht mehr. Völlige Stille tritt ein, fast zwanzig Sekunden lang.

Mein zittrig geflüstertes »Jetzt...«.

Ein letzter, kräftiger Druck, genau auf den Punkt.

Es zischt, und dann kapern fremde Laute meine Stimme, unheimliche Laute, die man nicht nachmachen kann. Ich habe es oft versucht.

Überraschtes Einatmen vor mir, dann schnelle Geräusche, Rumpeln und Rascheln, als er vor mir auf die Knie fällt.

Ein Zischen und Plätschern. Noch eins.

Und sein Schlürfen.

Sein *Schlucken*.

Meine Stimme, es ist wieder meine eigene, aber ihr Ton schlägt in aufgelöstes Gelächter um. »Das meinst du nicht ernst...?«

Er macht »Hmm«, macht weiter, schließlich atmet er aus, ganz verwischt und wacklig, gegen die Haut meines Schenkels, wenn ich mich richtig erinnere.

Eine tiefe Pause.

Dann sind noch ein paar kleine Küsse zu hören, in eine Reihe gesetzt. Als ob er etwas unterstreichen will.

Wenn ich nur wenig Zeit habe, mache ich es mir so, dass ich an dieser Stelle fertig bin. Aber die Aufnahme geht noch weiter. Ungefähr zehn Minuten später folgt der Part, zu dem ich eigentlich am liebsten masturbiere. Das zuzugeben, auch nur vor mir selbst, war schwer.

Auch hier gibt es Geräusche, die tief aus meiner Kehle kommen. Sie klingen dumpf, glucksend. Ich knie vor IC. Der Moment, in dem seine Hand meinen Hinterkopf packt, ist der einzige, in dem mir während der Aufnahme einfällt, dass es die

Aufnahme gibt. Dass sie läuft. Vielleicht ist es der Moment, für den ich sie ursprünglich gedacht hatte. Für meine Angst, dass etwas schiefgeht. Dass ich mich beim Charakter dieses Mannes folgenschwer verschätzt habe. Dann könnte immerhin die Aufnahme bezeugen, dass ich nicht einverstanden war.

Ich knie vor IC und warte darauf, dass ich nicht mehr einverstanden bin. Dass mein Unbehagen meine Abenteuerlust übersteigt. Ich warte darauf, weil einige der dumpfen Laute, die man hier hört, leichte Würggeräusche sind.

Es ist eine Szene, wie ich sie in Pornos immer überspringe.

Nur nicht in meinem eigenen Porno. Da höre ich sie bis zum Schluss.

Im Knien warte ich auf ein Gefühl der Erniedrigung, während IC in meine Kehle stößt, aber das Gefühl bleibt aus.

Vielleicht liegt es daran, dass sein Handgelenk weich ist.

Auf einem Bild, in einem Porno, würde man das nicht sehen. Seine Finger krallen sich mit betonter Dominanz in mein Haar, doch sein Arm gibt nach, sobald ich mich das kleinste Stück zurückziehe. Ich kann ausweichen. Man hört mein Keuchen, als ich die Stirn einmal gegen seinen angespannten Bauch lehne und durchatme. Ich nehme mir Zeit dafür.

Er sagt kein Wort.

Er sagt nicht, dass ich weitermachen soll.

Vielleicht mache ich deswegen weiter.

Er verhält sich so still, als ob er genau weiß, dass er mit einer falschen Geste das ganze Spiel zum Kippen bringen könnte. Ich bin es, die steuert. Wir folgen nicht seiner Gier, sondern meiner Neugier. Ich sehe mich an meiner eigenen Grenze um, und er fürchtet diese Grenze vielleicht mehr als ich.

Vielleicht ist es genau das, denke ich plötzlich: das Seerecht.

Zwischen uns gilt weder *Liebe* noch Verpflichtung. Wir tun einander keine Gefallen, wir wollen auf unsere Kosten kommen. Unsere Affäre dauert exakt so lange, wie wir beide sie genießen. Es ist sehr leicht zu gehen.

Wie er sich das Stöhnen verbeißt. Und jegliche Bewegung. Eine doppelte Stille, ich kann sie hören, und auf einmal mag ich ihn sehr gern. Absurd, dass eine gewisse Kälte solche Wärme entfachen kann.

Ich gehe noch ein Stück weiter.

Noch ein kleines Stückchen, und noch eins, bis er mich mit einer heftigen Bewegung bremst und sich zurückzieht. Als ob es ihn übermenschliche Kraft kostet. Dann beugt er sich zu mir herunter, küsst mich, hält inne und flüstert diesen einen, unschlagbaren Satz. Ich muss die Lautstärke voll aufdrehen, um ihn zu verstehen.

»Als ich dich gerade geküsst habe«, sagt er gespielt nachdenklich, »hatte ich das Gefühl, du hast schon ein bisschen Sperma herausgelutscht.« Sein Tonfall ist pure Provokation. Ich glaube, ich muss ihm endgültig zeigen, wer hier die Oberhand hat.

Zuckersüß nehme ich ihn wieder in den Mund. Ich bin ganz sanft jetzt. Viel zu sanft. Ich lasse meinen Mund locker und gebe mir überhaupt keine Mühe mehr. Drucklos und lasch sind meine Lippen, meine Zunge, und er macht diese verzweifelten Geräusche, zwei endlose Minuten lang. Also gut. *Dieses eine Mal.* Kraftvoll ziehe ich die Wangen nach innen, und er kommt tief in meinem Mund, mit einem gequälten Aufheulen.

Das ist einfach die beste Stelle des ganzen Audios. Ich höre sie immer wieder. Aber sobald ich gekommen bin, drücke ich *Stop* und schiebe das Handy vom Bett. Es fällt auf den Boden, irgendwohin, wo ich es nicht sehen muss. Ich bin fertig.

IC streichelt meine Haare. »Kann ich mein Hemd ausziehen?«, fragt er.

»Nur, wenn ich den Stuhl nicht sauber lecken muss«, sage ich und schlüpfe aus den hohen Schuhen.

Wir fallen ins Bett, und er legt sich in meinen Arm.

Etwas Besonderes an IC war, dass er nach dem Sex nach frischen Brötchen riechen konnte. Wirklich, er roch wie diese ganz hellen und etwas zu luftigen Brötchen, auf die jeder schimpft, weil man sie sofort essen muss. Schnell. Später schmecken sie nicht mehr. Ich fand an diesen Brötchen nie etwas auszusetzen.

Vielleicht hat er aber auch nicht ganz so gerochen. Ich meine, Gerüche kann man nicht hören, also habe ich keinen Beweis dafür, und es klingt unrealistisch. Eigentlich kann es nicht sein.

Als IC längst weg war, ich bürstete wahrscheinlich gerade den Teppichschaum aus, muss mein Handy selbstständig die Aufnahme beendet haben. Es fragte auch nicht, ob es speichern solle, es speicherte einfach. Erst ein paar Tage später fiel mir die Aufnahme wieder ein, und dann merkte ich auch ziemlich schnell, wofür sie sich eignete.

IC und ich haben uns danach noch zweimal getroffen. Ich habe ihm nichts von dem Audio erzählt. Nicht, dass ich ein schlechtes Gewissen hätte, ich meine: Es war doch nachvollziehbar, was ich getan habe. Und bin ich nicht dazu berechtigt, das Audio zu benutzen, ganz privat? Schon allein als ausgleichende Gerechtigkeit für ein paar Jahrtausende Unterdrückung und ein paar Jahrzehnte schlechter Pornos?

So ist es, sage ich mir, und dann mache ich es mir, schön hart, allein, in absoluter, garantierter Sicherheit.

Report aus der Zukunft

Taucher. Und das Datum. Das ist alles, was ich von ihm behalten habe. Es steht auf der Wand hinter meinem Bett, fast verdeckt vom Kopfende. Da habe ich es *hingekritzelt*, ja, mit einem echten Bleistift. Die Vormieterin meines Mikroapartments hat den Stummel in einem Häufchen mit anderem Abfall zurückgelassen. Vielleicht hat auch sie ihn nur gefunden, in einer Lücke unter der Fußleiste oder so. Ich stelle mir vor, wie sie das grün lackierte Holzstäbchen mit dem schmutziggrauen Kern zwischen den Fingern dreht und sich fragt, was das bloß sein könnte. Sie war Studentin, sechzehn oder siebzehn Jahre alt.

Ich bin jetzt achtundfünfzig.

Jeden Abend, bevor ich einschlafe, berühre ich die Striche an der Wand. *Taucher*.

Auch nach einem Jahr hat er keine Bewertung über mich abgegeben. Und ich keine über ihn. Nicht einen Stern, nicht fünf. Als hätten wir einander nie getroffen. Jedenfalls nicht in der Welt, wie sie jetzt ist.

Ich sehe ein, dass die Welt sich überwiegend zum Besseren entwickelt hat. Es gibt zum Beispiel keine Stechmücken mehr. Man hat sie ausgerottet; ihre wenigen nützlichen Funktionen im Ökosystem übernimmt jetzt eine speziell gezüchtete Fruchtfliegenart. Auch sonst bleibt kaum noch etwas zu befürchten. Man kann in absoluter Sicherheit U-Bahn fahren bei Tag und bei Nacht, überall, egal, wie man aussieht, egal, wer mitfährt. Und das liegt vielleicht nicht einmal an der Gesichtserkennung, sondern am goldenen, stimmungsaufhellenden Warmlicht. Die Leute sehen immer freundlich aus. Ich fahre gern U-Bahn. Ich habe kein besseres *Früher* zu bieten, keine Idee und keinen berechtigten Einspruch. Abgesehen von Taucher. Er war ein flüchtiges, aber anfassbares Geheimnis. So schön, weil seine Schönheit sich aus nichts errechnete. Weil sie offiziell also gar nicht bestand. Ich halte Ausschau nach seinen hellen Augen, wenn ich U-Bahn fahre, aber ich sehe sie nie wieder. Natürlich kann ich nicht in die Zukunft sehen. Ich weiß es einfach nur.

Als ich an dem Nachmittag einstieg, erklang ein Rieseln, ein silberner Schauer wie ganz feine Glöckchen. Natürlich kam er nicht aus meiner eigenen Tasche. Ein junger Mann war vor mir eingestiegen, strahlend und sportlich, und die anderen Fahrgäste hatten die Blicke nach ein paar Sekunden höflich auf ihre Geräte gesenkt und ihre Bewunderung mitgeteilt. Einige würden später zu diesem Moment zurückscrollen und prüfen, ob Kontakt erwünscht war, und wenn ja, welcher. *Tag im Grünen* vielleicht oder *Heiße Nacht*, zu zweit oder zu dritt. Für solche Chancen lohnte sich die Investition in die Silberschauer, zumal es immer nur Centbeträge waren.

Ich nahm an der Seite Platz und senkte ebenfalls den Blick, wenn auch aus einem anderen Grund. Die dunkel spiegelnden Scheiben hätten mir mein Gesicht zurückgeworfen, und zwar wie immer als Frage. Erstaunlich lange hatte diese Frage auch noch in den Blicken von Männern gestanden: warum ich nicht endlich etwas machen ließ. Inzwischen fragten mich nur noch die Scheiben.

Die Bahn hielt, und an der Tür verabschiedete sich eine junge Frau von ihrer Freundin. »Hab Spaß!«, sagten beide fast gleichzeitig. Die Türen schlossen sich.

Als die Bahn etwas später um eine Kurve fuhr, lehnte ich mich tief in das weiche Rückenpolster. Bei jeder Fahrt genoss ich die Tatsache, dass es wieder gepolsterte Sitze gab. Niemand schlitzte sie auf.

Das angenehm feste Polster übertrug den Rhythmus des Zuges direkt in meinen Körper. Als ob es ihn einmassierte, eine kleine Auflockerung nach dem langen Arbeitstag. Schultern, Rücken, Lendenwirbel und manchmal … Ich hatte versucht, es mir abzugewöhnen, aber alle paar Monate gab es einen Zug, dessen Rhythmus genau meine Frequenz traf. Dieser hier tat es.

Ich war erschöpft, und meine Beine schmerzten, das muss meine Selbstkontrolle aufgeweicht haben. Ich schloss die Augen und überließ mich dem Rhythmus des fahrenden Zugs. Masseträgheit, Schweißnähte und Stahl. Die gezähmte, mir dienstbar gemachte Kraft pochte von unten gegen meinen Körper. In ihn hinein. Die Schläge verstärkten sich, wenn der Zug Tempo aufnahm.

Ich hätte mich natürlich am Morgen um mein Bedürfnis kümmern sollen. Zuhause. Man konnte Hunderte Vibrationsmuster laden, abgestimmt auf jedes Alter und jede Stimmung, und selbst die einfachsten vom öffentlichen Gesundheitsservice, die ich mir leisten konnte, funktionierten erstaunlich gut. Ich hätte vor dem Frühstück etwas Zeit einplanen sollen. Aus irgendeinem Grund hatte ich es unterlassen.

Stattdessen saß ich in der U-Bahn, und das Blut stieg mir heiß prickelnd in Wangen und Lippen. Ich umklammerte die Kante des Sitzpolsters und versuchte, meinen Atem ruhig zu halten. Plötzlich erklang dicht vor mir eine Art Basston, ein tiefes *Uumpf*. Ich riss die Augen auf. Da war nichts. Links von mir bewegte sich jemand, und ich bekam gerade noch die erschrockenen Blicke mit, die zwei junge, hübsche Fahrgäste schnell von mir abzogen.

Das Geräusch hatte ich gemacht. Dieses *Stöhnen*.

Das angenehme Gefühl in meinem Unterleib kippte um wie ein Kreisel, dessen Bewegung nicht mehr ausreichte, um ihn anzutreiben. Im selben Moment hielt der Zug. Meine Wangen waren heiß. Ich wusste nicht, wo ich hinsehen sollte.

Vielleicht war es egal. Ich hatte nicht mehr viele Freunde, die davon erfahren konnten. Es war auch nicht verboten. Nur erbärmlich. Als würde man sich zum Essen auf die Straße setzen.

Ich zwang meinen Blick geradeaus, zur Fensterscheibe, und machte mich auf mein Gesicht gefasst. Aber inzwischen saß mir jemand gegenüber. Ein Mann in meinem Alter. Er sah mich an. Ich wollte wieder wegsehen, aber das hätte hektisch und fahrig gewirkt, wie der Blick einer Verrückten, für die mich der Mann wahrscheinlich sowieso schon hielt.

Seine Augen waren von einem hellen Graugrün. Wache Augen. Er hatte alles ganz genau mitbekommen. Mir wurde bewusst, wie abgeschabt meine große Tasche aussah und dass ein paar Fäden aus dem Saum meiner Hose hingen.

Der Mann hatte mitbekommen, *dass ich es mir mit einer U-Bahn gemacht habe.* Wie eine Asoziale.

Wahrscheinlich war ich eine. Wenn ich mich nicht häufig genug um mich selbst kümmern mochte, hätte ich mir eben jemanden suchen müssen. Selbst in meinem Alter und Zustand war das möglich. Aber ich hatte keine Lust. Außerdem gewöhnte ich mich so schlecht an die Werbung, die man durchsehen musste, bevor man die *Realen Personen* angezeigt bekam.

Das war alles keine Entschuldigung.

Gleich würde der Mann gegenüber missbilligend den Kopf schütteln oder, noch schlimmer, aufmunternd lächeln.

Mein Gesicht musste inzwischen tiefrot sein.

Der Mann tat gar nichts. Er saß stocksteif da, nur in seinen Augen veränderte sich etwas. Ich war mir plötzlich nicht mehr sicher, ob er mich überhaupt noch wahrnahm. Seine Pupillen weiteten sich, und auf einmal schienen sie weniger dafür gemacht, dass er heraussehen und urteilen konnte, als dass man zu ihm hineinsah.

Ich tat es lieber nicht. Es hätte mich zu sehr an ein *Früher* erinnert, das ich mir endlich aus dem Kopf schlagen musste. Ich wich aus und betrachtete das feine Netz von Linien, das unter seinen Augen lag. Ein Grauschleier, als hätte sich Staub darin verfangen. Die Haut sah dünn aus und zugleich geschwollen. Weich. Mir fiel ein, dass ich einmal ein Wort für diese Stellen unter den Augen gekannt hatte, aber das Wort selbst fiel mir nicht ein.

Beim Nachdenken sah ich ihm versehentlich doch wieder in die Augen. Sein Blick war ruhig wie unbewegtes Wasser. Ich merkte, wie ich mich darin entspannte.

Noch drei Stationen. Zwei. Eine. Dann stieg ich aus.

Zuhause suchte ich ihn, doch er wurde mir auch nach mehreren Werbevideos nicht angezeigt. Dabei war ich mir absolut sicher, was den Zeitpunkt anging. Ich scrollte vor und zurück. Vielleicht hätte ich ihm einen Silberschauer geben sollen, dachte ich, dann hätte ich das Rieseln in seiner Jacken- oder Hosentasche gehört. Und er auch. Nein, wahrscheinlich war bei ihm *diskret* eingestellt, wie bei mir. *Diskret* wurde man seltener enttäuscht.

Oder *monogam*. Das konnte er natürlich auch eingestellt haben.

Jedenfalls wäre für mich nichts herausgekommen außer einer weiteren Peinlichkeit. Ich putzte mir die Zähne und ging ins Bett. Ich würde ihn schon vergessen.

Das Gehirn ist ein schlechter Datenträger. Anfällig, mutwillig. Es ändert, erfindet und löscht. Ein paar Kerben in einem Stück Holz sind verlässlicher als diese weiche, graue Masse. Ein paar Striche auf einem Stück Wand. Wenn ich hingegen meinen Zeitstrahl durchsehe, dann finde ich jeden gesuchten Tag wieder. Irgendeinen. Selbst wenn er fünf Jahre zurückliegt und ganz durchschnittlich war. Welche Straßen ich entlanggegangen bin. Was mir dort vielleicht aufgefallen ist. Eine seltene Pflanze, ein altes Verkehrsschild. Die Kommentare meiner Freunde dazu. Wo ich gegessen habe. Ob ich beim Sport war und mein maximaler Puls. Das ist *Erinnerung*. Alles andere ist blinde Träumerei. Etwas, wofür ich immer noch sehr anfällig bin.

Ich bekam keine Gelegenheit, den Mann zu vergessen. Ein paar Tage später stieg er wieder in meine U-Bahn. Es war früher Nachmittag, ziemlich voll, und als ich ihn sah, wurde ich sofort wütend auf die Leute, die alle Plätze mir gegenüber besetzt hielten.

Direkt neben mir stemmte sich eine schwangere Frau hoch und ging zur Tür.

Er zögerte, und ich wartete, und eine Frau entdeckte den freien Platz neben mir ebenfalls, sie schulterte schon ihre Tasche, und unter dieser dreifachen Belastung dünnten die Sekunden aus wie Seidenfäden.

Er setzte sich.

Sein Knie berührte meins. Leicht vorgebeugt saß er und hielt den Kopf gesenkt, sodass Schatten über seinen Augen lagen. Er trug Lederschuhe, eine schmale Anzughose, dunkelblau, aber dazu weder Mantel noch Jackett, sondern eine blassgrüne Kapuzenjacke aus Baumwolle. Ich dachte an das unstete Wetter. Die Jacke würde keinen Tropfen Regen abhalten.

Sein Haar war akkurat und kurz geschnitten, nur über die Stirn fiel eine längere Strähne, vom Grau angefasst, als ob sie jedes Mal, wenn er sie zur Seite strich, mehr davon abbekam. Vielleicht war er ein bisschen zu alt für den Haarschnitt. Jemand hätte das zu ihm sagen können. Aber vielleicht gab es niemanden, der es zu ihm sagte. Und vielleicht trug er diesen Haarschnitt auch schon sehr lange, und er trug ihn immer noch, weil er sich gern daran erinnerte, dass er ihm früher ganz hervorragend gestanden hatte.

Eigentlich stand er ihm immer noch gut.

Tränensäcke. So hießen die weichen Stellen unter seinen Augen. Ein Wort, so verletzlich wie drastisch. Niemand, den ich in letzter Zeit gesehen hatte, würde es wagen, etwas so Angreifbares zu besitzen.

»Hey, guten Morgen, ihr alle!«

Zwei Frauen waren eingestiegen, gekleidet in das urlaubshafte Türkis der Verkehrsbetriebe. Beide lächelten strahlend. Obwohl ich wusste, dass der Nahverkehr seit Jahren kostenlos war, durchfuhr mich ein Schreck. Es war nichts als eine übrig gebliebene Regung, der nutzlose Stummel eines Gefühls. Meine Hand wühlte in der Umhängetasche, die ich schon seit Wochen hatte aufräumen wollen. Mein Herz klopfte unruhig. Da. Da war das Gerät.

Der Mann neben mir rührte sich nicht.

Lächelnd arbeiteten sich die Frauen in unsere Richtung vor. »Danke schön! – Magst du auch kurz? Oh, fünf Sterne, danke! Wir geben uns weiterhin Mühe. – Guten Morgen, wie ist es bei dir?«

Niemand sprach eine Beschwerde ein. Oder gab auch nur weniger als drei Sterne. Jedenfalls nicht, soweit ich es mitbekam. Ich gab vier, hielt mein Gerät hin, und die Jüngere der beiden scannte es. »Sehr nett, danke.« Sie wandte sich meinem Nachbarn zu. »Entschuldigung?«

Er hob den Kopf und strich mit einer steifen Bewegung die Haarsträhne zur Seite, hinters Ohr, wofür ihre Länge nicht ganz ausreichte. Sie fiel wieder nach vorn. Er schluckte. »Ich habe es gerade …« Dann richtete er sich ein Stück auf. »Nein, ich … möchte nicht. Heute. Danke.«

Ich konnte nicht anders als ihn anzustarren.

Gegenüber unterbrachen zwei Männer ihr Gespräch.

Die Frau in Türkis blinzelte.

»Natürlich«, sagte sie dann. »Klar. Ich meine, in Ordnung. Ja. Das ist überhaupt kein Problem.« Sie sprach so schnell, als ob sie die Sekunden des Schweigens wieder aufholen wollte. Dann rief sie über die Schulter nach ihrer Kollegin. »Anna, was muss ich noch mal eingeben, wenn jemand *leer* ist?« Hilfe suchend hielt sie ihr Lesegerät hoch. Mehrere Fahrgäste sahen auf.

Der Mann lehnte sich gegen das Rückenpolster. Ich merkte, dass er flach atmete.

»Oh. Ja. Das kannst du nicht wissen.« Die Kollegin war herbeigeeilt. »Das ist nicht mehr in der Schulung, weil es nur noch so selten vorkommt.«

Sie warf meinem Nachbarn einen Blick zu. Seine Hände umfassten seine Kniescheiben, wie zum Schutz. Um uns herum war es still geworden.

»Hier . . .«, die Ältere tippte etwas in das Gerät der Jüngeren, »und hier. So.«

»Ah, super. Danke.« Sie wandte sich meinem Nachbarn zu und atmete tief durch. »Dann . . . hab trotzdem noch einen schönen Tag. Alles Gute.« Ihr Lächeln kehrte zurück, kaum weniger strahlend als zuvor. Sie wandte sich ab. »Hallo . . . Danke . . . Oh, danke schön . . .«

Erst als die beiden außer Hörweite waren, merkte ich, wie heftig mein Herz schlug.

Der Mann lehnte sich wieder vor und stützte die Arme auf die Oberschenkel.

Am liebsten hätte ich etwas zu ihm gesagt. Es wäre zwar peinlich, so ohne Grund, aber ich wünschte mir plötzlich sehr, ihn aufzumuntern.

»Sie machen nur Marktforschung.« Ich Idiotin. Das wusste nun wirklich jeder. Außerdem klang der Satz, als ob ich das Verhalten der Frauen besonders rechtfertigen wollte. Oder mein eigenes.

Der Mann antwortete nicht.

Alles war doch absolut rechtmäßig verlaufen.

Er sah auf seine Hände, jedenfalls musste ich das annehmen, denn die Haarsträhne fiel ihm über die Augen wie eine Barriere. Vielleicht war das ihre wahre Funktion: Er konnte entscheiden, ob er sich ansehen lassen wollte oder nicht. Ich sah nur, dass er ein wenig rot geworden war. Mein Herz sank und hinterließ einen kühlen Hohlraum. Ich öffnete den Mund. Etwas war ganz und gar falsch, aber ich hätte nicht sagen können, was. Nur, dass ich es nicht so lassen wollte.

»Möchten Sie aussteigen«, flüsterte ich, aber genau da fuhr die Bahn quietschend um eine Kurve.

Der Mann sah zu mir hoch. Seine Augen waren wirklich sehr hell. »Wie bitte?« Er sprach ebenfalls leise.

»Möchten Sie mit mir … aussteigen«, sagte ich.

Er starrte mich an.

Mir war sofort klar, dass ich einen schweren Fehler begangen hatte. Das altmodische *Sie* war noch harmlos, aber man tat so etwas einfach nicht. Wenn der Mann sich an meinen Auftritt von neulich erinnerte, hielt er mich jetzt womöglich für kriminell.

Ich hatte von mehreren Fällen gehört. Nicht alle endeten mit Raub oder Vergewaltigung, doch das schien reine Glückssache. Fast immer waren es Jugendliche, hieß es in den Präventionsvideos. Sie hatten wohl Grenzen testen wollen, Risiken eingehen. Einfach losstürmen, den Hormonen hinterher, blind, wie man das so machte in dem Alter.

Aber nicht mehr in unserem.

Während ich noch nach Worten für eine Entschuldigung suchte, hellte sich das Gesicht meines Nachbarn auf, bis zum zaghaften Anflug eines Lächelns. »Ja. Das würde ich gern.« Kaum mehr als ein Wispern.

Meine Knie fühlten sich steif an, während wir nebeneinander die Treppe hochstiegen. Es war ein heller, kalter Tag im April, und einen Moment lang erwartete ich, dass eine Uhr schlagen würde, aber es war recht still. Wir standen auf einer Verkehrsinsel, um die herum wenig Verkehr herrschte. Die Luft roch nach frisch gemähtem Gras. Ich atmete durch und wandte dem Mann das Gesicht zu.

Es ist ein Unterschied, ob man jemanden im Warmlicht der U-Bahn sieht oder in der harschen Frühjahrssonne. Im Stehen war er ein ganzes Stück größer als ich. Die Sonne ließ die grauen Strähnen in seinem Haar weiß glitzern und vertiefte die Linien um seine Augen. Sein Mund war leicht geöffnet, als ob er etwas sagen wollte. Das sah ein wenig geistlos aus, aber zugleich ließ es seine Lippen sehr weich erscheinen. Und ihn, insgesamt. Als wisse er gar nicht, wie er gerade aussah. Dabei wusste man das jederzeit. Es gab so viele Rückmeldungen, Spiegel, Displays. Plötzlich hatte ich das Gefühl, dass er so auf keinen Fall in der Öffentlichkeit bleiben konnte. Er war praktisch nackt. Nein, nackt wäre weniger schlimm gewesen.

Mein Herz schlug bis zum Hals. Und wo kam dieser Wiesengeruch her? Zwischen den Pflastersteinen wuchs kein einziger Halm. Genau genommen gab es nicht einmal Fugen. Der Boden war versiegelt.

Ich wollte mich so lange auf das Pflaster konzentrieren, bis mein Puls sich beruhigt hatte, aber ich schaffte es nicht. Eine Bewegung des Mannes ließ mich aufblicken.

Er drehte sich nach links und rechts, als hielte er Ausschau nach jemandem, der uns abholen würde. Und mitten in dieser schlenkernden Bewegung seiner Schultern griff er nach meiner Hand. Wie aus Versehen, oder als schämte er sich dafür.

Aber sein Griff war kräftig und warm.

Beredt.

Sein Griff, seine Hand, seine Haut maßte sich an, mir etwas mitzuteilen. Es einfach *selbst* zu tun. Mit dem Daumen strich er über meinen Handrücken.

Wie feine Metallspäne begannen die Härchen auf meinem

Körper, sich nach ihm auszurichten. Zuerst am Handgelenk, dann den Arm hinauf, über Schultern und Rücken, bis sie alle auf ihn zeigten. Sie schienen im Schwarm von mir abheben zu wollen. Oder mit mir. Unter meinen Füßen ließ der Druck der Pflastersteine schon bedenklich nach.

Meine Hand wurde leicht hin und her bewegt. Anscheinend hatte ich die Augen geschlossen. Ein heißer Windstoß streifte mein Ohr: »Gerade haben Sie wieder dieses schöne Geräusch gemacht.«

Ich zwang mich, ihn anzusehen. »Können wir irgendwohin?« Die Silben kamen gepresst aus mir heraus, wahrscheinlich klangen sie kalt, dabei waren sie bei tausend Grad gehärtet. Alles um sie herum war weggebrannt. Ich konnte mich nicht einmal mehr schämen, so sehr wollte ich den Mann. Seine Haut auf meiner.

Er zog meine Hand hoch, als ob er sie küssen würde, stoppte aber vor seiner Brust, und seine Lippen öffneten sich zu einem O, einem *Okay, Oh ja, oder lieber nicht*, es hätte alles sein können. Mit meiner Hand sah er aus wie ein startbereiter Taucher, der seinen Atemregler an die Lippen hebt und dabei zögert: eine letzte, bewegungslose Sekunde, bevor er den Regler in den Mund steckt, sich nach hinten lehnt und ins Wasser fallen lässt. Rücklings. *Blind*. Ich war früher oft tauchen gewesen, und diesen Moment hatte ich immer am meisten geliebt.

Taucher, dachte ich.

Wir traten auf die Straße.

Ich tue nichts Illegales, versuchte ich mich zu beruhigen. Ich habe auch nichts Illegales vor.

»Nun, Sie selbst vielleicht nicht«, sagte eine Stimme in mir. Es war die des Kriminalbeamten aus dem Präventionsvideo, das ich zuletzt gesehen hatte. »Rechtlich sind uns hier die Hände gebunden.« An der Stelle des Videos hatte er tatsächlich seine Handgelenke gekreuzt. »Mit der Gesichtserkennung können wir grob eingrenzen, wo sich jemand aufgehalten hat. Aber wenn diese Person *leer* ist und wenn Sie«, er sah in die Kamera, »unbedingt mit einer *leeren* Person einen *privaten* Bereich aufsuchen möchten, und das womöglich, ohne selbst die Mitschnittfunktion zu nutzen …« Er brach ab und hob die Schultern, als erkläre sich die Absurdität eines solchen Verhaltens von selbst.

Taucher und ich gingen Hand in Hand durch die Straßen.

Ohne einander zu kennen.

Ohne *Match*, ohne Empfehlungspunkte, ohne passende Vorschläge für Produkte, die uns beiden gefallen würden. Ohne Zahlen. Ohne jegliche Zahl für das Vertrauen zwischen uns. Ohne Sicherheit.

Er führte mich, und ich war mit ihm allein. Zwischen den Passanten, trotz der Kameras. Mit jemandem, der kein Gerät dabeihatte, war man immer allein.

Wir überquerten eine Kreuzung, und auf einmal fröstelte ich. Es war schließlich immer noch April. Wie hatte ich das vergessen können? War Tauchers Hand wirklich der einzig warme Punkt weit und breit? »Anonymität ist eine Droge«, sagte der Polizist. »Eine legale Droge, aber nichtsdestotrotz.« Ich fror.

Die Welt hat sich verändert, und sie hat die Menschen mitverändert. Selbst wenn Taucher – selbst wenn dieser Fremde hier alt genug war, um sich an ein ähnliches *Früher* wie ich zu erinnern (ein *Früher*, das in Wahrheit sowieso nur aus ein paar wenigen, zufällig im Fortgang der Welt aufgeblühten Jahren bestanden hatte), hieß das noch lange nicht, dass er sich diesem *Früher* noch verpflichtet fühlen würde.

Wenn wir erst mal beim ihm zuhause wären …

Ich stolperte.

»Alles in Ordnung?« Er drehte sich zu mir um, ohne meine Hand loszulassen.

»Ich weiß nicht …«

Wir standen auf der Ecke des Bürgersteigs vor einem Café. Aus der Tür trat eine Kellnerin, zwei Klappstühle unter dem Arm.

Ich stand da und fror.

Alles, was Taucher jetzt hätte sagen können, um mich zu beruhigen, wäre zu einem Überredungstrick geworden. Das muss er gespürt haben, denn er sagte nichts. Wir standen nah beieinander, kaum merklich schwankend. Nur ein Windstoß, dachte ich, und unsere Körper würden sich aneinanderschmiegen wie zwei Grashalme.

Da legte Taucher die Arme um mich, wie man einer verletzten Person einen Mantel umlegen würde: zuerst sehr locker, weil man nicht wissen konnte, ob sie Brüche oder Erfrierungen hatte. Dann etwas fester, und wenn das gut ging, ganz fest.

Es war sein Geruch, den ich unbewusst schon die ganze Zeit wahrgenommen haben musste. Metallisch und feucht. Genau genommen eher Farnkraut als Gras. Sein Atem auf meiner Stirn. Diese Wärme. Die Herzschläge. Das Massiv eines fremden Körpers. Sehr lange hatte mich niemand mehr so umarmt. Wir standen nicht still, sondern schwankten immer noch leicht hin und her. So, als begrüßten wir uns nach langem Getrenntsein.

Es war das Gleiche, was ich *früher* auch gesucht (und manchmal gefunden) hatte. Ein völlig überraschendes Geschenk. Die unwahrscheinliche, plötzliche Annäherung und der kleine Rausch dabei. Der Schwindel. Im Grunde musste ich dem Kriminalbeamten recht geben: Das war eine Droge.

Als wir uns aus der Umarmung lösten, standen sechs Stühle vor dem Café, und über jeder Lehne hing eine Fleecedecke in einem anderen Farbton: rot, gelb, orange, pink, es sah aus, als wären plötzlich Blumen aus dem Boden hervorgebrochen.

Tauchers Haustür besaß noch ein Schloss für Metallschlüssel. Es klemmte ein bisschen. Ich sah demonstrativ nicht aufs Klingelschild. Wir mussten in den fünften Stock, zu Fuß.

Die Wohnung roch wie er und wirkte so klein wie meine eigene. Von der Tür aus konnte man das Bett sehen. Es war gemacht. Auf dem Tisch daneben sah ich einen Apfelrest. Er stand aufrecht, so gerade, als sei das schon beim Abbeißen geplant gewesen. Bei jedem einzelnen Biss.

Taucher schloss die Wohnungstür. »Moment.« Er suchte etwas in einem Regal. Mit einem kleinen gelben Notizblock in der Hand wandte er sich zu mir um. In der anderen hielt er einen Kugelschreiber. Beides sah aus, als ob er es wirklich benutzte.

Er schrieb in der hohlen Hand und riss den Zettel ab. »Hier.«
»Was ist das?«
»Mein Name. Du kannst mich prüfen, jetzt, wenn du willst.« Er wartete, und mein Gerät wartete darauf, dass ich es aus der Tasche holte. Aber ich wollte nicht. Ich nahm nicht das einzelne Blatt, sondern griff nach dem Notizblock und dem Stift. Ich notierte meine eigenen Daten und riss das Blatt ab. Wir standen voreinander, wie man früher mit seinen Karten vorm Kinosaal gewartet hätte. Nur, dass jeder den anderen für den Kartenabreißer hielt.

Der letzte Kinofilm, bei dem mir jemand tatsächlich ein perforiertes kleines Dreieck von einer Karte abgetrennt hatte, war *Gattaca* gewesen. Original mit Untertiteln. Keine Ahnung, woher ich das plötzlich wusste.

Wir tauschten die Zettel, und dann standen wir genauso da wie vorher. *Gattaca.*

Ich öffnete die Finger, und das Blatt sank mit einem Rascheln zu Boden. »*I'm sorry. The wind caught it.*«

Irgendwo im Haus knallte eine Tür zu.

Taucher sah mich von oben bis unten an und strich über die Außenseite meiner Arme, wie um sich von meinen Konturen zu überzeugen, meiner völlig unplausiblen Anwesenheit.

Etwas polterte, meine Tasche war auf den Boden gefallen.

Ich griff nach dem Reißverschluss von Tauchers Kapuzenjacke und zog daran, so langsam, dass man hören konnte, wie die einzelnen Zähne sich voneinander lösten. Ein rupfendes, überdeutliches Geräusch. Als trennte ich eine Naht auf. Dann schob ich ihm die Jacke von den Schultern.

»Mein Bett«, flüsterte er.

Ich hatte solche Lust auf seinen Schwanz.

Ich hatte lange keinen echten Schwanz mehr berührt. Das war eigentlich nicht schlimm. *Echt* klingt immer so gut, und *künstlich* klingt nach zweiter Wahl. Aber *künstlich* kommt von Kunst, und die Vibratoren, die es heute gibt, sind hohe Kunst. Sie fühlen sich seidig und warm an und *fleischlich* – aber sie können sich eben auch schlagartig auf fünfzig Grad erhitzen, ihre Oberflächenstruktur ändern, pulsieren, sich kurz und heftig ausdehnen wie explodierende Sterne. Kein Mann wagt noch zu fragen, denn oh ja: Sie sind *besser.*

Natürlich gibt es auch für Männer Utensilien.

Allen ist gemein, dass sie die Erregungsphasen klar und eindeutig gestalten. Es gibt keinen schwierig zu deutenden Blick, keine wunden Punkte, keine Peinlichkeit. Natürlich sind heute auch die meisten *Realen Personen* sexuell kompetent, aber in allen bleibt ein kleiner, unsicherer Rest. Sex mit Menschen, das war einmal die größte Unsicherheit überhaupt.

Ich setzte mich auf Tauchers Bett. Im ganzen Raum konnte ich nichts mit einem Display oder einer Linse entdecken. Wie hatte ich bei unserem Gang durch die Stadt nur glauben können, wir wären allein? Das war gar nichts gewesen im Vergleich zu dem hier. Mir wurde bewusst, dass ich ewig nicht mehr mit jemandem allein gewesen war. Außer vielleicht im Fahrstuhl. Und beim Arzt. *Freunde Treffen* fand meist in einer Gruppe statt, und je mehr Freunde dabei waren, desto weniger anwesend kamen mir die einzelnen vor. Oder ich mir selbst. Vielleicht hatte ich deswegen nur noch so wenig Freunde. Aber Taucher und ich, wir waren doppelt und dreifach allein: Mein Gerät lag in der Umhängetasche, irgendwo an der Tür auf dem Boden, zusätzlich noch unter meiner Jacke vergraben. Taub und blind. Wo seins war, wusste ich nicht einmal. Ganz kurz befiel mich wie ein Höhenschwindel der absurde Gedanke, er könnte keins besitzen. Er wäre nicht real.

Er stand dicht vor mir; und als ob er bloß nichts verpassen wollte, nichts übersehen, strich er sich die silberne Haarsträhne weit aus dem Gesicht, hinters Ohr. Diesmal blieb sie dort. Er setzte ein Knie neben mir aufs Bett.

Wir legten uns auf die Seite. Zwischen uns klang der Atem wie feines Schleifpapier. Das Bett war dunkelgrün bezogen.

Ich wusste überhaupt nicht mehr, was ich tun sollte. Wie ich ihn anfassen, ob ich ihn küssen sollte. Oder sollte er mich küssen? Was für ein Bild gaben wir ab? Ich konnte es nirgends überprüfen, so endlos weit hatten wir uns von der Ordnung entfernt.

Tauchers Augen wirkten jetzt nur noch grün; vielleicht wegen der Farbe der Bettwäsche. Sein Mund war geschlossen. Wir lagen da wie ein schüchternes *Brautpaar*. Nach einer Ewigkeit hob er den Kopf, rückte näher und strich mit seiner Wange über meine. Ich spürte ein paar Stoppeln und dachte, dass seine Haut sich wahrscheinlich nicht mehr so gut rasieren ließ wie früher, sie war weniger straff, eigensinniger, weicher. Er strich an mir entlang, als ob er in Zeitlupe Streichhölzer anriss, und jedes einzelne flammte auf, doch er ließ es fallen und nahm ein neues. Noch eins. Und noch eins.

Ich drehte den Kopf.

Unsere Lippen berührten sich. Bestimmt waren wir das einzige Liebespaar in der ganzen Stadt, vielleicht im ganzen Land, das sich seinen ersten Kuss mit geschlossenem Mund gab. Falls anderen eine solche Peinlichkeit unterlief, würden sie korrigieren, den Kuss wiederholen, um ihren *special moment* festzuhalten und zu teilen.

Wir machten nichts davon. Für niemanden.

Als Taucher die Lippen öffnete, war ihre Innenseite viel heißer, als ich erwartet hätte, und so nass und schlüpfrig, dass mir eine ganz fehlerhafte Formulierung in den Sinn kam: *Er wird feucht.* Die Worte, auf seinen Mund bezogen, klangen berauschend absurd. Ich *nahm* mir seinen Mund und dachte dabei immer weiter: *richtig schön feucht, so nass für mich, so bereit*, ich konnte mich gar nicht mehr bremsen. Es fühlte sich an wie der Bruch eines Naturgesetzes, der eine rasende Kettenreaktion auslöste, eine Reaktion, die nun auch alles andere ermöglichen würde: Zeitreisen, echte Geheimnisse, Unsichtbarkeit. Tauchers Zungenspitze schlich in meinen Mund, als ob sie etwas Verbotenes tat, und ich leckte an ihr wie an etwas Gestohlenem. Wir küssten uns, als ob es auf gar keinen Fall passieren durfte. Aber es war schon zu spät.

Immer rückhaltloser wurde unser Kuss und zugleich immer langsamer, auch das ein Verstoß gegen zeiträumliche Gesetze. Wir hatten angefangen, Geräusche zu machen, nein: aufgehört, Geräusche zu unterdrücken, aufgehört, unsere Lippen noch halbwegs sauber voneinander zu trennen. Es klang chaotisch. Der Sog war so stark, dass wir uns nicht mehr lösen konnten. Gleich würden wir langsam nach innen gestülpt, angefangen bei den Füßen, dann kämen Unterschenkel, Knie, der ganze Rumpf; bald hingen wir bloß noch jeder wie ein Fähnchen aus dem anderen heraus, und dann verschwänden wir, begleitet von dem Geräusch einer Miniaturexplosion im Reagenzglas, einem finalen kleinen *Plopp*.

Wir lagen völlig still. Niemand wusste von uns, von dem hier, niemand durfte je davon erfahren. Es war unaussprechlich. Tauchers Muskeln hatten angefangen zu vibrieren. Sie erzeugten Energie wie ein Generator, so groß war ihr innerer Widerstand, und ich erkannte meinen eigenen darin: Es war *Scham*. Köstliche, tiefe Scham.

Taucher atmete gepresst durch die Nase, ich auch, und auf einmal war da ein Geruch, der mir bekannt vorkam. Er schien aus der Bettwäsche zu steigen und mischte sich immer stärker unter den Farnkrautduft, künstlich, süß. Taucher schob eine Hand auf meinen Schenkel. Wir waren noch angezogen, aber ich malte mir aus, dass seine Hand schwitzig war, schwitzig und kalt vor Aufregung. Als hätte er meinen Gedanken erraten, schluckte er. Sein Adamsapfel wirkte übergroß.

Butterblumen. Der Geruch von Scham.

Ich drückte die Beine zusammen. Ich presste sie gegen die

Lust, weil ich noch nie etwas so erregend gefunden hatte wie diesen Butterblumenduft, der jede natürliche, körperliche Ausdünstung schamhaft überdeckte und so doch nur immer heftiger hervorhob.

Wir zogen uns aus.

Dann kehrte Tauchers Hand auf meinen Schenkel zurück, tatsächlich verschwitzt, stumpf und ungelenk. Ich wollte mich unter dieser Hand immer weiter von der Gegenwart entfernen, und als wäre das möglich, als wäre es möglich, dass wir beide derselben Fantasie folgten, denselben Traum träumten, griff Taucher mir mit spitzen Fingern an die Brust, kniff und drehte meine Brustwarze wie den Knopf an einem alten *Radioapparat*.

Ich kam. Einfach so.

Ich wand mich hilflos unter seiner Berührung, presste das Gesicht ins Kissen und stöhnte, immer wieder, ein Stöhnen, das mir völlig fremd war, gurrend und kieksend, genießerisch wie übertriebene Wohlgeräusche beim Essen, unsagbar peinlich und so geil wie kein Geräusch, an das ich mich erinnerte.

Ruckartige, schnelle Bewegungen an meiner Hüfte, Taucher umklammerte sich selbst, er schlug sein *Glied* gegen meinen Beckenknochen. »Bitte«, hauchte er, »bitte nicht, oh ja.« Seine Stimme brach, er bäumte sich auf und spritzte lange, hohe Streifen Teenagersamen auf meine Schamhaare und meinen Bauch.

Die Tropfen kühlten ab.

Taucher verrieb sie auf meiner Haut. »Fast bis an die Brust«, sagte er mit gespielter Reue, »und wir haben keinen Cumshot gemacht.«

»Ja, das wird dir niemand glauben«, murmelte ich in seine Achselhöhle. Ich schnaubte ein kleines Lachen dazu. Es war absurd, mir vorzustellen, dass wir beide mit Freunden über die *sexuelle Begegnung* sprachen, Fotos zeigten, wie es üblich war, als wäre es eine *Heiße Nacht* gewesen, dabei war Nachmittag, und auch sonst hatten wir alles falsch gemacht.

Alles richtig.

Fast bekam ich Lust, wirklich jemandem davon zu erzählen. Ich wollte darauf beharren, dass es herrlich gewesen war, und ich wollte die *Matches* und die Utensilien und alle Zwischen-händler lautstark zur Hölle wünschen, sodass möglichst Viele es hörten.

Ich betrachtete die Brust, die sich neben mir immer noch ziemlich schnell hob und senkte, das Gesicht, das verklebte Haar. »Jetzt siehst du wirklich aus wie ein Taucher.« Der Satz schlüpfte mit meinem Atem heraus, bevor ich nachdenken konnte.

»Was?« Er drehte den Kopf zu mir.

»Du siehst aus wie … jemand nach einem Tauchgang.« Ich hoffte, dass er noch nie tauchen gewesen war und deshalb jetzt an verwegene Männer dachte, die lässig ein Motorboot zurück zum Hafen steuerten. In Wirklichkeit sah er aus wie direkt nach dem Abnehmen der Tauchermaske: zerknittert, die sil-berne Haarsträhne mattgrau vor Nässe und Salz, Druckstel-len am ganzen Körper. Die weiche Haut unter seinen Augen war geschwollen. Ich strich darüber und wollte ihm sagen, wie schön ich ihn fand.

Wir schliefen ein bisschen.

Es war schon dunkel draußen, und ich schlüpfte widerstrebend in meine Kleidung. Taucher zog sich nur Unterwäsche an.

Mein Herz schlug heftig, als er mich zur Tür brachte.

Das Vorkommnis heute könnte man mit viel Wohlwollen als einen Ausrutscher betrachten. Zwei ältere Menschen, die sich in der Gegenwart nicht mehr so gut zurechtfanden, zumindest dieses eine Mal nicht. Das wäre glaubhaft.

Taucher streckte die Hand zum Türgriff aus.

Mein Mund öffnete sich; die Luft war sehr trocken auf meiner Zunge. »Ich würde dich gern wiedersehen.«

Er schwieg einen Moment. Dann fragte er: »So wie heute?«

In seinen Augen suchte ich nach einem Hinweis darauf, wie die Frage zu deuten war. Sofort kapitulierte ich vor den zahllosen Möglichkeiten.

»Ja«, sagte ich deswegen nur. Ich hielt seinen Blick.

Normalerweise traf man sich abends. Vor einer *Heißen Nacht* ging man zusammen essen oder zu einem Event.

Ein Lächeln schlich sich auf seine Züge. »Nächsten Sonntag? Nachmittags?«

Er sagte keine genaue Zeit. Einfach nur *Nachmittags*.

Man ging zusammen essen oder bestellte zumindest etwas für *danach*, so wie man vorher ein Pheromon-Duschgel bestellte oder einen Termin zur Haarentfernung machte. Es gehörte eben dazu.

Nichts davon würden wir tun.

Nichts davon wollte ich tun.

»Auf der Klingel steht *Schmidt*«, sagte Taucher.

Am Sonntag war die Luft frühlingshaft warm. Ich ging zu Fuß, auch wegen der türkisfarben gekleideten Frauen in der U-Bahn. Meine Umhängetasche fühlte sich leicht an, weil sie es war.

Das Gerät lag zuhause.

Neulich war mir nicht aufgefallen, dass der Weg in eine ziemlich billige Gegend führte. Nur jede dritte Straßenlaterne war eine moderne, und bei einigen davon war das Glas vor der Kameralinse gesplittert. Es machte mir keine Angst. Es war nicht mehr besorgniserregend, sondern nur noch erregend. Mit großen Schritten durchmaß ich das Viertel, die Straße, die Welt, und mit jedem Schritt wurde meine Lust größer. Nicht nur die Lust auf Taucher. Ich fühlte mich lebendig. Die Welt mochte sich verändert haben. Aber ich hatte mich schneller verändert.

Hoffmann. Fischer. Krug/Nguyen. Cengiz. Berendt. Joletzky. Warum hatte ich neulich beim Weggehen nicht darauf geachtet? Ich las jeden Namen auf dem Klingelschild zweimal. Dreimal. Es gab keinen *Schmidt.*

Wie eine Idiotin stand ich vor dem Haus, trat schließlich ein paar Meter zurück und sah an der Fassade hoch. War es der zweite Stock gewesen oder der dritte? Ich konnte Taucher nicht anrufen. Ich konnte ihm auch keine Nachricht schreiben. Er existierte für mich nur als Körper, nicht als Datensatz.

Eins der Klingelschilder war leer. Ich drückte darauf.

Keine Antwort.

Als ich gerade bei jemand anderem klingeln wollte, öffnete sich die Haustür und ein junger, blonder Mann mit Farbflecken auf T-Shirt und Hose trat heraus. Er hielt ein Bündel zerknüllter, ebenfalls farbbekleckster Folie.

»Hi«, sagte er freundlich und blieb abwartend stehen.

»Würden Sie – kannst du mir helfen? Ich wollte zu … Schmidt.«

Sein Lächeln verschwand. »Hast du gerade bei mir geklingelt?«

»Nein, nein, ich …«

Der Blick des Mannes tastete mich von Kopf bis Fuß ab. Nicht anzüglich, eher so, als müsse er sich zwingen, genau hinzusehen. Ich spürte mein ungemachtes Gesicht heiß werden.

»Ruf an«, schlug er vor, mit einer eigenartig fragenden Betonung. Als ich zögerte, griff er in seine Hosentasche. »Sorry, aber – könnten wir uns mal eben scannen?«

»Mein … ich habe es … vergessen.«

Nur ein leichtes Heben der Augenbrauen. Dann sagte er: »Tut mir leid. Ich kann dir nicht weiterhelfen.«

Er ging an mir vorbei, mit einem deutlichen Bogen, ohne mich oder meine Tasche zu streifen, und warf die Folie in den Müllcontainer. Dann umrundete er mich erneut, schloss die Haustür auf und ging hinein. Er wartete nicht, bis die Tür von allein ins Schloss fiel, sondern zog sie hinter sich zu.

Ich blieb stehen. Obwohl ich eine weitere, ähnliche Begegnung fürchtete und obwohl ich im Grunde schon wusste, dass ich meine Zeit verschwendete, wartete ich vor dem Haus. Eine Stunde lang.

Der Heimweg zog sich hin. Meine Füße schmerzten, als ich ankam, und meine Schlüsselkarte war unauffindbar. Ich würde *wirklich* gleich die Tasche aufräumen, oben, sofort, wenn ich nur jetzt, nur dieses eine Mal noch, bitte, die Karte fand. Wenn ich sie, oh bitte, nicht zusammen mit dem Gerät in der Wohnung gelassen hatte. *Vergessen.* Meine Finger wurden hektisch. Da war sie.

Ich schleppte mich die Treppe hinauf. Es war Sonntag. *Freunde-Treffen*-Tag. Wahrscheinlich könnte ich noch spontan bei einem *Frühlingspicknick* dazustoßen; warm genug war es und niemand würde sich mehr als ein bisschen wundern, *mich auch mal wieder zu sehen.*

Stattdessen putzte ich. Auch das konnte man sonntags tun, und es war eine körperliche Sache. Ich schrubbte die Badewanne, die Küchenspüle, die Fußleisten, bis mir der Schweiß den Rücken herunterlief. Die Fenster rieb ich mit *Zeitungspapier* ab, wie immer. Es wurde extra für diesen Zweck noch hergestellt, und ich kaufte es, obwohl eine Packung *Zeitungspapier* ungefähr so viel kostete wie früher eine Zeitung und obwohl etwas anderes bestimmt viel besser putzte. Aber man hat seine Gewohnheiten.

Als ich nach der Schlüsselkarte griff, um den Müll wegzubringen, fiel mir das Chaos in meiner Tasche ein. Ich nahm sie vom Haken und trug sie ins Schlafzimmer, kippte sie über dem Bett aus und schüttelte sie, bis das Futter heraushing. Ein würgendes Gefühl überkam mich dabei, als ob ich selbst die Tasche war und mich erbrach.

Aus dem Staub und den Krümeln sammelte ich ein paar Haarclips, zwei Universal-Akkus, die wahrscheinlich leer waren, zwei angebrochene Päckchen Taschentücher und eine Handvoll Einwickelpapier von Bonbons und Kaugummis. Eins der Papiere war nicht zerknüllt, sondern zusammengefaltet, ungewöhnlich, das machte ich eigentlich nie.

Ein kleiner Zettel.

Plötzlich hörte ich das Vogelgezwitscher und die Verkehrsgeräusche von draußen sehr laut. Den Müllwagen. Kindergeschrei.

Ein gelber, kleiner Zettel.

Taucher musste ihn mir neulich in die Tasche gesteckt haben, vielleicht, als ich im Bad gewesen war. Vielleicht, damit ich ihn wiederfand, egal, was passierte.

Ich sah mich dastehen, das Stück Papier in der Hand, so wie neulich vor ihm. Aber diesmal las ich die Schrift. Da stand ein Name, nicht *Taucher*, nicht *Schmidt*, und auch keiner von dem Klingelschild. Vor- und Nachname, eine ganz normale Kombination.

Ich konnte ihn wiederfinden. Ich *würde* ihn wiederfinden.

Der Zettel wurde warm in meiner Hand, ich drückte ihn an mich. Gott sei Dank. Gott sei Dank. In Wirklichkeit war es natürlich nicht Gott, sondern die Welt, genau die gegenwärtige, heutige Welt, die mir das Wiederfinden ermöglichen würde, die Welt mit all ihren Datensätzen.

Beinahe hätte ich mein Gerät gestreichelt, als ich mich damit aufs Bett setzte, mitten in die Einwickelpapiere und den Staub. Ich gab den Namen ein, Zeichen für Zeichen. Taucher wurde mir schon nach den ersten paar Buchstaben vorgeschlagen, aber ich wollte ihn selbst suchen. Selbst finden. Ein Foto erschien neben dem Namen. Er war darauf klar zu erkennen. Es gab ihn.

Ich scrollte herunter. *Off to see the world!*, stand in der Statuszeile. Das Datum war der Tag, nachdem ich bei ihm gewesen war. Seitdem hatte er täglich Bilder geteilt. Taucher vor einem Tempel in Kambodscha. Am Strand. Mit ernstem Gesicht neben einer Vitrine, *Kriegs-Gedenkstätte Aleppo*. Die meisten Bilder waren allerdings Detailaufnahmen: bunt dekorierte Schälchen mit Reis- und Fischgerichten, von oben fotografiert. Seesterne. Goldschmuck. Ein witziges, anscheinend handgemaltes Hinweisschild mit einem durchgestrichenen Männchen, das sich von einem Hai fressen ließ.

Wie in Trance schob ich den Zeitstrahl zurück. März. Februar. Vor der Reise hatte er so gut wie nie etwas gepostet. Oktober. Der letzte Sommer. Ab und zu hatte er eine Meldung von jemand anderem geteilt. Freunde hatten Nachrichten angepinnt: »Man trifft dich nur noch auf der Straße, geht es dir gut?« – »Ganz schön träge bist du geworden!«

Ich scrollte wieder vor zu der Weltreise. Hier lasen sich die Kommentare freundlicher. »Du bist wieder da! Endlich! Hab Spaß!« Die einzige Nachricht, die etwas weniger begeistert klang, lautete: »Hey, ich war doch dreimal in Syrien. Hätte dir gerne bei der Reiseplanung geholfen. Aber du sagst ja nix!!« Taucher hatte geantwortet: »Bitte entschuldige, es war eine ganz spontane Entscheidung. Hab Spaß!«

Ich starrte auf die Worte. *Hab Spaß*. Es erschien mir unvorstellbar, dass er die Floskel benutzte. Andererseits kannte ich ihn ja kaum. Nur seinen Körper kannte ich. Wenn ich die Augen schloss, konnte ich mir die Gänsehaut auf seinem Arm in Erinnerung rufen, die aufgestellten Härchen, seltsam regelmäßig angeordnet, wie ein Rautenmuster. Ich sah Schauer darüberlaufen, während Taucher sich meinen Berührungen hingab. Ich *kannte* ihn. Zählte das nicht?

Dass er mir seinen Zettel extra in die Tasche gesteckt hatte, hieß vielleicht, dass er meinen ebenfalls behalten hatte. Aber warum hatte er mir dann vor der Reise nicht abgesagt?

Ich schrieb ihm eine Nachricht. »Hallo«, tippte ich, »das war schön neulich.«

Seine Antwort kam schon wenige Minuten später. »Fand ich auch. Super nette Leute. Hab Spaß!«

Nette Leute?

Mein Herz schlug bis in die Fingerspitzen. Das Gerät fühlte sich klebrig an. Meine Bauchmuskeln zitterten, ich musste mich hinlegen.

Nach ein paar Minuten rief ich noch einmal Tauchers aktuelle Fotos auf. Ihnen zufolge befand er sich heute in einem Industriemuseum in Bangladesch. Ich prüfte die Zeitzone. In Bangladesch war es drei Uhr nachts.

Plötzlich hielt ich es nicht mehr aus in meiner sauberen Wohnung. Ich ging nach draußen, ohne alles, *leer*, taub und blind, allein, und lief durch die Stadt. Nach einer Stunde merkte ich, dass der Regen meinen Pullover durchtränkt hatte. Ich musste an Tauchers grüne Jacke denken, die ihn nicht geschützt hatte, nicht vor dem Regen und auch sonst vor nichts.

Wenn ein echter Taucher verschwindet, wenn er nicht zum Boot zurückkehrt und alle dort auf ihn warten, dann gibt es eine Zeitspanne, in der die anderen nicht wissen können, ob er noch unterwegs ist oder tot. Ich weiß nicht genau, wie lang diese Zeitspanne ist. Die Wasseroberfläche kräuselt sich, der Wind geht leicht, und man wartet.

Mir fiel nach ein paar Wochen auf, dass ich manche seiner Fotos schon gesehen hatte. Das Fischgericht, die bunte Lampe in einem Café. Sie wiederholten sich. Und er selbst stand zwar vor anderen Sehenswürdigkeiten, aber immer in denselben Posen, mit denselben Gesichtsausdrücken.

Die Kommentare und die nichtssagenden Antworten wurden nach und nach seltener.

Ich streiche über die Bleistiftbuchstaben an meiner Wand. Ich will etwas tun, um mich zu erinnern. Um darauf zu beharren, dass ich Taucher angefasst habe und er mich. Aber dafür muss ich den zweifelhaften Bildern meiner Erinnerung mehr Glauben schenken als allen gespeicherten Fakten. Das ist ungewohnt und anstrengend. Ich liege im Bett und wüsste gern, was er sonst noch getan hat. Etwas Schlimmes? Oder war das mit mir schlimm genug? Vielleicht sollte ich Angst um mich selbst haben. Aber bisher ist nichts passiert, und an meiner Wand steht ja nur *Taucher*. Seinen echten Namen behalte ich im Kopf. Vielleicht hat er mir den Zettel in die Tasche gesteckt, damit jemand seinen Namen aufbewahrt, falls etwas passiert.

Es ist gar nichts passiert, außer dass Sommer geworden ist. In letzter Zeit werden mir wieder mehr Männer vorgeschlagen, und ich gebe zu, ich finde sie fast alle attraktiv. Niederschmetternd attraktiv und interessant. Sie haben faszinierende Hobbys und Berufe. Ich könnte gerade gut genug für sie sein, wenn ich ein paar Dinge an mir ändern würde. Die Möglichkeiten und Preise dafür werden mir ebenfalls angezeigt. Aber keine dieser Möglichkeiten nehme ich wahr, und ich kontaktiere keinen dieser Männer. Ich fahre U-Bahn. Ich halte Ausschau nach wachen Augen, und ab und zu sehe ich sie. Zumindest einen ähnlichen Blick. Immer häufiger fahre ich *leer*. Manchmal steige ich irgendwo aus, wo ich noch nie gewesen bin. Oder zuletzt vor sehr langer Zeit.

.

Tantratext

Sie können gern zurück in die Gegenwart kommen.

Hier, zu mir, zu meinem Körper. Wenn Sie möchten. Wenn es Ihnen nicht unangenehm ist. Ich schwitze wahrscheinlich, bitte entschuldigen Sie, aber es kostet durchaus Kraft, all dies für Sie zu schreiben, möglichst anschaulich, wie eine wahre Geschichte. Und darin nackt zu sein.

Aber vielleicht ist es auch für Sie nicht einfach. Sie lassen ja sozusagen meine verschwitzte Stimme in Ihre Gedanken. Sie erlauben, dass ich Sie dort streife, an Ihrer intimsten Stelle. Sie lassen sich von mir anfassen.

Seit ich Julian getroffen habe, denke ich mehr darüber nach, auf welche Art ich das tun will. Das Erzählen fühlt sich anders an als vorher.

»Du kannst gern zurück in die Gegenwart kommen«, das hat Julian zu mir gesagt. Ganz nah an meinem nackten Ohr. Natürlich, dachte ich, natürlich sagt er sowas, und natürlich merkt er, dass ich schon wieder ganz woanders war mit meiner Haut.

Oder immer noch nicht richtig angekommen.

Ich lag auf dem Bauch, aber eigentlich stapfte ich noch durch den Schnee. Jede Flocke, die sich auf meinen Mantel setzte, machte meinen Gang ein bisschen schwerer. Das Leben auf der Straße und dem Fußweg schien ganz alltäglich; Leute stiegen aus dem Bus und setzten ihre Mützen auf, neben mir telefonierte jemand, ein Paketbote öffnete die Tür seines Lieferwagens. Ich dagegen fühlte mich wie auf dem Weg zu meiner Hinrichtung. Die ich absurderweise selbst bestellt hatte und selbst bezahlen würde. In den letzten Wochen hatte ich das Ganze für eine spannende Idee gehalten, aber jetzt erinnerten mich die pfeifenden Windböen daran, dass solcher Optimismus durchaus angezweifelt werden konnte.

»*Ach, du liebe Güte, Kind!*«

»*Der soll bitte* was *bei dir machen?*«

»*Diese Tantrastudios verkaufen doch nur Sexarbeit an weiße Ökos, die sich zu fein sind für den Puff.*«

»*Wie meinst du das: Die Jungs auf der Webseite waren alle ganz hübsch?! Du kannst dir nicht mal aussuchen, wer dich da anpackt?*«

»*Irgend so ein Eso-Typ darf dich in Ruhe befummeln, und du zahlst dafür 300 Euro? Klingt super. Also für ihn.*«

»*Na, wenn du es so nötig hast…*«

Die Böen wurden langsam zu einem richtigen Wintersturm. Ich zog die Schultern ein Stück höher und versuchte, mich an den sanft-informativen Text von der Webseite zu erinnern und an die hymnischen Erfahrungsberichte von Kunden. Aber ich kam nur noch auf einen einzigen Satz, glatt und klar wie Eis: *Die Massage wird nackt empfangen und nackt gegeben.*

Ich schlitterte die letzten Meter bis zum Eingang. Ein goldenes Firmenschild. Ein Name, unter dem man auch Gewürze importieren oder Antiquitäten verkaufen könnte.

Entschlossen drückte ich auf die Klingel, hielt mich aber zur Sicherheit am Türgriff fest. Ich hatte einen festen, soliden, ganz offiziellen Termin.

Sie dagegen brauchen nicht zu klingeln. Sie sind ja schon eingetreten. Ich möchte Sie ein wenig in diesem Kapitel herumführen, bevor es richtig anfängt. Vielleicht nehme ich damit Dinge vorweg, vielleicht ist das weniger spannend, aber ich möchte, dass Sie sich wohlfühlen. Sie müssen jetzt nicht besonders gut aufpassen. Sie müssen hier weder den Mörder erraten noch irgendwelche Metaphern. Ich möchte Ihnen einfach das Wichtigste zeigen.

Julian.

Anfang vierzig, mit hellem Dreitagebart und grauen Schläfen, gepflegt und attraktiv in der Weise, auf die sich viele Menschen einigen könnten, *neutral gutaussehend* sozusagen. Vielleicht wäre er mir sogar einschüchternd perfekt erschienen, wenn er nicht etwas kurzatmig die Tür geöffnet hätte, verheddert in einer halb ausgezogenen Daunenjacke. Auf Socken. »Es tut mir leid, ich wollte eine Stunde früher kommen, aber die S-Bahn.« Er sagte es wie einen vollständigen Satz. Das nahm mich gleich für ihn ein, denn in dieser Stadt *war* es ein vollständiger Satz. Eine hinreichende Erklärung.

Er gab mir die Hand. Erst locker und dann genauso fest, wie ich seine drückte. Als spiegelte er die Berührung. Mein Blick fiel auf sein dunkelblaues Hemd. Nur der oberste Knopf war geöffnet.

Sehen Sie Julian vor sich?

Dann jetzt die Räumlichkeiten. Eine Mischung aus Architekturbüro und Kosmetiksalon: hohe Stuckdecken, ein Lounge-Sofa mit asiatisch angehauchtem Couchtisch, Orchideen in einer Glasvase. Julian nahm mir den Mantel ab und hängte ihn auf einen Bügel. Seine Schritte waren weich und lautlos, nur einige der glänzend lackierten Dielen knarrten unter ihm.

Anscheinend waren wir allein.

Er ging vor mir her, langsam, als ob er mir Gelegenheit geben wollte, nicht nur die Räume unauffällig zu taxieren, sondern auch seinen Körper. Den frischen Hemdkragen. Die präzise rasierte Nackenlinie. Vor einer großen Flügeltür blieb er stehen.

Nun also das Zimmer.

Es besaß hohe Fenster mit bodenlangen weißen Gardinen, die Julian zuzog, nachdem er die Hand kurz an die Heizkörper gelegt hatte. Die warme Luft roch entfernt nach Mandeln. In der Mitte des Raums lag eine große Matte auf dem Boden, dünner als eine Matratze, dicker als eine Yogamatte, umhüllt von glattem, dunkelblauem Stoff. Darauf lagen Tücher und Handtücher, sieben oder acht, identisch gefaltet, und ein Kissen. Neben dem Kopfende stand ein Silbertablett mit Tiegeln und Spendern.

Julian musste abgewartet haben, bis mein Blick zu ihm zurückfand. Er wies zur Seite, auf zwei Sessel, die in einem freundlichen Winkel zueinander standen, mit einem Teetischchen dazwischen. Ich setzte mich. Er verließ den Raum.

Alleingelassen reckte ich den Hals, um in die Zimmerecken zu spähen, auf der Suche nach Staubflocken und schmutzigen Wahrheiten, Gegenargumenten in letzter Sekunde. Ich fand keine. Vielleicht gab es auch keine Sekunden mehr. Jedenfalls besaß die Uhr, die zwischen den Fenstern an der Wand hing, nur Stunden- und Minutenzeiger.

Julian brachte mir einen sehr kleinen, sehr symbolischen Obstteller: drei Blaubeeren, eine Physalis und zwei Apfelspalten, frisch geschnitten. Ich stellte mir vor, wie er in der kleinen Kaffeeküche das Obstmesser abwusch. Er ging ein zweites Mal und kehrte mit einer Karaffe Wasser und zwei Gläsern zurück.

Dann nahm er auf dem anderen Sessel Platz und fragte, ob ich erzählen wolle, warum ich hier sei. Oder lieber nicht.

Ich räusperte mich und nahm ein Apfelstück.

Vielleicht haben Sie dieses Buch auf eine Reise mitgenommen. Vielleicht hat jemand darüber geredet und Sie haben gedacht: Das klingt interessant. Vielleicht wollten Sie immer schon mal *sowas* lesen, oder bisher eigentlich nie. Vielleicht haben Sie mit bestimmten Büchern schlechte Erfahrungen gemacht und fragen sich, ob dies hier besser ist.

»Danke«, sagte Julian, als ich geendet hatte. »Jetzt weiß ich ja ein bisschen.« Er stand auf, holte von dem Stapel auf der Matte zwei große Tücher und reichte mir eins davon. »Das kannst du dir nach dem Duschen umbinden.«

Das Studio besaß zwei Badezimmer, eins für die Mitarbeiter und eins für die Kunden. Ich schloss ab und legte das Tuch über den Rand des Waschbeckens. Es glitt zu Boden. Glänzende Oberflächen, kein Kalkfleck, kein Haar. Makellose Fliesen und Keramik, als hätte man extra für meinen Besuch renoviert. Ich duschte bewusst gründlich, aber ich konnte es nicht richtig genießen. In meinem Kopf lief eine Taxiuhr. Drei Stunden hatten wir vereinbart.

Julian wartete auf mich, das Tuch um die Hüften geschlungen. Vereinzelte Wassertropfen lagen auf seinem Oberkörper und hingen zwischen den kurzen Haaren in der Mitte seiner Brust. Er wirkte unwahrscheinlich gesund. Sein Körper und die stille Haltung strahlten Friedfertigkeit aus, und zugleich hätte niemand bei Verstand eine handfeste Auseinandersetzung mit ihm riskiert. Ich betrachtete die Tattoos, die sich über Brust und Schultern zogen. Feine schwarze Linien, schnurgerade, und geometrische Formen, die mich an technische Zeichnungen denken ließen.

Das Tuch reichte bei Julian bis zu den Waden, ich dagegen hatte meins um die Brust geschlungen, und es bedeckte nur knapp den Po. Angestrengt widerstand ich dem Impuls, zu prüfen, ob es fest saß. Auf einmal war mir dieses Tuch sehr wichtig. Ich wusste ja nicht, wie lange ich es noch behalten durfte.

Julian schloss die Flügeltür. »Sollen wir anfangen?«

Es kommt Ihnen vielleicht komisch vor, dass ich Ihnen das sage, aber Sie können jederzeit aufhören zu lesen. Oder eine Pause machen. Schneller und oberflächlicher lesen, oder langsamer und vorsichtiger. Und wenn Sie ein Kapitel nicht mögen, dann überblättern Sie es einfach. Auch dieses hier. Das halte ich aus. Es ist egal, was ich von Ihnen denken würde. Sie müssen für dieses Buch nicht offen genug oder schlau genug oder schön genug oder stark genug sein. Vertrauen Sie hingegen darauf, dass *ich* stark genug bin. Sie tun mir nichts an, wenn Sie hier über meine nackte Haut lesen, und genauso wenig, wenn Sie lieber damit aufhören. Das Buch ist für Sie da und nicht umgekehrt.

Julian stellte sich vor mich und nahm meine Hände. »Du kannst die Augen schließen, wenn du willst.«

Fast sofort geriet mir die Zeit außer Kontrolle. Sie fing an, sich ganz unpassend zu verhalten. Nach kaum zehn Sekunden, in denen nichts geschah, außer dass meine Hände in Julians lagen, trocken und warm, dachte ich schon, dass er ja wohl nicht ewig meine Hände halten könnte. Wofür waren wir denn schließlich hier. Die Taxiuhr tickte. Und als er dann endlich losließ, tat er es viel zu früh.

Er roch nach Minze.

Eine Hand legte sich auf meinen Rücken, der Druck war sacht, aber als er nachließ, schwankte ich sofort ein paar Zentimeter nach hinten. Und wieder vor, hin zu dem halb nackten Körper eines völlig Fremden, den ich anscheinend umarmen sollte, Brusthaare, Tattoos und alles. All das, was ich jetzt nur noch vermuten konnte, da draußen vor meinen geschlossenen Augen, und das war plötzlich sehr viel. Und hatte ich nicht gestern noch gelesen, dass es den Kunden untersagt war, die Masseure anzufassen? Eine solide, klare Regel. Vor allem männliche Kunden, so hatte es da gestanden, kamen immer wieder mit ihr in Konflikt. Sie griffen zu, hielten fest und wollten bestimmen, was geschah.

Der Gast empfängt.

Aber vielleicht war eine Umarmung zum Auftakt in Ordnung.

War sie *für mich* in Ordnung? Julian kam näher. Ich lehnte mich lieber wieder zurück.

Eine Weile schwankten wir zusammen. Der Minzduft näherte sich, neigte sich mir zu, entfernte sich, kehrte zurück. Auch andere Kräuter waren dabei. Und Holz. Etwas wie Strandluft. Und bei der nächsten, nein, doch nicht, erst bei der übernächsten Annäherung lehnte ich mich in diesen Duft hinein und hielt ihn mit beiden Armen fest.

Es war erstaunlich einfach. Ich besaß ja noch das Tuch, und Julians Brust besaß einen Platz für meine Stirn, wie maßgefertigt. Wir standen so still, als hätten wir Wurzeln geschlagen im Holz der Dielen. Die Heizung rauschte. Julians Atem floss über meine Schulter.

Von mir aus können Sie sich mit dem Buch hinsetzen oder hinlegen, wie Sie möchten. Gibt es dort, wo Sie sind, eine gemütliche Lampe? Vielleicht schalten Sie sie ein. Sie könnten auch die Füße hochlegen. Oder eine Badewanne einlassen. Falls Sie unterwegs sind, möchten Sie vielleicht Ihre Jacke öffnen, einen Schluck Wasser trinken oder erst einmal ein paar Minuten aus dem Fenster schauen. Machen Sie es sich ruhig bequem.

Ich wählte die Bauchlage, weil ich dann nicht darüber nachdenken müsste, wo ich hinsah. Wie Julian vorgeschlagen hatte, öffnete ich das Tuch und legte mich darunter. Der Saum glitt hinten über meine Schenkel. Sehr weit oben. Ich drückte mein Gesicht ins Kissen.

Julian sagte nichts.

Ich legte die Arme noch einmal anders hin und ruckelte meine Hüften zurecht. So. Es wurde still.

War er überhaupt noch da?

Schließlich raschelte irgendwo über mir Stoff, ein Luftzug streifte meine Beine. Ich zuckte zusammen. Zwei Hände hatten sich flach auf meine Waden gelegt. Sie blieben dort, vier oder fünf Atemzüge lang.

Vielleicht zählte er mit.

Komische Stelle, um eine Massage zu beginnen.

Julian strich über meine Knöchel und drückte meine Fußsohlen. Die Berührung hätte kräftiger sein können. Von dem bisschen Streicheln lockerte sich bestimmt nichts an meinem verspannten, aufgeregten Körper. Aber ich wollte mich nicht jetzt schon beschweren. Angenehm war es ja. Wer streichelte sonst schon meine Knöchel?

Plötzlich waren die Hände weg, und Julians Gewicht auf der Matte verlagerte sich. Wärme streifte meine Schultern, und dann bewegte sich das Tuch auf meinem Rücken. Es strich über die Haut, schien sich zusammenzuziehen, wurde kleiner und kleiner. Es gab den Po frei, die Flanken, bis es von meinen Schulterblättern abhob und verschwand.

Julians Gewicht rutschte zurück nach unten.

Ich war nackt.

Er streichelte meine Knöchel.

Ich war nackt, und er kümmerte sich kein bisschen darum.

Die Luft, die über meinen Po und zwischen die Beine strich, fühlte sich kühl an, kühler als überall sonst. *Unangebracht* kühl. Ich musste schlucken.

Julian drückte meine Fußsohlen, als hätte sich nichts verändert.

Es lag nicht an der Luft. Es waren die entblößten Stellen selbst, die sich falsch anfühlten. Zu Unrecht freigelegt. Wie Stellen, die man nur präsentieren durfte, wenn man sie auch benutzen wollte.

»Atmen nicht vergessen«, sagte Julian und nahm die Hände weg.

Benutzen, hatte ich das gerade wirklich gedacht?

Ich hörte ein klickendes Geräusch, zwei- oder dreimal, dann kehrten die Hände auf meine Beine zurück, warm und glitschig. Julian rieb meine Waden, hob einen Unterschenkel an,

presste den Daumen in die Furche neben dem Schienbeinkno-
chen und zog ihn dort entlang. Ein Kribbeln sirrte von den
Zehenspitzen bis hoch in den Kopf, ohne vor irgendeiner Stelle
haltzumachen. Der Mandelduft wurde intensiver.

Langsam arbeitete Julian sich an meinen Beinen empor, mit
einer Sorgfalt, die sich anfühlte, als ginge es gar nicht schneller; als handle es sich um weitläufige Ländereien in meinem
Besitz, deren Durchquerung eben mindestens eine Tagesreise
erforderte. So viele Gegenden und so viele Möglichkeiten, sie
zu besuchen. Jede neue Kombination rief ein anderes Gefühl
hervor, manchmal hoch, hell und kribbelnd, und manchmal
(Julian stützte seine Handflächen schwer auf meine Oberschenkel) schattig und schweigsam.

Ein Zittern ging von seinen Händen in meine Schenkel über.

Meine Körpermitte wurde in schwappende Bewegung ver-
setzt, die sich beschleunigte, zu einem Rütteln steigerte, einem
Vibrieren, einem Summen. Mein Schoß drückte gegen die
Matte und erwärmte sich. Das Kopfkissen verbarg mein Lächeln. *Ich* erwärmte mich, mehr und mehr, für diese ganze Idee
hier.

Julian atmete jetzt deutlich hörbar und schnell.

Es klang nach Sex.

Ich hörte Sex, für einen Moment, und dann hörte ich einen
verdammt anstrengenden Beruf.

Als das Vibrieren nachließ, beruhigte sich meine Atmung
zusammen mit Julians, was sehr schön war. Neue Wärme sammelte sich in meinem Schoß, und Julians Hände bewegten sich
weiter. Irgendwann demnächst würden sie bei meinem Po an-
kommen, sagte ich mir im Versuch, mich darauf vorzubereiten.
Bald. Gleich.

Okay, gut, oder auch schon jetzt.

Er berührte mich ohne Umschweife, und ich fing schon an, mir Worte zurechtzulegen, *das hatte ich aber nicht bestellt*, da drehten sich seine Hände, und die Finger drückten ganz außen in die Muskeln oder Sehnen am Hüftknochen. Ziemlich hart. Ich zuckte zusammen.

Manchmal wird einem bei Massagen gesagt, wie schlimm verspannt man immer noch sei oder dass man sich ja jetzt langsam entspanne. Ich hatte von beiden Hinweisen immer nur Schuldgefühle bekommen.

Julian sagte nichts. Er behielt den Druck bei. Die zwei Punkte unter seinen Fingern wurden heiß, die Hitze mischte sich mit der Wärme im Schoß und strahlte durch meinen ganzen Unterleib, bis ich es nicht mehr aushielt.

Ich muss mich zu Julian hingedreht haben wie zu einer Lichtquelle. Ohne darüber nachzudenken, ohne mich zu fragen, ob er *fertig* war. Ich drehte mich einfach um und öffnete die Augen.

Er saß auf den Fersen. Nackt.

Mein Herz schlug Ausrufezeichen, so hart und laut, als wollte es auch gleich einen Durchschlag anfertigen, eine Abschrift der Zeugenaussage, zur Sicherheit. *Julian war nackt!!!*

Natürlich war er nackt, das war so vorgesehen. Bloß hatte ich geglaubt, dass es mir die ganze Zeit bewusst sein würde. Stattdessen hatte ich nicht einmal mitbekommen, wie er sein Tuch ablegte.

Ich hatte nicht aufgepasst.

Als ob ich sonst ständig aufpasste.

»Alles in Ordnung?«, fragte Julian.

Natürlich passte ich nicht ständig auf. Ich wusste bloß meist, wenn ich mit einem Mann zusammen nackt war, wo sich welche Teile seines Körpers gerade befanden. Wo sie mich berührten. Besonders der Penis mit all seinem unsichtbar tröpfelnden Risiko, das sich an keinen offiziellen Anfang und an kein offizielles Ende von *Sex* hielt.

Ich passte immer auf den Penis auf.

Julian saß auf den Fersen, und sein Penis lag wie eine schlafende Feldmaus in seinem Schoß. Ich musste nicht aufpassen. Weder auf mich noch *für ihn*. Er sah mich fragend an.

Wahrscheinlich hatte er meinen Blick sowieso schon bemerkt, also atmete ich tief durch. »Passiert dir das je, dass du beim Massieren eine Erektion kriegst?«

Er blinzelte ein paarmal.

Oh Gott, was für eine Frage. Jetzt dachte er, dass ich mich für unwiderstehlich hielt. Und vielleicht stand er privat nicht mal auf Frauen. Das würde er mir natürlich nicht sagen, das ging mich nichts an, aber in jedem Fall würde er mir gleich erklären, wie er durch langjährige spirituelle Praxis (oder so) gelernt hatte, seine sexuelle Energie perfekt zu beherrschen. So, dass er niemals im falschen Moment einen Ständer bekam.

»Passiert andauernd«, sagte er und grinste. Dann rutschte er von den Fersen in einen offensichtlich bequemeren Schneidersitz. »Ab und zu jedenfalls. Der Kontext verwirrt den Körper. Das beruhigt sich aber, wenn man in Ruhe weiteratmet.«

Jetzt musste ich auch lächeln. *Weiteratmen.* Ich stellte mir vor, wie Julians Antworten auf Klimawandel, Krümel im Bett oder eingelaufene Pullover lauten mochten.

Er rollte mit den Schultern und dehnte den Nacken, dann die Finger und Handgelenke. Er sah sehr sportlich dabei aus.

»Wollen wir eine Pause machen?«, schlug ich vor und griff nach meinem Tuch.

Das Bad gleißte wie eine andere Welt, in deren kühler Funktionalität ich mich nicht gleich zurechtfand. Abschließen. Hinsetzen. Das Toilettenpapier war so weiß, dass es blendete. Danach duschte ich noch einmal kurz. In den Spiegel sah ich lieber nicht.

Als ich zurückkam in das warme Zimmer und die Flügeltür hinter mir schloss, war ich beinahe erleichtert. Unser gemeinsamer Geruch hing noch in der Luft, vermischt mit dem des Mandelöls. Julian saß auf der Matte, nackt, und hatte einen neuen Obstteller neben sich stehen. Einen Moment zögerte ich, aber dann legte ich mein Tuch wieder ab und setzte mich zu ihm. Wir aßen Obst und redeten über das Wetter. Es war wie auf einer Picknickdecke.

Schließlich nahm er die letzte Blaubeere. »Weiter?«

In einem normalen Text folgt ein Buchstabe, ein Wort, ein Satz dem anderen. Zwangsweise, denn anders lässt er sich ja nicht schreiben. Aber inzwischen frage ich mich, ob dieses im Prinzip sehr schlichte technische Problem dazu geführt hat, dass viele Geschichten die Reihenfolge von Ereignissen ein bisschen zu wichtig nehmen. Vielleicht stehen manche Ereignisse weniger in einem zeitlichen als in einem räumlichen Zusammenhang. Oder in einem ganz anderen. Vielleicht ist schon immer alles da.

Ich lag auf dem Rücken, auf dem Bauch *und* auf der Seite. Meine Beine, meine Arme waren angewinkelt und ausgestreckt, meine Augen geschlossen, geöffnet, fokussiert, verschleiert. Julian kreiste um mich. Er blieb auf den Knien wie bei einer inbrünstigen Prozession, doch seine Hände waren ruhig. Sie hatten noch nicht *alle* Stellen meines Körpers berührt, aber die meisten, und sie widmeten sich ihnen allen mit der gleichen freundlichen Zuwendung. Sie unterschieden nicht zwischen *normalen* und *speziellen* Körperteilen, zwischen *öffentlichen* und *intimen*.

Die Heizung rauschte. Die Luft im Zimmer war süß und warm.

Ein Text könnte ein Raum sein, in dem man Erfahrungen macht.

Als Julian meine Brust massierte, überlegte ich mit geschlossenen Augen, was er anders machte als andere Männer. Er folgte dem Brustmuskel bis in die Achselhöhle und rollte ihn wie ein Seil. Er kreiste mit den Fingerkuppen zwischen Schlüsselbein und Brustansatz, dort, wo das Gewebe nur langsam weicher und voller wurde. Er berührte mich, als seien meine Brüste nichts klar Abgegrenztes, keine zwei Halbkreise, die man auch auf eine Klotür kritzeln könnte, sondern etwas, das viel früher anfing und viel weiter reichte. Er drückte sie, aber es war nicht dieses Hoch- und Zusammendrücken, das ich von Männern kannte (und oft auch mochte), dieses Zurechtrücken meiner Brüste für den lustvollen Blick.

Ich öffnete die Augen.

Ich lag auf dem Rücken und meine Brust glänzte wie eine nasse, frisch geformte Tonskulptur. Ich versuchte, normal auszuatmen, aber das Geräusch dabei kam einem Stöhnen ziemlich nahe.

Julian lehnte sich zurück. »Soll ich mit der Yonimassage anfangen?«

Freuen Sie sich mit mir über ein neues Wort! Wieder ein neues und wieder ein anderes. *Yoni*. Wie häufig dieser Körperteil nun schon überschrieben worden ist! Immer mit dem Ziel, ihn besser, harmloser, mutiger, heiliger, möglichst medizinisch korrekt oder, wie hier, allumfassend zu benennen. Niemand machte sich solche Mühe für einen Ellbogen. *Yoni* klang mir ein bisschen zu lieblich, aber ich fand schön, wie Julian es sagte: so selbstverständlich erfreut.

Meine Beine lagen links und rechts über seinen Knien. Er streichelte mich und schien dabei jede Reaktion zu registrieren: das nachgiebige Flirren an den Schenkelinnenseiten. Das raspelnd harte Echo zwischen den Härchen auf dem Venushügel, wo die Haut dünn über den Knochen gespannt war. Und die aufgeregte Sehnsucht, als seine Hand diesen Hügel, dessen Mitte so sacht und weich abfiel, hinunterglitt. Auf warmem Öl.

»May I enter your body?« Vielleicht war das eine feststehende Formel, und deswegen sagte er sie auf Englisch. Ich traute meiner Stimme nicht und nickte nur. Aber er wartete, bis ich ein »Ja« herausbrachte.

Wir sahen einander ins Gesicht. Seins war aufmerksam und dabei ohne bestimmte Erwartung. Ich hatte keine Schwierigkeit, ihn anzusehen, während er zwei Finger in meine Vagina gleiten ließ. Es ging leicht. Ich war nass, ich hatte Lust auf seine Berührungen, und zugleich fühlte ich mich überhaupt nicht *geil*. Nicht *versaut*. Ich fühlte mich wohl.

Seine Fingerkuppen drückten still nach oben, und langsam glomm dort etwas auf, ein kleines Lagerfeuer, das ich gut kannte. Es ließ sich nur durch diesen gleichmäßigen Druck entfachen. Die ersten Flammen leckten schon an Julians Fingern, da verschwand der Druck. Die Hitze ließ enttäuschend schnell nach.

Julian drehte die Hand ein paar Millimeter und begann von Neuem. Dort war keine Feuerstelle, das musste er spüren, aber es schien ihm nicht wichtig zu sein. Ich versuchte, mich auf die Berührung einzustellen. Als ich gerade das Gefühl bekam, dass ich es schaffen könnte, drehte er seine Hand erneut.

So ging es weiter. Er drehte sich im Kreis.

Oder drehte ich mich im Kreis? Immer um seine Hand herum? Drei- oder viermal kam er an meiner Lieblingsstelle vorbei, ohne ihr besondere Beachtung zu schenken.

Gleichbleibende, freundliche Zuwendung, sagte ich mir.

Noch eine Runde.

Julians Gesicht war so ernst, als erzähle er mir etwas wirklich Wichtiges. Als schrieben seine Finger es mir extra auf. *Tantra.* Sie schrieben immer wieder das Gleiche, und ich verstand es einfach nicht. Mein Körper war schwer von Begriff.

Wir drehten uns im Kreis.

Inzwischen spürte ich gar nichts mehr. An manchen Stellen fühlte sich die Haut regelrecht taub an. Ich konnte Julian nicht mehr ansehen und kniff die Augen zusammen. Auch meine Kehle wurde eng.

Seine Finger waren bestimmt gut trainiert, aber ganz sicher nicht unermüdlich. Ich hätte bestimmt schon längst kommen sollen. Die Taxiuhr, die ich vorhin gehört hatte, war in Wirklichkeit seine. *Ein Orgasmus kann passieren, ist aber nicht das Ziel,* hatte auf der Webseite gestanden. Na sicher. Weil garantiert ganz viele Leute gern 300 Euro zahlten, um keinen Orgasmus zu haben.

Ich funktionierte nicht richtig.

Meine *Yoni* hätte zumindest mit dankbarer Entspannung auf die Tantra-Lektion reagieren sollen, die ihr zuteil wurde. Vielleicht war sie gar keine richtige *Yoni.* Sie verdiente das liebliche, friedliche Wort nicht, so ungeduldig und fordernd, wie sie sich aufführte.

Und ich, ich hatte die Botschaft der Geschichte nicht kapiert, ich würde den Mörder nicht erraten, die Metaphern nicht erkennen, keine korrekte Interpretation abliefern, und ich hasste die Geschichte dafür, ich hasste sie.

Und ihn.

Ich war mir sicher: Wenn ich jetzt die Augen öffnete und ihn ansah, dann trüge er dieses *Gesicht*. Ich würde es überall erkennen. Das Gesicht eines Mannes, der wusste, was gut für mich war. Der berechtigt war, es besser zu wissen als ich.

»Wenn du erst mal schwanger bist, und wenn das Kind dann da ist, dann wird es schön. Ich weiß es.« Diese Worte, so sanft gesprochen damals, mit einem begütigenden Lächeln, das mich beschämte und hinter dem schon die Traurigkeit wartete, die berechtigte, rechtmäßige Traurigkeit. Ich hatte die genauen Worte und den Tonfall ganz vergessen. Sehr gründlich vergessen hatte ich sie. Jetzt waren sie wieder da. *»Du wirst es schön finden, ich weiß es einfach. Ich würde mir beide Hände dafür abhacken lassen.«*

Das einzig Neue war mein weißglühender Zorn.

Dann. Lass. Sie. Dir. Abhacken.

Etwas zischte. Es war nur die Luft, die ich angehalten hatte, aber in dem Zischen hörte ich die Worte ganz deutlich. *Dann lass sie dir abhacken, lass mich in Ruhe, hör auf, einen Fehler aus mir zu machen, verschwinde, verschwinde, verschwinde.* Ich atmete aus, immer nur aus, bis ich eigentlich nicht mehr am Leben sein konnte.

Julians Hand hatte aufgehört, sich zu bewegen. Wenn er jetzt forderte, dass ich weiteratmen solle, würde ich ihn schlagen. Er hatte versagt. Ich hatte versagt. Ich fasste mir ins Gesicht, wo zwei unangenehm warme, nasse Streifen von den Augenwinkeln bis hinter die Ohren liefen, wie die Bügel einer zu engen Brille.

»Das ist okay«, sagte Julian.

Ich wischte die Brille weg. Ich wollte nicht durch sie hindurchsehen, so verschwommen und wütend. Ich wischte sie weg, aber sie kam zurück.

»Alles gut«, sagte Julian.

Nach einer Weile wurden die Brillenbügel in der warmen Luft dünner und leichter. Erst, als sie ganz weggetrocknet waren, öffnete ich die Augen.

Julian sah nicht aus, als sei etwas Schlimmes passiert. Auch nicht, als hätte irgendjemand versagt. Seine Schultern hoben und senkten sich ruhig. Seine Finger, das merkte ich jetzt, waren immer noch in mir. Sie waren in mir gewesen, während ich geweint hatte. Ich wollte Julian in die Augen sehen, aber mein Blick rutschte ab.

Er fiel direkt in eine Schwimmweste.

Ja, eine briefmarkenkleine Schwimmweste fing ihn auf, sie war auf Julians Schlüsselbein tätowiert, als Piktogramm, so exakt wie auf den *Safety Cards* im Flugzeug. Es musste wahnsinnig wehgetan haben, über dem Knochen ein Tattoo zu stechen. Julian hatte diesen Schmerz auf sich genommen. Ich war plötzlich dankbar dafür, als hätte er es für mich getan. Mein Blick trieb in der Schwimmweste, gesichert und außer Gefahr. Vielleicht dienten Julians Tattoos genau diesem Zweck. Sie waren für alle Frauen und Männer, die er berufsmäßig anfasste und deren Blicke manchmal nicht wussten, wohin mit sich. Alle Blicke wurden gerettet.

Julian hielt mich mit einer Hand, ohne Bewegung. Der Druck seiner Finger fühlte sich an, als sei es möglich, eine einzelne Hautstelle zu *umarmen*. Julian ließ mich nicht allein. Sein Griff tat gut, sehr gut, ich wurde ganz weich. Gleich würde ich schmelzen und ihm zwischen den Fingern zerrinnen.

Er blieb an genau der richtigen Stelle.

Er erzählte mir nichts, erklärte mir nichts, und ich nahm mir von ihm genau den richtigen, gar nicht besonders spannenden, eher glättenden, fast schon beruhigenden Orgasmus.

Ich blieb auf dem Rücken liegen. Julian zog seine Finger vorsichtig zurück, so vorsichtig, als vermeide er nicht nur, mir wehzutun, sondern sogar, meine Gedanken zu stören. Vielleicht wäre es wirklich schön, noch einen Moment ganz allein zu sein mit diesen Gedanken. Ich drehte mich auf den Bauch und legte das Gesicht ins Kissen, aber ich dachte gar nicht viel. Am ganzen Körper spürte ich noch den geisterhaften Druck von Julians Händen, wie man nach einem Tag auf dem Wasser noch das Schaukeln des Bootes spürt.

»Wir sind fertig«, sagte er leise an meinem Ohr. Ich musste eingeschlafen sein. Er lag neben mir, unsere Körperseiten berührten einander an vielen kleinen Punkten von den Zehen bis zu den Schultern. Sein Gesicht war so nah, dass ich ihn hätte küssen können. Ich unterdrückte den Impuls.

Ein anderer ergriff mich, und er war noch stärker.

Nein, das ging auf gar keinen Fall. Es gab Regeln. Außerdem schämte ich mich dafür.

Wie seltsam, dass mir ausgerechnet dieser Wunsch so peinlich war, nach all den anderen Berührungen. Es kostete mich absurd viel Überwindung, schließlich doch zu fragen. »Würdest du ein bisschen meine Hand halten?«

Er nahm sie und schloss die Augen. Sein Gesicht sah erschöpft aus.

Was für ein Beruf, dachte ich. Was für ein anstrengender, wunderbarer Beruf.

Wir setzten uns auf und tranken das restliche Wasser. Unsere Tücher lagen neben der Matte, und ich wusste nicht mehr, welches meins und welches Julians war. Eigentlich war es mir auch egal. Meine Haut fühlte sich leicht und schön an, wie etwas, das mir perfekt passte. Ich dachte, dass Julian mir während der gesamten drei Stunden kein einziges Kompliment gemacht hatte. Nichts an mir hatte er als schön bezeichnet. Als gäbe es diese Beschreibung gar nicht. Und damit auch nicht ihr Gegenteil. Die ganze Kategorie.

»Du musst mich davon abhalten, jetzt einfach so auf die Straße zu gehen«, sagte ich.

»Kein Problem.« Er grinste, stand auf und ging zum Fenster. Mit der Geste eines Zirkusdirektors lüftete er den Vorhang. »Draußen sind minus vier Grad und die S-Bahn streikt.«

Ich bezahlte ihn, nachdem wir beide noch einmal geduscht hatten und wieder angezogen waren. Julian war *sehr* angezogen. Er hatte sogar den obersten Knopf seines Hemdes geschlossen. Wir saßen im Vorraum auf dem Sofa. Zwischen uns hätte noch eine dritte Person gepasst.

Als ich die Geldscheine auf den Couchtisch blätterte, verzählte ich mich und stammelte eine Entschuldigung.

»Alles gut«, sagte Julian.

Ich zählte noch einmal, langsamer. Er zog sein Portemonnaie hervor, ein ganz normales Lederportemonnaie, und steckte die Scheine weg.

Ich konnte mich einfach nicht an seine Angezogenheit gewöhnen. »Hättest du noch ein Glas Wasser für mich?«

»Natürlich. Oder trinken wir einen Tee zusammen?« Er stand schon auf, bevor ich erleichtert nicken konnte.

Julian trank seinen Tee sehr bedächtig.

An der Tür gaben wir uns die Hand. Ich trat in ein völlig fremdes Treppenhaus. Cremefarbene Wände, darunter eine Holztäfelung, auf dem Boden ein dicker Läufer aus Sisal. Nichts davon hatte ich bei meiner Ankunft wahrgenommen. Unsicher machte ich einen weiteren Schritt.

»Warte.« Ich erschrak. Julians Hand lag auf meinem Arm. Sie hätte mir durch den Mantel den Puls messen können, so heftig schlug plötzlich mein Herz. Gegen die Hand oder ihr entgegen, als wisse es selbst nicht, ob es sie unbedingt abschütteln oder unbedingt behalten wollte.

Ich drehte mich zu ihm um.

Er nahm die Hand weg. »Sei ein bisschen vorsichtig, wenn du jetzt rausgehst. Oft ist man … Ich bin oft empfindlich, wenn ich gerade eine Massage bekommen habe. Als ob alles durch mich durchgeht. Lärm. Hektik … die Gefühle von anderen Leuten …«

Vor meine Augen schob sich ein Bild des nackten Julian, der hingegossen auf der Matte lag. Natürlich, er musste schon viele Tantramassagen bekommen haben. Vielleicht mehr, als er gegeben hatte. Er musste sie sehr genossen haben.

Vielleicht lag es an diesem Bild, dass ich seine nächsten Sätze nur lückenhaft mitbekam. Ich solle auf mich achtgeben, meinte er wohl. Oder mich in Acht nehmen.

»*Ein Jahr* lang?«, fragte ich erschrocken.

Vielleicht kennen Sie das auch. Manchmal, wenn ich mich verlese, also ein anderes Wort lese, als tatsächlich dasteht, und wenn das falsche Wort etwas bei mir auslöst, dann bleibt es in meinem Kopf. Selbst, wenn ich den Fehler gleich bemerke und das richtige Wort noch erwische, ist es zu spät. Das erste hat schon in mir Wurzeln geschlagen. Es ist auf eine Art wahr geworden.

Julian blinzelte. »Was? Nein. Ich habe gesagt, auch das Immunsystem ist *dann ja* etwas schwächer.« Er lächelte warm. »Mach dir am besten einen ruhigen Tag.«

Mein Herz schlug immer noch schnell. *Dann ja*, nicht *ein Jahr*, sagte ich mir innerlich vor. »Gut, mach ich.«

Julian stand noch in der offenen Tür, als ich auf dem Treppenabsatz um die Ecke bog. Er sah mir nach wie ein um mich besorgter Freund. Ich ging mit dem falschen Wort nach Hause, also würde ein Jahr lang alles durch mich durchgehen, und ich hatte keine Ahnung, wovor ich mich dabei in Acht nehmen musste. Ich hatte so schlecht zugehört. So ungenau gelesen.

Fünfzig Schatten, grau

Schmerz passt überhaupt nicht zu mir. Das hätte ich vorher wissen können, aber dann besäße mein Wissen jetzt nicht diese schneidende Klarheit. Ich hätte *auf mich aufpassen* können, aber ich musste mir erst demonstrieren, warum. Ja, ich habe es selbst getan, niemand sonst ist verantwortlich. Er jedenfalls nicht.

Eine Zeit lang weiß ich genau, wer er ist. Bevor ich ihn kennenlerne. Sein Bild wächst aus den Halbsätzen zusammen, die ich über ihn höre, Sätze mit einem dunklen Echo, das mir von Anfang an lauter und deutlicher vorkommt als die Bemerkungen selbst.

Er hat etwas Akkurates. Ein Lächeln, geschnitten mit dem Skalpell. Schmale, wissende Augen. Als Hemdkragen zwei porzellanweiße Scherben. Er lässt sich mit *Herr* anreden, und bei ihm ersetzt die Anrede nicht nur den Vornamen. Sie *ist* sein Name. Ein Name für besondere Gelegenheiten. Solche, die sich mir bisher noch nie geboten haben. Er wäre perfekt.

Dann treffe ich ihn.

Ich bin noch im Mantel und sehe mich zwischen den vielen Leuten um. Jemand drückt mir ein Glas in die Hand, verdreht die Augen und sagt: »Der da hinten.«

Nach ein paar Minuten merke ich, dass ich allein bin und schwitze. Der Mantel. Ich sollte den Mantel ablegen. Ich bin mitten im Raum stehen geblieben, weitab von jedem Grüppchen und ohne ein Wort zum Anlass der Feier gesagt zu haben. Ich starre.

Er trägt einen dicken Kapuzenpullover in der Farbe von Heu, weich und verwaschen. Auch seine Gesten haben etwas Verwaschenes, und sein schnelles, kurzes Lachen klingt, als ob er Sand in die Luft wirft. Seine Jeans ist eine Nummer zu groß. Die Kleidung tarnt ein paar Körperstellen, die ihm zu weich sind, ganz sicher, ihm, aber mir nicht. Wahrscheinlich ist ihm nie kalt.

Ich mag ihn sofort. Mehr noch, ich *stimme ihm zu*. Den halben Handbewegungen, die immer auch sagen, dass alle Gesten der Welt oft genug gemacht worden sind und es daher genügt, auf sie zu verweisen. Mit nachsichtiger Sanftheit.

Aber vielleicht sind seine Hände kräftiger, als sie aussehen. Vielleicht sollte man vorsichtig sein mit dem, was man sich von ihnen wünscht: Vielleicht setzt er es konsequent durch. Nicht als bloße Geste. Ich ziehe endlich den Mantel aus, aber mir ist immer noch heiß.

Damit, dass er mir so gefallen würde, habe ich nicht gerechnet. Ich hatte bloß gehofft, dass er mir *genug* gefallen würde. Genug, um mir *etwas* mit ihm vorstellen zu können: etwas *Neues*, etwas *Spezielles*, etwas *Dunkles*. Ich hatte gehofft, dass er für meine Neugier ausreichen würde. Über mich selbst habe ich gar nicht nachgedacht.

Ich hole mir ein zweites Glas Wein, rede ein wenig mit den Gastgebern, und dann fange ich an.

Ich fange so an, wie ich normalerweise anfange.

Ich beobachte ihn aus den Augenwinkeln, lasse mich dabei von ihm erwischen und tue dann so, als ob es mir peinlich ist.

Ich breche eine kleine Debatte über irgendein Thema vom Zaun und provoziere ihn ein bisschen.

Ich mache ihm ein Kompliment.

Aber alle Komplimente der Welt sind schon oft genug gemacht worden. Etwas stimmt nicht. Meine *Schritte* sind mir so überbewusst wie manchmal plötzlich die einzelnen Stufen einer Treppe, die ganze wacklige, unwahrscheinliche Prozedur des Gehens, über die ich nicht nachdenken darf, weil sie sonst immer komplexer wird, bis mich die Angst überfällt und ich stolpere.

Ich bitte ihn um eine Zigarette. Als wir endlich auf dem Balkon allein sind, huste ich, um dann zu *gestehen*, dass ich nur rauche, wenn ich aufgeregt bin.

»Ist das so«, sagt er höflich und lächelt.

Er zieht an der Zigarette. Die Glut knistert.

Nicht stolpern.

Zweimal streife ich seine Hand, und er weicht immerhin nicht zurück.

Drei Stunden lang taumele ich über diese *Treppe*, ich weiß nicht, ob sie aufwärts oder abwärts führt, und es passiert nichts, gar nichts. Dann komme ich endlich zu mir.

Ich greife nach dem Geländer, meinem Mantel, und verabschiede mich von den Gastgebern. Allein. Wenigstens haben sie den Anstand, überrascht auszusehen. Der Flurspiegel zeigt den korrekten Sitz meines Schals, das reicht. Kein Blick ins Gesicht jetzt; es fühlt sich viel zu erschöpft an. Als ob ich jahrelang nicht mehr so müde war.

Da ist die Tür.

»Ich komme ein Stück mit, wenn ich darf.«

Sein ganzer Satz klingt wie das Wort *Neugier*. Aber nicht so, als sei *Neugier* ein schmutziges Wort. Der Satz klingt eher wie eine Frage nach dem Fahrplan.

Ich dachte, den Fahrplan hätte er.

Auf dem Weg zur Bahn bildet unsere Atemluft zwei leere Sprechblasen über uns. Etwas Schnee fällt, nur eine Handvoll, so wie im Theater manchmal zu einem ganz falschen Zeitpunkt ein paar Flocken aus dem Schnürboden rieseln. Ich schnorre noch eine Zigarette. Diesmal tue ich es wirklich zur Beruhigung. Also los. Den richtigen Zeitpunkt gibt es nicht.

Im Prinzip ist das Gefühl nach einer Abfuhr nicht schlimmer als der Schreck, wenn man ein Glas fallen gelassen hat. Im Café ist es etwas peinlich, zuhause etwas unpraktisch, doch im Prinzip nur Statistik. Gläser werden herunterfallen, Gläser werden zu Bruch gehen. Interessanterweise fallen im Verhältnis weniger herunter, je mehr man anfasst.

Ich bleibe unter einer Straßenlaterne stehen und atme tief ein. »Also, habe ich Chancen?« Die Frage müsste verführerisch glänzen, aber in diesem Licht wird jedes Wort blass. Unter diesem Blinzeln von ihm.

Er fasst sich in den Nacken und zieht den Kragen seines Parkas zurecht. »Ähm ... ja ... Wir können ja mal was trinken gehen?«

Nicht skeptisch, aber auch nicht begeistert. Nicht einmal geschmeichelt. Eher so, als sei es ihm aufgrund der bisher verfügbaren Informationen unmöglich, irgendeine Meinung über mich zu haben.

Vielleicht stimmt das ja.

Als ich zuhause im Bett liege, denke ich darüber nach, welche Informationen er bräuchte. Sexuelle vermutlich. Was ich gemacht habe und machen will, oder würde. Meine Vorlieben. *Kinky. Powerplay. BDSM.* Oder so. Er kennt garantiert alle Suchbegriffe. Wer *speziell* ist, wird immer gezwungen, sich in Begriffe einzuordnen, und das heißt: über sich nachzudenken. Ich mag Leute, die über sich nachgedacht haben.

Aber über mich selbst habe ich bisher anscheinend nur gedacht, ich sei *normal.* In dieser Hinsicht.

Normal.

Aus einem Fenster gegenüber wirft das Licht einen weißen Fleck an meine Schlafzimmerwand, wie ein leeres Din-A4-Blatt. Ich bin sicher, Vorlieben zu haben, ganz sicher, aber die einzige, die mir jetzt einfällt, ist die für einen weichen Kapuzenpullover und ein sandiges Lachen. Ich interessiere mich für ihn, und ich glaube, ich könnte ihm vertrauen, und ich bin nicht so leicht zu schockieren. Reicht das?

Nein. Das ist, als ob man gefragt wird, was man essen will, und sagt: »Etwas aus deiner Küche, bitte.«

Ich würde fast alles probieren, was er mit seinen großen Händen machen will, alles, nur bitte so bald wie möglich.

Mitten in der Nacht wache ich auf, um mir die frisch gespeicherte Telefonnummer noch einmal anzusehen. Ich wache wirklich aus diesem Grund auf; so fühlt es sich an. Mit kalten Fingern entsperre ich das Display und gehe im Telefonbuch zum richtigen Buchstaben. Ich ziehe mir die Bettdecke bis zu den Ohren, nur meine Hände ragen heraus, und dann sehe ich mir jede Ziffer an.

Den Namen natürlich auch. Buchstaben für Buchstaben. Mehrmals.

Ich warte darauf, dass mich das behagliche Gefühl der Vorfreude durchströmt.

Das Display schaltet sich aus, und ich starre ins Dunkle. Morgen muss ich endlich die Winterbettdecke einziehen. Diese hier ist viel zu dünn.

Lippenstift?

Natürlich. Aber nicht den. Den anderen. Gut.

Unterwäsche?

Schwarz. Oder keine.

Dann schwarz.

Ich bin streng mit mir heute, denn heute ist der Tag. Ich werde peinlich pünktlich sein, vielleicht ist das ein Kriterium. Oder zumindest eine *Information* für ihn. Er hat mir am Telefon keinen Anhaltspunkt gegeben, aber *zu früh kommen*, das ist ja immer ein bisschen erniedrigend. Als ich das Haus verlasse, ist es kaum halb acht. Keine Ahnung, ob ich das Spiel richtig spiele, aber die Winterluft prickelt wie Cola auf Eiswürfeln. Mit einem großen Stück Zitrone. Ich werde mutig hineinbeißen, ich werde mich von ihm beißen lassen, bis mir die Augen tränen und meine Zunge Sternchen sieht.

Er steht schon vor der Bar. Ich gehe auf ihn zu, und weil die Straße so lang und gerade ist, beginnt unsere Begrüßung zu früh und ist schon zu Ende, bevor ich etwas davon gehabt habe. Nur eine kumpelhafte Umarmung, als ob wir uns seit Jahren kennen.

»Ist es blöd, wenn ich erst mal was esse?«, fragt er, als wir die Bar betreten. »Ich komme direkt von der Arbeit. War nur zuhause, um mich umzuziehen.«

Wir schlüpfen aus unseren Jacken. Drinnen ist es schummrig,

aber ich sehe sofort, dass er den gleichen Kapuzenpulli trägt. Er hat ihn also für mich angezogen, extra für mich.

»Nein, klar. Ich meine, du solltest was essen. Nach der Arbeit auf jeden Fall. Was machst du denn beruflich?« Oh Gott, mit derart öden Fragen eröffne ich sonst nie.

Er legt seine Jacke über einen Barhocker. Ich würde am liebsten darauf hinweisen, dass hinten ein Sofa frei ist, aber schon kommt die Barkeeperin auf uns zu. Sie hat eine grimmige Falte auf der Nasenwurzel. Nein, es ist ein Piercing, ein Stift aus schwarzem Metall. Wie passend.

Ich bestelle ein Getränk mit drei verschiedenen Schnäpsen, weil ich jeden Einzelnen davon akut benötige.

Die Barfrau erklärt mir, dieser Drink enthalte *klassisch* nichts als drei Sorten Schnaps. »Also nichts Süßes.«

Normalerweise würde so was an mir abperlen. Ich würde ruhig bleiben und nicht zu einem Gorillaweibchen werden, das sich auf die Brust trommelt und sagt: »Dann mach mir doch ein süßes buntes Schirmchen drauf.«

»Haben wir nicht.«

»Sprühsahne?«

Sie wendet sich ohne ein weiteres Wort meinem Begleiter zu, der mich von der Seite angesehen hat. Er bestellt für uns beide. Für mich den *klassischen* Drink, für sich Bier und Tortillachips, das einzige Essen auf der Karte.

Ich merke, dass ich schwitze, obwohl es eher kühl ist in der Bar. Etwas in mir muss unbedingt Stärke demonstrieren, gorillahafte Stärke, weil ich schon bis zu den Knien in einem Urwaldmorast aus Schwäche versinke. Vielleicht ist es bloß die Musik. Sie kommt von unten, wabbelig-dumpf, die Lautsprecher müssen in der Theke versteckt sein.

»Rettungsassistent«, sagt er.

Es dauert, bis ich wieder bei meiner Frage von eben angelangt bin. Dann sehe ich ihn im Blaulicht, mit kühlen, effizienten Bewegungen. Seine Hände auf einem Verletzten.

Ich werfe ihm einen skeptischen Blick zu, reine Provokation. »Da musst du aber Blut sehen können.« Sehr gut, sowohl der Tonfall als auch das Thema. Ich gefalle mir schon viel besser.

Und er lächelt auch gleich etwas weniger müde als zuvor. Direkt in meine Augen. »Das kann ich.«

Seine Hände auf *einer* Verletzten. Auf einer, die ihn um die Verletzung gebeten hat. Seine Worte, in weiches Mitgefühl gehüllt, aber unerbittlich, *Das brennt jetzt ein bisschen*, Zitronensaft, blitzende Eiswürfel. Kohlensäure und Koffein, prickelnd und kalt. Ich trinke einen großen Schluck.

Sofort brennt mein Hals höllisch, und dann bekomme ich einen Hustenanfall. Ich hatte Cola erwartet.

Die Barfrau wirft mir einen triumphierenden Blick zu.

Sobald ich wieder sprechen kann, flüstern zumindest, lehne ich mich auf dem Barhocker zur Seite. Dicht an sein Ohr. »Und … klaust du manchmal am Arbeitsplatz?«

Die Musik setzt mitten im Ton aus.

Er legt fragend den Kopf schief und zieht eine Augenbraue hoch.

»Ich meine«, sage ich, »steril eingeschweißte … Lanzetten oder so?«

Er sieht verwirrt aus. Dann ändert sich seine ganze Haltung. Rücken gerade, straffe Schultern, das Kinn gereckt. »*Bloodplay* ist nicht so meins.« Er legt das Wort zwischen uns auf den Tresen wie eine Spielkarte. Oder ist es ein Strafzettel? »Ansonsten bin ich immer dafür, jemanden unvoreingenommen kennenzulernen, egal, was andere Leute über diese Person gesagt haben.« Sein Blick geht direkt in meine Augen.

Unter meinen Armen bricht ein neuer Schub Schweiß aus. Verdammt, verdammt.

Die Barfrau öffnet eine Tüte Tortillachips und fängt an, sie auf Schüsseln zu verteilen. Es raschelt laut. Nicht laut genug, um die Pause zwischen uns zu füllen. Ich will sie beenden, am besten mit einem ganz anderen, leichteren Ton.

»Und ich«, sage ich schließlich und hebe mein Glas, »bin immer dafür, den Abend mit einem schönen Mann zu verbringen.«

Er lacht, aber seinem Lachen fehlt alles Rieselnde. Die Sandkörner sind zu nassen Klumpen verklebt, grau und schmutzig. Als hätte er genau so einen Satz von mir erwartet.

Ach so.

Er *hat* genau so einen Satz von mir erwartet.

Meine Freunde erzählen nicht nur *mir* Dinge über *ihn*, sondern auch umgekehrt.

Ich atme tief durch. »Unvoreingenommen kennenlernen, ja?«, sage ich kühl.

Die Barfrau kommt und knallt ihm eine, da müsste der Satz jetzt aufhören, aber die Barfrau knallt ihm eine Schüssel vor die Nase. Er blinzelt hinein, als könnte das die Tortillachips in Worte verwandeln. Dann schiebt er die Schüssel ein Stück zu mir, noch eins, bis sie genau zwischen uns steht wie ein Friedensangebot. Er versucht ein Lächeln. Das Licht fängt sich in ein paar nachlässig rasierten Stoppeln auf seiner Oberlippe, die ich genau jetzt sehr gern küssen würde. Winzige, glitzernde Nadelstiche auf der weichen Haut.

Ich bediene mich bei den Chips.

»Tja, der schlechte Ruf«, sagt er, während ich kaue. »Meine Eltern hatten so eine Schallplatte.«

»Hm?«

»So französische Chansons, aber übersetzt …« Sein Blick tastet die oberen Reihen der Flaschen und Gläser ab, als ob er versucht, etwas zu entziffern.

Ich schlucke die zerkauten Chips herunter, und auch den Wunsch, ihn zu küssen. »Sing mal an.«

»Das willst du nicht.«

Er hat ja keine Ahnung. Oder doch. Ich fürchte, er hat doch so langsam eine Ahnung, dass er mir auch die Getränkekarte vorsingen könnte, schief und krumm, und ich würde ihn immer noch wollen.

Er summt etwas, und dann lehnt er sich zu mir und singt tatsächlich, fast gar nicht schief, fast gar nicht ironisch und fast so gut wie ein versoffen-charmanter Chansonnier: »*In meinem Dorf, das ich nicht schuf, hab ich einen schlechten Ruf. Ob ich mich mühe … ob ich es lass, ich gelte als Ich-weiß-nicht-was. … Ich frage mich, was macht euch das, mein Gott, ich lebe nur etwas, mein Gott, ich lebe nur etwas …*« Er verstummt und ich glaube, er wird ein bisschen rot. Oh ja, bitte.

Ich schiebe ihm die halb leere Schüssel zu, verdientes Honorar, und sage mit einem langen Blick: »Ich persönlich habe ja aufgehört, mich zu *mühen*.«

Er seufzt und trinkt aus. »Ich fange gerade wieder damit an.«

Wie aufs Stichwort setzt die Musik ein, wieder mitten im Ton, an der gleichen Stelle, an der sie aufgehört hat. Das dumpfe Vibrieren kehrt in meinen Bauch zurück, unangenehm jetzt, ein bisschen schmerzhaft. Meint er mich? Ist es *mühsam* für ihn, mit mir zu reden?

Inzwischen schwitze ich so, dass ich die Ellbogen an den Körper pressen muss. Bald werden die Schweißflecke unter den Ärmeln hervorkriechen.

Ich bitte ihn um eine Zigarette.

»Erzähl mal was von dir«, sagt er, als er mir Feuer gibt.

Es klingt, als ob er neugierig ist auf mich, aber ganz allgemein; immer noch ist *Neugier* kein unanständiges Wort. Anscheinend wünscht er eine Art ernsthafter Zusammenfassung meiner Person. Einen *Überblick.* Sofort fühlt sich mein Kopf von innen kalt an. Aber das könnte auch am Rauchen liegen.

Ich beginne ganz beherzt. Ein bisschen zu schnell vielleicht, unüberlegt, also korrigiere ich, nein, so stimmt es auch nicht. Ich schwitze wie bei einer Prüfung. Und als ich endlich in die Spur finde, ein paar vernünftige Sätze hinlege und dafür ein Lächeln bekomme, eine Nachfrage, etwas später sogar einen langen Blick und ein Nicken, da erhebt ein Drache sein Haupt.

Er hat mindestens fünfzehn Jahre lang tief geschlafen, und auch jetzt streift mich sein Atem zuerst nur, harmlos warm, fast angenehm, doch ich erkenne ihn wieder: den glühenden, ja verzweifelten Wunsch, verstanden zu werden.

Verstanden, um Himmels willen.

Als könnte irgendjemand irgendjemanden verstehen.

Normalerweise finde ich mich selbst gerade so halbwegs zurecht auf den Trampelpfaden in meinem Kopf, sofern ich mich vorsichtig durchs Gestrüpp taste. Aber jetzt soll es schnell gehen; am Ende dieses Abends soll jemand einen *Eindruck* von mir haben, der auf irgendeine Weise *stimmt.* Also fange ich an zu vereinfachen. Ich rupfe meine wild gewucherten Ideen auseinander, stopfe sie in faltenlose Sätze, putze sie heraus und tue so, als seien es gar keine Vogelscheuchen, sondern normale Leute. Ganz alltäglich. Superalltäglich. Am Ende sehen sie aus wie Schaufensterpuppen, glatt und kastriert und dumm.

Er findet, dass ich schöne Sätze formuliere.

Ich finde, dass er schön ist. Aber das sage ich nicht mehr.

Wenn ich ihn anfassen könnte, wäre alles leichter. Sein Körper kommt mir vor wie ein fester Punkt, umgeben von einem Bannkreis. Ich will zum Punkt kommen, oder zumindest eine kleine Übertretung begehen. Ich habe auch eine Idee. Aber dann würde er aufhören zu lächeln, bestimmt mehrere Minuten lang.

Die Entscheidung fällt mir viel zu schwer.

Ich verschränke die Arme vor der Brust. »Sag doch mal was zu *Fifty Shades of Grey*.« Ich grinse ihn an. Soweit ich gelesen habe, ist das Thema immer noch ein rotes Tuch für echte BDSM-Leute.

Er zuckt mit den Schultern. Vielleicht hat er auch diesen Satz von mir erwartet. »Hab ich nicht gelesen und nicht geguckt.« Er sieht nicht einmal beleidigt aus. Eher so, als hätte er tatsächlich keine Meinung.

Nun ja. Ein Rettungsassistent guckt wohl auch keine Filme über Rettungsassistenten. Ich halte mein herausforderndes Gesicht in Position, um zu zeigen, dass ich mich nicht so leicht zufriedengebe.

»Ja …«, sagt er schließlich gedehnt. »Keine Ahnung, ist halt ein Porno. Ein Frauenporno.«

Eigentlich gefällt mir seine Antwort. Auch der neutrale Tonfall. Bevor ich darauf kommen kann, warum, steht die Barfrau wieder vor uns. Ich würde am liebsten auf Cola umsteigen. Aber das käme mir vor wie Kapitulation. Wir bestellen eine neue Runde.

Er trinkt, ohne mir zuzuprosten, als seien wir über solche Förmlichkeiten längst hinaus. »Kennst du das *Hieronymus*?«

Okay. Dann kommt er also selbst zum Punkt. Auch gut. Viel besser. *Der Garten der Lüste*. Meine Hände sind feucht. Das ist nur das Kondenswasser am Glas, versuche ich zu denken.

»Ja«, sage ich. »Also, ich war noch nie drin.«

Ein ungläubiger Seitenblick von ihm. Falsche Antwort, ganz falsche Antwort. Ich hätte bluffen sollen.

»Da kann man erst mal ganz gut austesten, was man mag.« Er trinkt einen Schluck, und dann fängt er an zu reden, als hätte ich mir den Bannkreis die ganze Zeit nur eingebildet. Ich höre »... *das Vermeiden von Schmerz ... die Gesellschaft ... krankhaft übertrieben ... Dämonisierung ... aber in einer dauerhaften Bindung ... Treue ... Zukunft ... gegenseitig ... Unterwerfung als machtvolle Geste ...*«.

Ich höre nur Bruchstücke, weil ich immer noch mit dem Satz davor beschäftigt bin. *Erst mal austesten.* Er spricht weiter, so offen, wie man auf Reisen manchmal mit Fremden spricht, kurz bevor sie in einen ganz anderen Zug steigen als man selbst, einen Zug, dessen Abfahrt feststeht. *Erst mal austesten.* Erst mal. Mit irgendjemandem. Nicht mit ihm.

Ich starre auf die Etiketten der vielen Flaschen über der Bar, und ihre Buchstaben ordnen sich neu, wie auf einer großen Anzeigetafel: Meine Abfahrt steht längst fest. Die Entscheidung über mich ist längst gefallen, irgendwann im Lauf des Abends, ohne dass ich den Moment auch nur bemerkt hätte. Vielleicht sogar, ohne dass es überhaupt einen konkreten Moment gab. Wahrscheinlich ist es ganz banal. Wahrscheinlich bin ich *einfach doch nicht so sein Typ.*

Normalerweise, um mir solche Sätze zu ersparen, würde ich mich jetzt verabschieden. Und zwar charmant, mit einer Andeutung von allem, was er verpasst. Mit Humor. Mit Gelassenheit. *Gläser werden herunterfallen, Gläser werden zu Bruch gehen.*

Ich kann den Blick einfach nicht von den Flaschen abwenden, und da beginnen sie eine nach der anderen umzuklappen wie früher die Wörter und Buchstaben auf den ganz alten An-zeigetafeln, sie klappen nach vorn und kippen aus dem Regal, quälend langsam, von links nach rechts und von oben nach unten, und dann zerschellen sie, Flasche für Flasche, zu Füßen meines Barhockers.

Geh endlich.

Aber ich bleibe sitzen.

Er sieht mich an und sagt nach einer Weile: »Ich bin einfach nicht der Typ für Affären.«

Mich überkommt der heftige Drang zu lügen. Zu sagen: *Ich auch nicht, jetzt nicht mehr, ab heute kann ich bestimmt gut schlafen neben einem Mann und seinen Träumen, seinen leer stehenden Zimmern, blau oder rosa, egal, Hauptsache neben dir, ich werde dein Zuhause, deine dauerhafte Bindung, ich werde alles, was du willst.*

Bitte.

Ich will *Bitte* sagen.

»Ich will mich verlieben«, sagt er.

Ich bleibe noch eine Stunde lang sitzen und sehe mir dabei zu, wie ich die gute Verliererin spiele, die ich normalerweise wirklich bin. Ich lache, ich gestikuliere, und immer, wenn mein Barhocker sich bewegt, klirrt und knirscht es leise. Wir trinken, wir essen Chips, wir reden über alles Mögliche, und langsam wird es ein gutes Gespräch, ein schönes sogar, eine totale Katastrophe. Und ich genieße sie auch noch, oh ja, ich genieße die Katastrophe, so intensiv ich kann, *Unterwerfung als machtvolle Geste* oder als einzige, die übrig bleibt.

Insofern könnte man auch sagen, denke ich beim Nachhausege-hen, während das Futter der Jacke kalt an meinen Achselhöhlen klebt, insofern könnte man auch sagen, ich bin einem echten

Experten begegnet. Er hat genau das mit mir gemacht, was ich wollte: mir einen Abend lang fein dosierte Schmerzen zugefügt, auch ein bisschen Vergnügen, aber vor allem diese überraschend nachhaltigen Schmerzen.

Zuhause drücke ich die Wohnungstür ganz sacht hinter mir zu. Das Echo fällt krachend ins Schloss.

In den Wochen danach wird es gar nicht mehr richtig hell draußen. Ich komme mir vor wie in einem dunklen Kinosaal: Um mich herum passiert nichts, nur auf der Leinwand, in meiner Erinnerung, läuft der Abend in der Bar wieder und wieder von vorn. Ich sehe ihn in verschiedenen Genres. Besonders oft die Szene, in der ich die Straße entlanggehe. Auf ihn zu. Einmal bin ich dabei fünfzig Mann und komme über einen windgepeitschten Hügel. Zuerst hört man nur schwere Schritte, dann sieht man die struppigen, helmlosen Köpfe, die Schultern, bepackt und behängt mit hoffnungslos veralteten Gewehren, teils auch nur – Gott steh uns bei – mit Knüppeln. Zerschlissene, verdreckte Kleidung. Ein Rest Stolz auf den grimmigen Gesichtern. Der Schatten einer Truppe. Die Szene ist sepiafarben gedreht, als ob alles schon sehr lange her ist. Und als ob der Film gleich zu Ende geht, werden am unteren Bildrand ein paar Worte eingeblendet. Sie stehen so nüchtern und ruhig da wie der feindliche Feldherr, der mich am Fuß des Hügels erwartet. Worte im Stil von *vernichtend geschlagen*. Der Feldherr ist allein, er trägt nicht einmal Waffen, nur sein schönes, verwaschenes Lächeln, und Geschichte ist stets die Geschichte der lächelnden Sieger.

Ich verbringe Stunden damit, die Geschichte umzuschreiben. Ich verfasse witzige, poetische, zweideutige, eindeutige, traurige und sehr vernünftige Textnachrichten an ihn, die mich viel

Arbeit kosten und die ich nie abschicke, und das Nichtabschi-
cken kostet mich am meisten Arbeit. Es ist fast wie ein zweiter
Job. Ich werde richtig gut darin. Ich fange früh an, bin ganz bei
der Sache und sorge mit vollem Einsatz dafür, dass der Vormittag vergeht, ohne dass ich auf *Senden* drücke. Danach bräuchte
ich eigentlich eine Mittagspause. Aber wie sollte die aussehen?
Wie soll man sich davon erholen, etwas *nicht* zu tun? Ich müsste
kurz unter seine Kapuze kriechen können. Ich kaufe mir einen
übergroßen, blassgrünen Kapuzenpullover und trage ihn zum
Schlafen, obwohl mir darin viel zu warm ist.

In der Stadt sehe ich jedem Rettungswagen hinterher. Ich bin
schlimmer als die schlimmsten Gaffer. Abends treibe ich mich
manchmal in der Nähe der Bar herum. Ich will ihm gar nicht
begegnen. Ich will nur sein, wo er gewesen ist. Fröstelnd stehe
ich auf der anderen Straßenseite, und es nieselt genau so, wie
es nieseln muss: als hätte man alle Laternen verhängt, extra für
mich, aus Mitgefühl.

Jeder Schmerz in meinem Alltag bekommt einen Sinn. Beim
Zahnarzt, und als mir das Obstmesser abrutscht, und im Fit-
nessstudio bei der letzten, reißenden Wiederholung. Alles,
was wehtut, widme ich ihm. Es fühlt sich fast beruhigend an,
ordnend. Bekannt. Als hätte ich vor vielen Jahren eine *Handarbeit* zur Seite gelegt, die ich jetzt wieder aufnehme, und ich
weiß noch jeden einzelnen, vorgegebenen Stich. Meine Mutter
musste in der Schule Handarbeit belegen, mit fünfzehn oder
sechzehn. Ich nicht mehr. Mir fällt zu dem Alter nur noch ein,
dass die Mädchen in meiner Klasse dauernd unglücklich verliebt waren, also war ich es auch. Die Erwachsenen schienen das
für Mädchen in dem Alter ganz normal zu finden.

Deinetwegen, schreibe ich ihm, *denke ich darüber nach, was nor-*

mal sein soll und was pervers. Natürlich schicke ich auch das nicht ab. Ich müsste es ihm persönlich sagen.

Aber erst müsste ich meinen Horizont erweitern.

Das *Hieronymus* hat eine geschmackvolle Webseite. Als Dresscode für die Partys steht da: *Keine Jeans, keine Turnschuhe. Gerne Lack, gerne Leder. Bevorzugt werden Paare eingelassen.*

Als ich am späten Freitagabend angezogen vor dem Spiegel stehe, bin ich zwar immer noch kein Paar, aber *ich sehe doch ganz gut aus.* Irgendwo habe ich eine Netzstrumpfhose gefunden, und das einzige Accessoire aus Lackleder, das ich besitze, umschlingt meinen Hals und verschwindet im tiefen Ausschnitt eines kurzen schwarzen Kleides. Mein Spiegelbild probiert ein Lächeln an, aber dabei sieht man es sofort.

Ich sehe nicht *ganz gut* aus, sondern *ganz nett.*

Bestimmt haben die toughen Türsteherinnen – der Legende nach sind es nur Frauen, und in meiner Vorstellung tragen sie alle ein schwarzes Piercing zwischen den Augenbrauen –, bestimmt haben sie längst ein Schimpfwort für solche wie mich. Denn die Wahrheit ist: Ich trage einen Gürtel um den Hals. Ich bin ein *Gürtelmädchen.*

Das Spiegelbild erwidert meinen Blick, als ob es sagen will: Das ist doch hoffentlich alles ein Scherz.

Ich bin mir nicht sicher.

Es sagt: Du magst keine Clubs. Du magst keinen Lärm und keine Menschenmengen. Du nimmst nicht mal interessante Drogen, und du trägst wirklich, *wirklich* gerne Turnschuhe. Geh ins Bett.

Als ich mich weigere, fragt das Spiegelbild mit fiesem Grinsen: Erinnerst du dich an den Stripclub?

Sehr witzig.

Das wäre doch etwas für mich, fanden die Freundinnen, die mir den Besuch geschenkt hatten. Es ist erst ein paar Monate her. Wir saßen ziemlich weit weg von der Bühne, aber bevor ich die fünf eingeölten Männer auch nur voneinander unterscheiden konnte, war einer schon ins Publikum geklettert und saß im Stringtanga auf meinem Schoß.

Ich reagierte souverän, indem ich beide Hände vors Gesicht schlug.

»Du musst ihn anfassen!«, brüllte es um mich herum, und auch der Mann schien das von mir zu erwarten.

Die anderen konnten es dann ohne Probleme.

Das ist doch alles ein Scherz, und nicht mal mein Humor. Der Wecker zeigt inzwischen ein Uhr nachts.

Ich würde jetzt gern schlafen, sagt mein Spiegelbild. Zieh das bescheuerte Zeug aus.

Insgeheim erleichtert wickle ich den Gürtel ab, rolle die Netzstrumpfhose von den Beinen und schlüpfe aus dem Kleid. Ich greife wieder nach dem Kapuzenpullover.

Stopp.

Wieso?

Der passt dir nicht.

Doch.

Er passt nicht *zu dir*.

Kann ich ihn wenigstens die Nacht im Arm halten?

Feigling.

In meinem Traum sitzen wir wieder an der Bar. Er lächelt und legt die Hand in meinen Nacken, so, wie Männer manchmal ihren Frauen die Hand in den Nacken legen, beim Gang durch die Stadt zum Beispiel. Sanft zieht er mich zu sich herüber. Ich schwitze fürchterlich. Wir werden uns gleich küssen. Da merke ich, dass die Barhocker zu weit auseinanderstehen. Ich hänge schon ganz schräg in der Luft. Er merkt es nicht, weil seine Sehnsucht einfach zu groß ist, seine Sehnsucht nach mir, mir, mir. Das ist romantisch, und ich schäme mich, weil ich stattdessen an technische Banalitäten denken muss. Die Beine der Barhocker sind hoch wie Stelzen, und sie wachsen weiter, zwischen ihnen ist kein Boden mehr zu sehen, sondern nur noch ein schwarzer Abgrund. Mein Hocker beginnt schon zu kippeln, und die Hand zieht an meinem Nacken, bis –

Ich schrecke hoch. Draußen ist es hell. Nicht richtig hell, aber heller als in den letzten Wochen. Es müsste Februar sein. Ich zähle nach, wie viele Tage seit unserem Treffen vergangen sind. Achtundvierzig, neunundvierzig, fünfzig.

Mein Bett riecht nach Schweiß, und nicht nach der guten Sorte. Fünfzig Tage ohne etwas Gutes. Ohne eine einzige gute Idee.

Ich zwinge mich aufzustehen. Als ich Frühstück mache, fährt draußen ein Rettungswagen vorbei, aber ich löffle weiter Kaffee in die Kanne. Ich löffle so lange, bis die Sirene außer Hörweite ist. Das wird ein verdammt starker Kaffee.

Der Frühling, sagen mir die Meteorologen, lässt dieses Jahr auf sich warten. Ich solle doch mal wegfahren, sagen sie, in eine wärmere Gegend, mit leichtem Gepäck. Sehr leicht. Am besten ließe ich mich gleich selbst zuhause, das spare viel Schlepperei. Kleiner Meteorologenwitz. Jedenfalls solle ich ohne Begleitung reisen, in jeder Hinsicht, und immer in süd-südwestlicher Richtung. Dort liege ein stabiles Hoch.

Monte Verità

Wir erreichen den Bahnhof Locarno mit etwa 60 Jahren Verspätung.

In Wirklichkeit sind es nur zehn Minuten, aber als ich ausgestiegen bin und meinen Rollkoffer vom Bahnhof zur Piazza Grande ziehe, reicht mir die Stadt ihren galanten, zittrigen Arm, so melancholisch wie ein alter Lebemann. Seine Casinos sind fast alle geschlossen; er wird niemandem mehr gefährlich, und das weiß er.

Vielleicht hätte ich mich wirklich selbst zuhause lassen sollen.

Karen hat für das letzte Stück der Reise einen Linienbus empfohlen. Er fährt direkt vom Bahnhof ab, hat sie gesagt, allerdings nur stündlich, und ich kann jetzt nicht stillstehen. Ich muss in Bewegung bleiben. Also schleife ich den Koffer und mich über das backblechheiße Pflaster; ich werde somit offiziell hier gewesen sein, und dann kann ich mich guten Gewissens auf dem *Berg der Wahrheit* verkriechen. An seinen Ausläufern zumindest. Quasi am Busen der Wahrheit. Allein.

Niemand sieht mich, als ich die Piazza diagonal überquere. Man trinkt den Caffè mit dem Rücken zu ihr, unter den Bogengängen ringsum. Im Halbdunkel. Die Blicke richten sich auf die Schaufenster, beschwörend, wie mir scheint. Viel Leerstand, mit Spiegelfolie verklebt. In einer Ecke liegen Scherben. Vielleicht war Locarno immer nur ein Spiegel, denke ich beim Laufen, ein gesplitterter Spiegel. Früher hat er den Reichen ein weniger langweiliges Bild ihres Reichtums zurückgeworfen: dunkel glitzernd wie der Lago Maggiore an einem windigen Tag. Vielleicht war dieses Glitzern immer schon eine Verletzung. Oder die Stadt ist bloß erschöpft. So verdammt erschöpft. Ich kehre um. Es ist Zeit für den Bus.

»*Va sempre in salita*«, hat Karen geseufzt, »*dann weißt du, dass du richtig bist: Von der Bushaltestelle geht es immer nur bergauf.*« Ihre Gasse führe hoch auf den Monte und hinunter zum See, sonst nirgendwohin.

Als ich auf halbem Weg verschnaufen muss und mich umdrehe, prangt zwischen den Schindeldächern und den handförmigen Palmwedeln tatsächlich schon ein Stück tiefes, ehrwürdiges Blau.

Ohne den Trommelwirbel des Rollkoffers auf dem Kopfsteinpflaster ist es plötzlich sehr still in der Gasse.

Die Hitze klettert sofort an mir hoch.

Ich muss weiter, bevor ich hier festwachse; es sind nur noch gut hundert Meter. Vor mir erkenne ich schon das Tor, die halb hohe Gartenmauer und das Haus, das fast einen Monat lang meins ist. Seine Wände sind orange gestrichen, mit einer Bordüre aus naiv gemalten Sonnen unter dem Dachfirst. Auf den Fotos, die Karen mir geschickt hat, fand ich es grell und esoterisch. Jetzt sehe ich es in seinem natürlichen Umfeld. In einer

Gegend, durch die einst solche Horden von Gurus, Malern, Ausdruckstänzern, Poeten, Anarchistinnen und Lebensreformern geschwirrt sein sollen, meist nackt, immer beseelt, dass hier eigentlich kein Haus die Frechheit besitzen dürfte, *nicht* esoterisch auszusehen. Außerdem ist mir –

Ich stoppe. Jemand steht im Garten. In meinem Garten.

Ich blinzele zweimal, weil das eine Täuschung sein muss. Karen ist auf ihrem Seminar in Österreich, das hat sie mir versichert – versprochen! –, und sie hat mich auch gebeten, die Blumen zu wässern. Aber da steht jemand. Die Person blickt mir über die Gartenmauer entgegen. Ein Mann. Betäubt gehe ich weiter, bis ich so nah herangekommen bin, dass ich seine Gesichtszüge ausmachen kann. Es ist niemand, den ich kenne.

Gleich werde ich meine Finger einzeln vom klebrigen Griff des Koffers lösen müssen, um irgendeinem Fremden die Hand zu geben. Ich will jetzt niemanden kennenlernen, schon gar keinen Mann. Ich will nur das Haus aufschließen, etwas Kaltes trinken, mir die Kleidung herunterreißen, duschen und danach für eine uferlose Zeitspanne nackt hinter geschlossenen Fensterläden auf dem Bett liegen und meinen Geist vom Deckenventilator glatt rühren lassen.

In der stillen Mittagshitze ertönt ein sanftes Klicken.

Ich bleibe stehen.

Nein, es ist ein *Knacken*, von frischem Holz, das in der Hitze arbeitet. Ich habe das schon mal gehört. Aber noch nie aus der Brust eines Mannes.

Die Statue ragt über die Gartenmauer, und ihr Holz glänzt trotz der groben Schnitte feucht. Es schwitzt. *Er* schwitzt.

Ich lasse den Koffer am Gartentor stehen. Glühend und durstig trete ich auf den Mann zu. Er ist so groß wie ich, allerdings läuft sein nackter Oberkörper an den Hüften in einem Holz-block aus. Keine Lenden, keine Beine, keine Füße. Noch nicht. Um ihn herum liegen Späne. Ein Unterarm verschwindet eben-falls im Holz, der andere ist schon herausgearbeitet: ein Stück zur Seite gestreckt, die Hand mit den langen, kräftigen Fingern etwa in Hüfthöhe. Der Handrücken zeigt nach vorn.

Eine seltsame Geste.

Die ganze Pose hat etwas Seltsames. Der Mann ist jung, muskulös, voller Kraft, aber seine Schultern hängen, als ob er müde ausatmet, und auch den Kopf hält er gesenkt. Auf sei-nem Nacken könnte ein kleines Tier im Schlaf herunterrollen. Ich trete nah an ihn heran. Sein Gesicht ist fein gearbeitet. Die Augen scheinen geschlossen, jedenfalls sind keine Pupillen oder Lidfalten eingeritzt. Sein Mund ist schmal und klein, nicht das, was man als *sinnlich* bezeichnen würde, und das Kinn eher spitz als kantig. Am Torso laufen feine dunkle Linien hinab, eine geht genau durch die rechte Brustwarze.

Ich hebe den Arm.

Als meine Fingerspitze das Holz berührt, donnert hinter mir ein Panzer in den Garten.

Ich zucke herum, aber da ist nichts.

Das Krachen und Knattern setzt wieder ein, begleitet von einem hohen Heulen, und ich entdecke neben der Terrasse einen Schuppen, aus dessen offener Tür jetzt jemand auf mich zurennt, mit einer hoch erhobenen Kettensäge und irrem Ge-lächter. Mein Rücken stößt irgendwo an –

»Und schon wieder in den Armen eines Mannes!«, schreit Karen. Drei Meter vor mir bleibt sie stehen und schaltet den Motor ab.

Ja, das ist Karen, eindeutig.

Ich hatte schon wieder vergessen, dass sie Anfang sechzig ist.

Sie hat Holzspäne in den langen grauen Haaren, trägt Arbeitsstiefel, eine aufgekrempelte Latzhose und darunter gar nichts. Obenrum jedenfalls wallt es freikörperlich aus dem Latz, als sie die Kettensäge liebevoll auf den vertrockneten Rasen legt.

Mein T-Shirt ist klatschnass.

»Du miese, alte …« Mir fällt keine gute Beleidigung ein, weil ich zu verwirrt darüber bin, dass Karen überhaupt hier ist.

»Alt lassen wir gelten.« Sie drückt mich an sich, und ihre wogende Gestalt erstickt jedes weitere Wort von mir in einem Dunst aus Harz, Benzin und Bergamotte.

Ich kenne Karen von der einzigen Demo, auf der ich in den letzten fünfzehn Jahren war. Das ist jetzt auch schon wieder drei Jahre her. Als ich ankam, wusste ich beim Blick auf die vielen Plakate nicht mehr, welche Forderung mir am wichtigsten war. Alle waren am wichtigsten. Also lief ich zuerst bei den Abtreibungsbefürworterinnen mit und dann bei den Hebammen, das fühlte sich zumindest ausgeglichen an. Später wollte ich in den *Equal-Pay*-Block wechseln, aber dazu kam es nicht.

Vorn gab es einen Tumult. Er schien näher zu kommen. Die Menge teilte sich schimpfend, und eine Frau mit einer medizinballgroßen Trommel berserkte an mir vorbei. Gegen die Marschrichtung.

Das war Karen.

Sie war ortsfremd, sie war spät dran, ohne sie würde die Frauensambagruppe *Militanz* höchstens ein Militänzchen aufführen können, aber trotzdem schien Karen bester Laune.

Meine Beine setzten sich ohne mein Zutun in Bewegung. Karens Kielwasser ließ genug Platz.

Eine Stunde später saßen wir zu zweit vor einer Pommesbude. Wir waren einfach irgendwo abgebogen. Karen beförderte mithilfe zweier Pommes eine beeindruckende Menge Mayonnaise in ihren Mund, kaute sorgfältig und sagte dann, sie sei gar nicht so der Demotyp. Nicht mal der Gruppentyp. Sie sei einfach nur gerne gelegentlich richtig schön laut. Und ohne Gruppe würde man da immer gleich für verrückt erklärt. Zumal als Frau. Sie streichelte die Trommel zu unseren Füßen.

Die Kettensäge bekommt noch einen strengen Blick, als könnte sie sonst auf dumme Gedanken kommen. Dann schiebt mich Karen an den Schultern zur Terrassentür.

In der Küche ist es herrlich kühl. Karen füllt zwei Gläser mit etwas aus dem Kühlschrank, das sie als *ayurvedische Kräuterlimonade* bezeichnet. Ich rieche Minze und Limettensaft.

»Mit Schuss?«, fragt sie.

»Bloß nicht!«

»Na, einen auf den Schreck, Wunderfräulein.«

Geschlagen sinke ich auf einen gelben Holzstuhl. Sie hat ja recht. Ich brauche einen auf den Schreck, einen auf jeden meiner drei Schrecken: den Holzmann, die Kettensäge und Karen, die gar nicht hier sein sollte. Sondern auf einem *Krafttierseminar* am Wolfgangsee. Wie kann ich danach fragen, ohne unhöflich zu klingen? Schließlich wollte sie kein Geld von mir.

Jederzeit könne ich kommen, jederzeit, gerne, das hat sie in den letzten zwei Jahren immer wieder gesagt. Als ich dann tatsächlich anrief und herumdruckste, dass ich mal rausmüsse, und weshalb, und dass ich aber fast am liebsten allein wäre, und weshalb, da nannte sie es eine *kosmische Fügung*.

Die ayurvedische Limonade schmeckt mit Schuss verdächtig wie ein Mojito.

Mit dem zweiten Glas setzen wir uns auf die Terrasse. Der Holzmann steht daneben, wie ein schweigender Dritter in

unserer Runde. Er hört gesenkten Hauptes zu, als ich mir endlich ein Herz fasse. »Was ist eigentlich mit deinem Seminar?«

Karen richtet sich auf. »Die Schamanin sagt, sie hatte einen
Bandscheibenvorfall.«

»Oh.«

»Ach, halb so wild.« Sie nimmt einen kräftigen Schluck.
Eigentlich sieht sie nicht unzufrieden aus. »Alle bekommen ihr
Geld zurück. Und das Buch zum Selbststudium.«

Ich stelle mir vor, wie Karen Multiple-Choice-Arbeitsblätter
ausfüllt, um herauszufinden, ob sie in ihrem früheren Leben
eher ein Fuchs oder eine Eule gewesen ist, und muss grinsen.

Eine Weile ist nur das Knistern und Knacken des Eises in unseren Gläsern zu hören. Die Sonne steht schon recht tief, und
neben uns leuchtet die Brust der Statue im Abendlicht. Vielleicht
knistert der Mann ja nachher auch noch mal. Wenn er abkühlt.

Karen hat ihn geschaffen, sage ich mir. Seine perfekten Pro-
portionen. Bisher dachte ich, dass sie höchstens Mandalas aus-
malt. Als sie mir damals erzählte, sie lebe meist im Haus ihrer
kinderlos verstorbenen Tante im Tessin, dort könne sie sich
endlich überwiegend ganz der Kunst hingeben, habe ich wohl nicht
nur die hakenschlagende Selbstironie der Worte überhört, sondern auch ihre wahre Substanz.

»Er ist schön«, sage ich.

»Tja. Wie sein Vorbild.« Sie hat ohne jede Verzögerung geantwortet, und es klingt, als könnte sie noch viel sagen, oder
auch lieber gar nichts. »Natürlich ist er noch nicht fertig«, fügt
sie hinzu, mit einem defensiven Blick in meine Richtung, als
hätte ich ihr Arbeitstempo kritisiert.

»So etwas braucht bestimmt Zeit«, sage ich.

Sie leckt sich ein Minzblättchen vom Finger. »Was gefällt dir
an ihm?«

Mein Glas stempelt feuchte Kreise auf den Tisch, während ich überlege. Perfekte Kreise. Vollkommenheit. Nein, darum geht es nicht, jedenfalls nicht nur. Ich hebe den Blick und sehe dem Mann ins Gesicht. Seine geschlossenen Augen strahlen eine Art vertrauensvolles Nichtwissen aus. Ich denke an die letzten Jahre. An die Zeit, bevor ich mich so *geschlagen* gefühlt habe. An die Männer und unser Nichtwissen übereinander. Mir fällt das Seerecht ein. Sex, der nichts anderes sein muss, keine Unterschrift, die man einander gibt und regelmäßig erneuert, keine Trophäe, nichts, was der Verlierer dem Gewinner schuldet, oder umgekehrt. Keine Belohnung für Schmerz.

Schönheit.

Natürlich handelt Karens Kunstwerk nicht von mir. Ich reiße mich aus den Gedanken und sage: »Weiß ich noch nicht genau.«

Sie hievt ihre nackten Füße auf einen Stuhl. »Na, vielleicht später«, sagt sie. »Morgen solltest du auf jeden Fall erst einmal den Monte Verità besteigen. Das gehört dazu.«

In meinem Zimmer gibt es ein Bett, einen Schrank, einen Tisch und einen Stuhl. Kühle, hellgraue Fliesen. Einen Bettvorleger, absurd gemustert mit Herzchen und Smileys, aber sogar damit strahlt der Raum noch die konzentrierte Aura einer Klosterzelle aus. Hier werde ich gut schlafen. Egal, wie heiß es ist, und obwohl der Ventilator an der Decke nicht ganz rundläuft. Von der Kante des Schranks blicken ein paar kleine Schnitzarbeiten auf mich herunter. Tierköpfe, teils noch unbeholfen gearbeitet, teils schon filigran. Man sieht Karens Fortschritte.

Draußen vor dem Fenster bemüht sich eine klapprige Regenrinne, den Vorhang aus Weinranken so weit zu raffen, dass man die Statue sehen kann. Halbprofil. Dahinter kommen die Gartenmauer, ein flaches Nachbarhaus, ein eckiger Kirchturm und viele Dächer, orange, rot und tiefbraun im letzten Licht. Ein nachtblaues Stück See hängt dazwischen, ausgeschnitten in der Form eines Bikinihöschens, wie an einer Wäscheleine.

Die Bettwäsche ist weiß und knistert beim Anfassen.

Eigentlich wollte ich noch spazieren gehen.

Die Matratze gibt einen angenehm festen Widerstand, sie muss neu sein. Vom Ventilator sinkt eine schaukelnde Brise auf mich herab.

Zumindest sollte ich Karen Gute Nacht sagen. Gleich.

Ich lehne mich zurück. Das Zimmer ist weiß und knistert, die Tierköpfe nicken mir zu, und die Kirchenglocke schlägt eine ganz unwahrscheinliche, neuartige Zeit.

Als ich am nächsten Morgen wach werde, mich hochstemme und aus dem Fenster sehe, hat das blaue Höschen Pailletten. Der Wind ist frisch, und auf der anderen Seeseite erkenne ich Berge.

Ich fühle mich sehr, sehr wach.

Zwar weiß ich nicht, wann Karen normalerweise aufsteht, aber ich schlurfe in die Küche und entscheide mich für den größten der drei Espressokocher, die neben dem Gasherd stehen. In den zusammengewürfelten Schränken und Anrichten suche ich Kaffee. Ich überlege, ob ich den Kocher abwaschen soll, aber dann fülle ich einfach Wasser und Pulver ein und zünde den Herd an. Die Flamme ist ein hellblaues Schmauchen, friedlich und rund. Ich muss an einen alten Pfeifenraucher denken. Ganz langsam drehe ich die Flamme kleiner, dann wieder groß. Und wieder klein.

»Das ist natürlich auch eine schöne Meditation«, sagt Karen hinter mir.

Schnell setze ich den Kocher auf den Herd und drehe mich zu ihr um. Sie muss durch die Terrassentür hereingekommen sein. Ihr Gesicht ist schweißnass und gerötet, die Haare sind zu einem Dutt eingedreht. Sie trägt pinkfarbene Leggings und ein gelbes T-Shirt mit Grasflecken. Unter ihrem Arm klemmt eine sichtlich mitgenommene, blaue Yogamatte.

Eigentlich hätte ich sie mir eher in knittrig weißem Leinen vorgestellt beim Yoga. Aber ich dachte ja auch, dass sie Mandalas malt.

Sie holt Butter und Marmelade aus dem Kühlschrank und einen Brotaufstrich, der sehr gesund aussieht. Ich greife an ihr vorbei in die Besteckschublade.

»Du bist ja gar nicht zerstochen«, sagt sie plötzlich und betastet ungläubig meinen Arm. »Na, dann hat sich das ja erledigt. Ich wollte dich gestern nicht mehr wecken. Aber anscheinend brauchst du sowieso kein Moskitonetz.« Ihr Blick ist seltsam argwöhnisch.

Wir essen Toast, und Karen löffelt einen Joghurt.

»Nach dem Frühstück gehen wir in die Sauna«, sagt sie.

»Sauna?« Ich wusste gar nicht, dass sie so etwas hat.

»Du wirst sehen, Wunderfräulein, du wirst sehen.«

Die Luft im Holzschuppen riecht wie kurz vor einem Waldbrand. Sie knistert förmlich. Als ob die Klötze, die in allen Formen und Größen an der Wand aufgestapelt sind, nur auf den Funken warten. Mir läuft der Schweiß in Strömen herunter.

Karen reicht mir einen Block, etwas größer als ein Backstein und ziemlich dunkel. Kirsche vielleicht. Ich kann die Hölzer nicht auseinanderhalten, obwohl Karen mir alle paar Minuten etwas über ihre Besonderheiten erzählt.

»Einfach nur drehen«, sagt sie jetzt, »und mit der anderen Seite nach oben wieder hinlegen.«

»Könntest du dein Material nicht auch draußen an der Sonne trocknen?«, schlage ich vor.

Sie schüttelt den Kopf. »Das geht zu schnell, dann reißt das Holz. Erst recht, wenn es auch Regen abbekommt.«

In meinen Händen drehe und wende ich den Klotz, um die perfekte Stelle für ihn zu finden. Ich kenne mich zwar mit Holz nicht aus, aber ich kann hervorragend stapeln. Tetris. Bevor ich es richtig merke, erzähle ich schon die Geschichte von Paul und den Umzügen. Von dem Morgen auf dem Parkplatz. Ich meine, schließlich sind wohl die meisten Themen erlaubt, wenn man nackt bis auf die Turnschuhe in einem Holzschuppen steht. Karen kennt schon ein paar Geschichten von mir, und sie hat auch schon immer sehr genau nachgefragt, aber diesmal interessiert sie sich wirklich für *sehr* konkrete Details. Ich gerate regelrecht ins Schwärmen. Wie frei und leicht ich damals war. Wie hell die Morgensonne ins Auto schien.

»Na, siehste«, sagt Karen und lächelt.

Ich lasse mein Holzstück sinken. Ein therapeutisches Saunagespräch also? Ich schäme mich ein bisschen und stelle mich dumm. »Nein, was soll ich sehen?«

»Dass wir fertig sind«, flötet sie unschuldig und zeigt auf den Stapel. Er ist tatsächlich von der linken auf die rechte Schuppenseite gewandert. Was für eine absurde Arbeit.

»Dann geh ich mal ins Tauchbecken«, sage ich matt.

Die zwanzig Minuten Fußweg, immer bergab über Gassen und Treppchen, fühlen sich an, als ob ich mit jedem Schritt nur meinen Fall bremse. Etwas mehr Schwung am Ende, und ich wäre direkt in den See hineingelaufen.

Eine etwas verschlafene Promenade, kein Anleger oder Bade-strand. Aber Karen sagt, alle Nachbarn würden hier schwim-men. Ich sehe niemanden.

Den Bikini habe ich schon drunter.

Ich wate ins Wasser, und es schmiegt sich kühl und fest um meine Beine. Um die Hüften, den Bauch. Mit einem langsamen Schauder tauche ich ganz unter.

Als ich wieder hochkomme, ist die Wasseroberfläche um mich glatt und still. Ich fühle mich wie nach einer geheimen Taufe.

Ich schwimme ein Stück am Ufer entlang. Der See ist nicht besonders klar, aber ich mag sein warmes Goldgrün. Nach einer Weile kommt mir eine ältere Dame mit Badekappe entgegen, den Mund unter dem Wasserspiegel, die Nasenlöcher genau darüber. Sie grüßt mit den Augen, mit den Fältchen um ihre Augen herum, sehr freundlich, und schwimmt an mir vorbei.

Vor den Bergen hängt ein dünner Schleier.

Jeden Tag gehe ich zweimal zum See hinunter, einmal morgens, einmal nachmittags, wie ein sehr langsames Pendel. Auf dem Rückweg kaufe ich oft im Supermarkt ein, und wenn ich schließ-lich oben beim Haus ankomme, schwitze ich schon wieder.

Immer, wenn ich in den Garten trete und den Holzmann sehe, wie er knapp über seinen mutmaßlichen Lenden einfach aufhört, frage ich mich, wann Karen an ihm weiterarbeiten wird. Sie sitzt in der Küche und macht Skizzen für irgendeine Auftragsarbeit. Hübsche Villen mit Palmwedeln. Als ich nach dem Mann frage, sagt sie, es sei doch wohl offensichtlich, dass die Statue zwischentrocknen müsse, warum habe sie sonst dem Modell freigegeben, und überhaupt brauche ein kreativer Pro-zess immer wieder Pausen.

»Natürlich. Klar.« Also lasse ich sie in Ruhe.

Ich lese viel.

Morgens koche ich meistens den Kaffee für uns beide; Karen macht währenddessen ihre Yogaübungen.

Nur einmal in der ganzen ersten Woche höre ich sie mit jemand anderem reden, am Telefon, als ich gerade vom See zurückkomme. Ihre Stimme klingt leidend. »Immer noch ganz, ganz schlimm«, sagt sie. »Nein, operieren müssen sie mich nicht. Ein Glück. Aber natürlich, vielleicht wieder im Oktober. Ja, ganz bestimmt. Danke für die gute Energie. Ja, danke. Namasté.«

Operieren?

Falls sie mir davon erzählen will, wird sie es tun.

Ich lese viel.

Im Reiseführer steht, dass es auf dem Monte Verità einen sehr schönen Zen-Garten gibt.

Karen arbeitet. Oft sehen wir einander stundenlang nicht, und dann treffen wir uns wie auf ein geheimes Kommando im Garten und essen Wassermelone. Die Tage sind sehr hell. Oft suche ich meine Sonnenbrille, und meistens finde ich sie nicht.

Das Buch fällt mir wortwörtlich in die Hände. Ich wollte eigentlich ein anderes aus Karens vollgestopftem Küchenregal ziehen, einhändig, weil ich noch den Kaffeebecher vom Frühstück mit mir herumtrage. Da rutscht der dunkelblaue Band heraus. Auf dem Umschlag glänzt eine kitschige Airbrush-Illustration. Mystische Mondnacht. Versonnen dreinblickend beugt sich eine Frau über einen silbrigen Teich. Als Spiegelbild sieht ihr ein Bär entgegen. Er trägt den gleichen friedlichen Ausdruck im Gesicht wie sie.

Entfernte Verwandte, steht über den beiden. *Wie Sie Ihr verborgenes Krafttier entdecken.*

Ich stelle den Becher ins Regal.

Es muss das Buch sein, das Karen wegen des ausgefallenen Seminars bekommen hat.

Schon nach wenigen Minuten bin ich völlig versunken, so schräg ist der Inhalt. Als Erstes werde ich davon unterrichtet, dass direktes Mondlicht und Trommeln zwar hilfreich, aber keine zwingenden Voraussetzungen seien, wenn man sich auf die Suche nach der eigenen, persönlichen Tierverwandtschaft machen will. Auch Vegetarier müsse man nicht werden (was mich überrascht). *Das Krafttier wird sich denen mit offenen Herzen immer wieder zu erkennen geben. Es enthüllt sich im Traum, in wiederkehrenden Zufällen, rätselhafter Anziehung oder sogar in der Form, die der Fleck einer verschütteten Flüssigkeit annimmt.*

Also praktisch Kaffeesatzlesen. Das Wort kommt natürlich nicht vor.

Ich trinke einen Schluck Kaffee.

Ob diese besondere Kraft die Folge einer Wiedergeburt ist, einer prägenden Begegnung in der Kindheit oder schlicht ein Teil des immateriellen Fadens, der zwischen allem Lebendigen gespannt ist, das verstehen wir heute noch nicht – oder nicht mehr. Aber wir können Teil dieser Kraft werden, um sie gestalterisch für ...

Die Küchentür fliegt auf.

»Du musst mir kurz helfen, das eine Scharnier an der Staffelei hat –« Karen verstummt, als sie das Buch in meinen Händen sieht.

Meine Wangen werden heiß. In der Vergangenheit habe ich mehrmals deutlich kundgetan, dass ich mich *für solche Themen nicht so interessiere.*

Da sagt Karen: »Es tut mir leid. Ich hätte es dir sagen sollen.«

Verwirrt sehe ich zwischen ihr und dem Buch hin und her. »Was sagen?«

Erst beim dritten oder vierten Blick sehe ich es. Im Schilf am Teichufer, ein bisschen schwach gedruckt, steht Karens Name. Ich öffne die hintere Klappe. Auf dem Autorenfoto trägt sie ein besticktes Gewand. Nichts, worin ich sie jemals gesehen hätte.

Die Schamanin sagt, sie hatte einen Bandscheibenvorfall.

Genau. Einen, mit dem man hervorragend Yoga machen kann.

Unwillkürlich fange ich an zu grinsen. »*Das Buch zum Selbststudium*?« Ich halte es hoch.

Karen windet sich. »Du klangst damals am Telefon so komisch. Ich hatte einfach das Gefühl, dass ich da sein sollte, wenn du kommst.«

Ich müsste wütend sein, aber in meiner Kehle breitet sich Wärme aus. Als ich sie herunterschlucke, rutscht sie in die Herzgegend. Ich drücke das Buch darauf.

»Na ja«, sagt Karen und blickt zu Boden, »außerdem ist es immer gut, inspirierenden Besuch zu bekommen. Gerade, wenn man möglicherweise eine ganz kurze, absolut unbedeutende bildhauerische Blockade hat.«

Wir reparieren die Staffelei. Als nichts mehr wackelt, stellt Karen ihren fenstergroßen Zeichenblock darauf und blättert langsam durch die Seiten, die bereits mit Skizzen gefüllt sind. Ich will gerade wieder gehen, da sagt sie: »Weißt du, mir ist schon klar, dass das alles erfunden ist.«

Ich vermute, dass sie über die bleistiftgrauen Muskelstränge und Schlüsselbeine auf dem Papier spricht, vielleicht auch über den Holzmann draußen neben unseren Gartenstühlen. Aber der wirkt sehr real.

»Man kann sich ein Krafttier ausdenken oder einen Gott«, fährt Karen fort. Sie sieht mich herausfordernd an. »Alle Religionen erfinden Bilder. Oder bildhafte Vorstellungen. Das ist ihre Stärke, glaube ich.« Sie blättert weiter. »Vielen Menschen fällt es leichter, Bildern treu zu sein als abstrakten Grundsätzen. Sich von Bildern trösten zu lassen. Der Unterschied ist nur«, sie hebt das nächste Blatt, und ihre Stimme klingt nüchtern, »ein Gott übt Macht aus.«

Das langsame Umschlagen der Seiten. Große weiße Flügel.

»Also habe ich gedacht, ich helfe Leuten dabei, selbst Bilder für sich zu finden. Zu erfinden.« Mit kühnen, weit ausholenden Bewegungen blättert sie weiter, bis ihr die erste leere Seite entgegenblickt. Ein paar Sekunden lang starrt sie darauf. »Mittagessen?«

»Morgen Nachmittag kommt das Modell«, sagt Karen, während sie eine Tomate halbiert.

Mir schwappt Öl auf die Tischplatte, und bevor ich etwas sagen kann, deutet Karen mit dem kurzen Messer neben sich: »Wenn du Küchenkrepp brauchst, das ist hier.« *Morgen Nachmittag kommt das Modell.* Die Sätze haben genau den gleichen Rhythmus. Die gleiche Form. Der zweite sitzt wie ein Deckel auf dem ersten und verschließt ihn.

Ich wische das Öl auf. Dann rühre ich weiter im Salatdressing.

Wer ist es denn?

Woher kennt ihr euch?

Er kommt hierher?

Anscheinend soll ich nicht fragen.

Wie alt ist er?

Höchstens in meinem Alter, nach dem Körper zu urteilen.

Eher noch jünger. Jung und schön. Ein Kunststudent wahrscheinlich. Jemand, der an die Situation gewöhnt ist, sich so genau ansehen zu lassen. Nackt. Oder halb nackt. Von einer sehr viel älteren Frau. Bei ihr zuhause.

Wie viel bezahlst du ihm?

Ich sage: »Soll ich dann morgen einen Ausflug machen? Ich war noch nicht auf dem Monte.«

Das Lächeln in Karens Stimme ist deutlich zu hören. »Am Anfang brauchen wir sicher etwas Zeit für uns. Später würde ich mich freuen, wenn du dazukommst. Du kannst uns ein bisschen … unterhalten.«

Die Pause klingt nicht suggestiv, eher ratlos. Als ob Karen kein passenderes Wort für meine Aufgabe gefunden hat. Worin auch immer die besteht.

Ich greife nach der Pfeffermühle. »Was wirst du machen?«

»Die restlichen Detailskizzen. Von seinen Hüften und Beinen. Und natürlich«, sie senkt die Stimme, »von allem dazwischen.« Jetzt, wo sie wirklich einen suggestiven Ton anschlägt, verrutscht er in Richtung Nervosität.

Vielleicht ist Karen nervöser als der Student.

Vielleicht sollte ich doch einen längeren Ausflug planen.

Ich sitze auf meiner Fensterbank und lese mein Fensterbankbuch. Es stammt ebenfalls aus Karens chaotischer Sammlung und ist das einzige, mit dem ich mir hier, pittoresk umrahmt von Weinranken, nicht komplett kitschig vorkomme: ein Sachbuch über Weinanbau. So trocken und unwegsam wie ein sardischer Südhang. Nach einer guten Woche Lesezeit beginne ich heute erst mit Kapitel zwei (*Grundlagen der Botanik*). Jeden Satz muss ich, um ihn zu verstehen, so langsam lesen, dass er zu einer kleinen Meditation wird. Es ist entspannend.

Das Wort *Windesinn* springt mir ins Auge. Offenbar drehen sich manche Weinpflanzen im Uhrzeigersinn und andere dagegen. Welchen evolutionären Zweck das wohl erfüllt? Vielleicht tanzen sie insgeheim miteinander.

Bei jeder kleinen Brise streichen die Ranken an meinem Arm entlang. Im Buch steht, dass sie auf Berührungsreize reagieren. Ich bekomme eine Gänsehaut. Pflanzen mit einem Willen. Sie hängen nicht einfach nur da, sie führen zu jeder Zeit etwas im Schilde. Hier haben es einige schon von der Regenrinne hinüber zu der alten Harke geschafft, die an der Hauswand lehnt, und schmiegen sich eng um den Griff. Andere tasten noch in die Luft mit ihren hellgrünen Tentakeln. Ganz vorn sitzen immer zwei Triebe nebeneinander, weit gespreizt. Man kann ja nie wissen, in welcher Richtung die Welt liegt.

Ich lege den Finger an eine grüne Spitze und halte still. Ein oder zwei Tage lang. Das müsste genügen. Wie fest würde der Trieb mich wohl anfassen? Wie lange würde es dauern, bis mein ganzer Körper umschlungen wäre?

Eine andere Art ist im Buch mit millimetergroßen Haftscheiben abgebildet, die Salamanderfüßen ähneln. Diese Art klettert ohne *Windesinn*; stattdessen sondert sie bei jeder Berührung ein klebriges Sekret ab.

Was für eine wild entschlossene, blinde Erotik.

Ich habe gar nicht gemerkt, wie heiß mir geworden ist.

Den Höhepunkt wird die Hitze des Tages gegen sechzehn Uhr erreichen, und zu der Zeit will ich auf jeden Fall im Wasser sein.

Während ich zum See hinuntergehe, klebt mir die Ahnung, etwas vergessen zu haben, auf der Haut. Am Ufer beginne ich, mich auszuziehen, und bin nicht einmal überrascht: kein Bikini.

Das Wasser sieht herrlich aus.

Unter der Woche ist hier um diese Uhrzeit sowieso kaum jemand.

Kleine Wellen lecken genießerisch am Ufer. Lange kann ich mir das nicht anhören. Also gut, ich gebe mir nach.

Die Hautstellen, die sonst immer mit Stoff bedeckt sind, fühlen sich an der Luft empfindlich an, als ob die Haut dort dünner ist. Zwischen den Beinen ist sie so zart wie feuchtes Papier.

Das Wasser kräuselt sich nicht einmal, so gut passe ich hinein. Es drückt mich zusammen, mein Körper wird ganz kompakt. Eine raue Gänsehaut zieht über meine Schenkel, die Flanken hinauf, legt sich fest um meinen Bauch und über die Brüste. Ich muss an die Seile von Herrn Neumann denken. Dunkelblau, seidig und glatt. Meine Brustwarzen tasten mit jedem verfügbaren Nervenende ins Wasser. *Man weiß ja nie.*

Drei Schwimmzüge, und ich lasse die Schatten der Uferbäume hinter mir. Gegenüber kann ich die Berggipfel sehen. Jede Bewegung fühlt sich groß und frei an, und nach ein paar weiteren Zügen kommt mein Lieblingsmoment. Ich drehe mich zur Sonne, lehne mich zurück und lasse meinen Körper vergolden. Die Füße verschwimmen weit unten im Dunkel, aber meine Beine und mein Bauch leuchten goldgrün, immer heller und heller nach oben hin. Heute finde ich das Kunstwerk vollkommen: ohne den Bikini, mit einem einzelnen schwarzen Fleck als Kontrapunkt in der Mitte.

Ganz obenauf schwimmen meine kaum noch getönten Brüste, so herrlich leicht, und ich frage mich, ob ein Mann dieses Gefühl je nachvollziehen könnte. Die Empfindung zusammen mit dem Anblick. Wahrscheinlich nicht.

Man könnte versuchen, es zu beschreiben. *Als ob Teile von dir sich einem neuen, anderen Naturgesetz hingeben. Und du kannst sie dabei anfassen.*

Ich öffne die Beine und genieße die Strömung, die Wellen an meinen eigenen Wellen. An meinen elegant versteckten kleinen Flossen.

Die Sonne kritzelt ein schnelles Graffito aufs Wasser, endlos und immer neu. Ich lege eine Hand auf meine *Vulva*, so ein dunkel strudelndes Wort, und versuche, das Sonnengraffito dort simultan nachzuzeichnen.

Niemand sieht es, auch ich nicht. Aber es wird ziemlich gut. Ein kleines Kunstwerk.

Hm, sehr gut, ja.

Der gleißende Fleck vor mir zittert, und dann stoße ich all meine Luft aus, und er zerplatzt zu lauter lachenden Partikeln, schön zum Hindurchsinken, schön tief, schön kühl. Ein kräftiges Blubbern in meinen Ohren, und das Wasser streicht mir ruhig übers Gesicht und durchs Haar.

Schläfrig treibe ich auf dem See. Die Sonne wärmt meine Brust, und ich atme tief ein und flach aus, um meinen ganzen Körper an der Oberfläche zu halten. Meine Zehenspitzen ragen aus dem Wasser. Irgendwann spüre ich, dass ich mich sacht drehe, ohne jedes eigene Bemühen. Dann hört die Drehung auf. Ich hole tief Luft, sehe an meinem Körper hinab und peile den Berg an, der genau über meinem Venushügel aufragt. *Monte Verità*, sage ich leise zu ihm. Auch wenn es bestimmt ein ganz anderer ist.

Als ich nackt aus dem Wasser komme, gehen ein paar Leute die Promenade entlang, aber niemand beachtet mich. Beim Anziehen bleibe ich mit der Ferse in meinem Hosenbein hängen.

Auch das T-Shirt sträubt sich. Alles will, dass ich nackt bleibe, aber da ist nichts zu machen. Wenigstens fühlt die Luft sich jetzt ein ganzes Stück kühler an, und der Weg bergauf kommt mir fast mühelos vor.

Morgen kommt das Modell. Nur für ein paar Stunden, aber das wird den Rhythmus des Tages ändern, den Rhythmus der Woche. Ich glaube, auch Karen denkt daran; oder sie ist innerlich schon bei der Arbeit. Sie wirkt zerstreut, während wir das Abendessen vorbereiten.

Es gibt Fisch. Neben der Terrasse senkt der Holzmann ergeben den Kopf über unser Mahl. Die ausgestreckte Hand ist mir immer noch ein Rätsel. Fast könnte er einem dritten Gast den Platz anweisen. Aber dafür müsste die Handfläche nach vorn gedreht sein.

Wenn ich Karen frage, gibt sie mir garantiert keine Antwort. Auf manche Dinge muss man selbst kommen.

Der Weißwein schmeckt nach Heu und Zitrone, duftet aber nach Rosen. Als ich das Glas abstelle, merke ich, dass die Karaffe mit dem Eiswasser fehlt, die Karen sonst immer auf den Tisch stellt.

Es gibt auch keine Wassergläser.

Ich entscheide mich erneut gegen jegliche Frage und dafür, meinen Wein pur zu trinken und schnell, bevor er warm wird im Glas. Vielleicht ist es ganz gut so heute.

Karen räuspert sich und legt ihr Besteck auf den Teller.

Auf einmal bin ich sicher, dass sie über den Studenten reden will. Hat sie sich Mut angetrunken? Oh Gott, ich hoffe, dass sie es nicht für nötig hält, mir zu sagen, ich solle *die Finger von ihm lassen*.

Aber dann zieht sie sich nur eine Gräte aus dem Mund.

Fast noch schlimmer wäre eigentlich, wenn sie mir den Studenten irgendwie *ans Herz legen* würde. Als kleinen Trost. Ich brauche keinen Urlaubsflirt. Ich brauche nur Hitze und Licht, jede Menge davon, und vielleicht ab und zu den See.

Karen räuspert sich erneut. Dann sagt sie: »Ich war ja mal kurz verheiratet.« Sie greift nach ihrem Weinglas, trinkt aber nicht, sondern hält das Glas am Fuß fest, auf der Tischplatte, mit beiden Händen, als könnte es wie bei einer Séance von selbst anfangen, sich zu bewegen. Als könnten Karens Worte eine düstere Eigendynamik entwickeln.

Eine Ehe hat sie nie erwähnt. Aber ich habe auch nie danach gefragt.

Plötzlich habe ich das Gefühl, all unsere Gespräche zuvor waren Testballons. Prüfungen für mich. Anscheinend habe ich bestanden, aber ich weiß nicht, wodurch. Oder wofür.

Verheiratet. *Mal kurz.*

Ich muss etwas sagen. »Das wusste ich gar nicht.« Eine Offensichtlichkeit. »Wann denn?«

»Mit neunzehn.«

»Das ist jung«, sage ich vorsichtig. Eigentlich weiß ich nicht, ob es für Karen jung war.

Im Gebüsch raschelt ein Vogel. Nein, es ist eine Katze, die auf die Gartenmauer springt.

Karen starrt in ihr Glas.

Die Katze läuft ein Stück auf der Mauer entlang, sieht etwas im Gebüsch und kauert sich in Angriffsstellung hin.

»Und was ist passiert?«

Mit einem tiefen Atemzug nimmt Karen die Finger vom Fuß des Weinglases und ergreift es am Stiel. Sie trinkt es in drei großen Schlucken aus.

»Er konnte nicht warten.«

Ich merke, dass auch mein Glas leer ist und ich nicht mehr ganz nüchtern bin. Worum geht es hier? *Kein Sex vor der Ehe?*

»Aber wenn ihr schon verheiratet —« Ich verstumme, weil Karen zusammenzuckt, als hätte sie sich an meiner Dummheit geschnitten.

»Auf mich«, presst sie hervor. Ihr Blick geht an mir vorbei ins Dunkel des Gartens. »Er hat nicht *auf mich* gewartet.«

Jemand verlässt das Nachbarhaus und steigt in ein Auto. Schaltet das Radio ein, sucht einen Sender. Fährt weg. Die Kirchenglocke schlägt Viertel nach.

Ich bin völlig ratlos. »Er hat mit einer Anderen ...?«

Karen sieht mir in die Augen. Sie schüttelt den Kopf und lächelt. Schnaubt. »Nie«, sagt sie. »Das hätte er nie gemacht.«

Der verdammte Weißwein. Wie gern hätte ich jetzt einen Schluck Eiswasser. Aber ich warte, ob Karen weiterspricht.

Im Gebüsch raschelt es heftig. Die Katze ist von der Gartenmauer verschwunden. Ich möchte gar nicht wissen, was jetzt dahinter passiert.

»Andere Männer, die haben bei ihren Mädchen gedrängelt. Er nie.« Sie sieht beinahe stolz aus. »Und er war so schön. Gott, war er schön.« Ihr Mund versucht einen verschmitzten Ausdruck, aber ihr Blick ist stärker. *Entbrannt.* Es ist der Blick einer Neunzehnjährigen. »Ein Trauschein wäre mir egal gewesen. Wie den meisten zu der Zeit.« Sie fegt ein paar Krümel vom Tisch. »Vieles hatten wir schon mal, weißt du«, sagt sie mit einem kurzen, scharfen Seitenblick zu mir. »Nein, ich hatte einfach noch ... keine Lust.«

Langsam dämmert mir, worum es in der Geschichte gehen könnte. Jetzt hätte ich doch gern noch einen Schluck Wein. Oder Grappa. Ja, lieber einen Grappa. Aber wir rühren uns beide nicht.

»Ich war ziemlich überrascht, als er heiraten wollte, aber ich hab mich auch gefreut. Natürlich. Das ist ja doch besser, dachte ich. Wir bekamen schneller eine Wohnung, und auch unsere Eltern fanden es gut. So mit *Ehebett*.«

Sie atmet ein, als ob sie Anlauf nimmt.

Mein Mund ist staubtrocken. Vielleicht wäre Wasser doch am besten für uns. Ja, Eiswasser. Eine große Karaffe. »Ich hole uns mal eben —«

»Ich hab die ganze Zeit dabei geweint.«

Der Satz friert mich ein, mitten im Aufstehen, und ich bleibe gekrümmt zwischen Tisch und Stuhl hängen.

»Die ganze Zeit. Es tat so … Er hat mir noch gut zugeredet. Er musste ein paar Mal … es hat ihm auch keinen Spaß gemacht. Aber er hat nicht aufgehört. Vielleicht hatte man ihm gesagt … Er dachte wohl, er muss das so machen.«

Ich merke, wie ich mich wieder hinsetze, langsam, als ob mich eine Presse knirschend zusammendrückt.

Unterwerfung als machtvolle Geste. Die Worte sind plötzlich da, und jetzt klingen sie höhnisch. Wie verschieden doch etwas klingt oder aussieht, je nachdem, aus welcher Lage man es betrachtet. Mit welchen Möglichkeiten. Mit welcher *Berechtigung.*

Karen hat die Augen geschlossen. Ich möchte nach ihr greifen und sie schütteln; sie soll hierbleiben und nicht in ihrer Geschichte verschwinden. Aber an ihrer Atmung höre ich, dass sie noch nicht fertig ist.

»Am schlimmsten war gar nicht das … Körperliche. Am schlimmsten war, dass er einfach jemand anderem geglaubt hat. Was richtig ist und was falsch. Und nicht mir. Er hat mit *meinem* Körper … etwas gemacht, aber gehört hat er auf Andere.« Sie atmet tief durch, greift nach ihrem Glas, sieht, dass es leer ist, und lässt es wieder los. »Heute…«, sie dehnt das Wort, als ob sie daran entlanggeht und eine Tür sucht, als ob sie erst wieder zurückfinden muss in dieses *Heute*, in die Gegenwart, »heute denke ich manchmal, es war ein Missverständnis.« Sie schluckt. Atmet. Schluckt. Dann senkt sie das Kinn auf die Brust. »Und an anderen Tagen denke ich, es war ein Verbrechen.«

Die letzten zwei Silben, hart und dunkel. *Brechen. Aufbrechen.*

»Heute wäre es eins«, sage ich.

»Ja, komisch, oder?«

Am Ende hole ich doch den Grappa. Und zwei Tassen, weil ich so schnell keine passenden Gläser gefunden habe. Wir schnaufen beim Trinken, als wären wir gerannt. Oder hätten schwer gearbeitet.

Die Kirchturmuhr schlägt halb. Eben noch Viertel nach, jetzt gerade erst halb; eine kurze Geschichte, in einer Viertelstunde erzählt.

Ich denke an den Anfang. An meinen eigenen. An das Gefühl: so ähnlich wie barfuß über rauen Asphalt zu gehen. *Ich war auch neunzehn.* Aber jeder einzelne Schritt war meine Entscheidung.

Oder ich hatte nur zufällig Glück.

Vielleicht bin ich all die Jahre, besonders die letzten, mit geschlossenen Augen über eine Autobahn gelaufen und nur durch einen statistischen Fehler, eine grandiose Unwahrscheinlichkeit, nicht überfahren worden.

Ich will über Männer nicht denken wie über etwas Tödliches.

Karen kippt ihren zweiten Grappa und zieht eine Grimasse. Sie streckt sich, greift in ihr Haar und schüttelt die langen grauen Strähnen durch. Auch ihre Stimme klingt, als hätte sie

sie ausgeschüttelt. Luftig. »Na, Wunderfräulein, was bedenkst du so angestrengt?«

»Was alles schiefgehen kann.«

»Das ist immer die dümmste Frage.«

Bestimmt hat sie recht, aber ich kann nicht aufhören. Der Gedanke wächst und wächst, und weil ich unter ihm regelrecht einknicke, breitet er sich weiter aus, klettert in die Welt, und ich frage mich, wie ich wohl über Männer denken würde, wenn ich woanders aufgewachsen wäre. Unter anderen Gesetzen oder mit einer anderen Hautfarbe. Anderen Eltern. Oder wenn ich arm wäre. Oder wenn die Männer arm wären.

Wie kann ich behaupten, irgendwas *entdeckt* zu haben, *gelernt*, und wie kann ich *stolz* darauf sein, wenn es von so vielen Bedingungen abhängt?

Ich spreche den Gedanken nicht aus. Er ist mir peinlich, ein moralischer Anfall, von dem nichts auf der Welt besser wird. Da sollte ich lieber mal wieder demonstrieren gehen.

»Ach, keine Ahnung«, sage ich zu dem Holzmann, und er lässt den Kopf hängen, als ob er zugibt, dass er auch keine hat. »Es ist spät.«

Karen nickt bloß.

Meine Beine sind so schwer, dass mir der Weg in mein Zimmer vorkommt wie der Aufstieg auf einen Berg.

Ein verregneter Morgen wäre schön. Ein sanfter grauer Tag mit Dunst, der die Berge verhüllt und die Kirchenglocken in Watte packt, sodass ihr Geläute weniger hart auf meinen schmerzenden Kopf einschlagen würde.

Als ich mich in die Küche schleppe und die Tür zur Terrasse öffne, stehen draußen ein paar Pfützen. In der Nacht muss es wirklich geregnet haben. Kräftig sogar. Jetzt gleißt die Sonne allerdings schon wieder, ihre Strahlen flach und durchdringend. Ich drehe mich zum Herd. Anderes Wort für Gnade: Kaffee.

Mit dem Becher in der Hand gehe ich in den Garten. Keine Karen im Yogadress. Ich stelle mich in den Schatten des Hauses, wo das struppige Gras an meinen Füßen noch feucht ist.

Auch die Statue ist nass. Ganz dunkel sind die hölzernen Schlüsselbeine des Mannes jetzt. Ich gehe zu ihm. Die senkrechte Linie, die bei meiner Ankunft noch dünn wie ein schwarzer Faden über seine Brustwarze lief, hat sich zu einem feinen Riss geöffnet.

Wenn Karen den Mann immer hier draußen stehen lässt, kann er nicht gleichmäßig trocknen. Dann reißt er bald überall auseinander und wird schief und krumm. Das Haus hat ein Vordach, und auch im Schuppen wäre noch Platz, aber Karen hat den Mann genau hier platziert. Ich lege meine Hand auf seine Brust. Durch die Feuchtigkeit haben sich lauter kleine Fasern aufgerichtet.

Von seiner Gänsehaut bekomme ich selbst eine.

Plötzlich finde ich, dass er einen Namen braucht. Einen schönen Namen. Das offizielle Urbild der männlichen Schönheit steht in Florenz und heißt David. Wie sah der nochmal aus? Ich hole mein Telefon, um nachzusehen, nur so zum Vergleich.

Und noch etwas Kaffee.

Na ja.

Schöne Figur, allerdings mit dem dicken Nacken eines falsch trainierenden Bodybuilders und einer Art Vokuhila-Haarschnitt. Der kleine Hirtenjunge, der gegen den Riesen gekämpft hat, besitzt jetzt einen ganzen Saal für sich allein. Fünf Meter sei die Statue hoch, lese ich, der Sockel noch mal zwei. Auf dem Foto kullern die Köpfe der Besucher wie abgeschlagen um seine monströsen weißen Marmorfüße. Anscheinend fand Michelangelo es kein bisschen absurd, David zum Riesen zu machen.

Die Skulptur zeigt ihn kurz vor dem Kampf, seine Steinschleuder lässig über der Schulter. Standbein, Spielbein. Eigentlich sieht er aus, als ob er schon wüsste, dass er gewinnt. Weil jemand ihm gesagt hat, dass es so sein muss. Gott. David hat auf seinen Gott gehört und fühlt sich zum Sieg *berechtigt*.

Er ist mir unsympathisch.

Sogar sein schöner Körper ist mir unsympathisch. Seine Nacktheit erfüllt eigentlich nur den Zweck, zu zeigen, dass der kleine Hirtenjunge garantiert in keiner Faser seines Körpers Angst hatte. Marmor hat ja nicht mal Fasern.

Ich lasse das Telefon sinken. Der schöne, sanfte Mann aus Holz vor mir braucht einen Namen, der nicht nach Marmor klingt. Weniger biblisch, weniger heldisch. Hm. Spätestens in ein paar Stunden werde ich bestimmt erfahren, wie der Student heißt.

Aber nachher heißt er noch *Adolpho* oder so.

Der Holzmann wartet schicksalsergeben darauf, was mir einfällt.

Nachdenklich schlürfe ich den letzten Tropfen Kaffee. Dann muss ich grinsen. Ja, das passt sehr gut. Ich taufe ihn Dave.

Nach dem Frühstück und meiner morgendlichen Runde im See höre ich den ganzen Vormittag dabei zu, wie Karen in der Küche Möbel verschiebt. Hilfe will sie nicht. Ich versuche, auf der Fensterbank mein Weinbuch zu lesen. Kapitel drei: *Standortansprüche der Rebsorten*. Etwas fällt klappernd um, die Staffelei wahrscheinlich. Unter meinem T-Shirt krabbelt eine Ameise seitlich den Bauch herunter, aber als ich den Stoff anhebe, um sie wegzuschnipsen, ist es ein Tropfen Schweiß.

Nun gut. Ich raffe mich auf. Weil ich Karen nicht stören will, fülle ich meine Wasserflasche im Badezimmer. Sonnencreme, Geld, feste Schuhe. Heute ist der richtige Tag.

Als ich in der beginnenden Mittagshitze aus dem Haus trete, den Rucksack geschultert, knackt Dave ein einziges Mal. Leise und zaghaft. Seine hängenden Schultern sehen aus, als ob er mich bittet, ihn nicht allein zu lassen. Nicht bei der Ankunft seines menschlichen Vorbilds, das im Gegensatz zu ihm zwei Hände und zwei Beine hat, das nicht in einem Holzklotz fest-steckt, das aus der Sonne gehen kann und aus dem Regen. Das sich wehren kann.

Tut mir leid, Dave. Ich gehe dicht an ihm vorbei, direkt an sei-ner Hand.

An seiner ausgestreckten Hand.

Natürlich. Das bedeutet die Geste. Deswegen dieser Hand-rücken, der nach vorn zeigt. Die geraden Finger. Der gesenkte Kopf und die geschlossenen Augen.

Ich bleibe stehen.

Er *hofft*. Er hofft darauf, dass jemand seine Hand nimmt. Ob-wohl er nicht darauf vertrauen kann. Aber er kann warten. Zum Beispiel auf Karen.

Oh ja, Dave, du kannst lange warten, dabei kannst du nichts dafür. In meiner Brust spannt sich ein dünner schwarzer Faden. Ich drehe mich weg.

Der Tag ist schwül; ich komme nicht voran, und nachdem ich eine Viertelstunde bergauf gegangen bin, biege ich ein-fach irgendwo ab. Eine größere Querstraße. Sie führt am Hang entlang wie eine entfernte Verwandte des Seeufers. Die Häu-ser spenden Schatten. Ich überlege, ob ich mich hinsetzen soll, aber ohne die Steigung ist das Laufen eigentlich ganz angenehm. Ohne Ziel. Spazierengehen heißt, nichts von der Straße zu wollen. Ich kann keinen einzigen Berg sehen, und im Grunde gefällt mir auch das. Ich stamme aus Norddeutschland. Mich überfällt immer noch ein leichter Schwindel, wenn mir eine Landschaft so … entgegenklappt. Mein *Krafttier* wäre sicher eine Robbe. Mitten auf einer ausgestorbenen Kreuzung hole ich die Flasche aus dem Rucksack und trinke einen Schluck Wasser. Dann gieße ich mir auch etwas über den gebeugten Nacken. Es plätschert auf den Asphalt. *Verschüttete Flüssigkeit.* Der Fleck nimmt keine besondere Form an. Also gibt es keine *rätselhafte Anziehung*, nein, nicht dass ich wüsste. In Bezug auf Tiere scheine ich momentan nur eine rätselhafte, aber sehr praktische *Abstoßung*skraft zu besitzen. Die Mücken lassen mich immer noch in Ruhe. Sogar unten am See, wo sie oft wolkenweise herumschwirren. Stets in meiner Nähe, aber ohne zu stechen.

Ich gehe weiter, gut eine Stunde lang, in einem Tempo, das sich neutral anfühlt. Und als die Wasserflasche genau halb leer ist, kehre ich um. Ganz einfach.

Das Auto steht direkt vor Karens Haus. Es wirkt schwer und sicher; der Lack glänzt tiefschwarz. Halbgetönte Scheiben. Nicht gerade das Fahrzeug eines Kunststudenten.

Das Kennzeichen ist von hier, und in dieser Gegend wohnen viele wohlhabende Leute.

Ich gehe am Auto entlang. Falls etwas auf den Sitzen liegt, könnte es Aufschluss über den Fahrer geben. Aber ich kann nur schemenhaft einen offenbar völlig leeren Innenraum erkennen.

Banker?

Manager?

Professor?

Dave steht an seinem Platz, flimmernd in der Hitze. Ich gehe an ihm vorbei ins Haus. Halblaut, halbherzig rufe ich »Hallo« und bekomme keine Antwort. Die Küchentür ist geschlossen, dahinter herrscht tiefe Stille.

Ich muss erst mal pinkeln und wasche mir Hände und Gesicht mit kaltem Wasser. Mein Spiegelbild ist gerötet, die Lippen geschwollen. Ich atme langsam und tief ein und aus. Ein und aus. Gut.

Als ich erneut an der Küchentür vorbeigehen will, ruft Karen von drinnen meinen Namen.

Ohne Grund fühle ich mich ertappt. »Ja?«, rufe ich zurück.

»Kommst du zu uns?«

Ich öffne die Tür.

Der Mann steht mit dem Rücken zu mir. Seine Zehen biegen sich um den Rand eines kleinen Hockers. Die fleckige Haut auf seinem Rücken hängt von spitzen Schulterblättern. Eine Hand hält er leicht zur Seite gestreckt. Sie zittert. Den Kopf hat er gesenkt; im Nacken kleben ein paar verschwitzte, weiße Haare. Er ist nackt.

»Guten Tag«, sagt er. Man hört, dass sein Mund trocken ist, und er schwankt, als ob das Sprechen viele Muskeln beansprucht und ihn die Balance kosten könnte.

Mir fallen Fernsehbilder ein, von Menschen, die mit einem Sack über dem Kopf auf einer Kiste stehen müssen.

»Hallo«, sage ich.

Karens Stimme kommt aus unmittelbarer Nähe und klingt weich, beinahe verträumt. »Machst du die Tür zu?«

Sie sitzt direkt neben mir, entspannt zurückgelehnt auf einem Küchenstuhl, breitbeinig, den Zeichenblock auf den Schenkeln. Ich werfe einen Blick auf das oberste Blatt. Es zeigt in feinen Bleistiftstrichen die zugleich runde und kantige Form eines perfekten männlichen Hinterns. Zwei pralle, glatte Wölbungen, in einen unsichtbaren Kasten gepresst. Hart. Weich. Wunderschön.

Der Mann, der vor uns steht, hat keinen Hintern. Nur etwas überschüssige Haut, unter der auf jeder Seite ein blasser Schattenstrich verläuft, und in der Mitte steht senkrecht ein etwas dunklerer Strich, als hätte man die dürren Beine einfach achtlos aneinandergelehnt.

In der Kniekehle sitzt wie aufgestempelt eine blaue, paragrafenförmige Krampfader.

»Es freut mich, Sie kennenzulernen.« Wieder schwankt er, aber er dreht sich nicht um und hebt auch nicht den Kopf.

»Holst du mal ein Glas Wasser für Wolfgang?«, sagt Karen. Sie setzt den Stift aufs Papier.

Ich kann mich nicht rühren. Immer wieder sehe ich zwischen der Zeichnung und dem Körper hin und her, weil eins von beidem unrecht haben muss. Weil das hier so absurd ist. Weitere Skizzen liegen verstreut neben Karens Stuhl: eine Seitenansicht aus dynamischen Kohlestrichen. Kräftige, kegelförmige Waden. Nirgends eine Ähnlichkeit zu dem zitternden alten Mann auf dem Hocker.

Ich löse mich aus meiner Starre, gehe zum Kühlschrank und nehme eine der großen Wasserflaschen heraus. Kein Mucks hinter mir. Knackend bricht der Verschluss. Beim Eingießen halte ich das Glas schräg, um das laute Gluckern zu dämpfen; trotzdem kommt es mir vor, als ob ich *demonstrativ* eingieße. Demonstrativ ignoriere, wie bizarr die Situation ist.

Mit dem Glas in der Hand gehe ich zurück, um das Podest herum. Am gestreckten Arm reiche ich das Glas nach oben und hebe den Blick. Ja, doch, ich erkenne den kleinen Mund wieder, das spitze Kinn. Aber das Gesicht wirkt so abgezehrt und nichtssagend wie der Körper.

Während Wolfgang das Glas entgegennimmt, verankere ich meinen Blick in seinem. Als ob ich seine Nacktheit gar nicht beachte. Dann frage ich mich, ob das vielleicht die noch größere Unhöflichkeit ist: so zu tun, als hätte er gar keinen Körper. Keinen, den man ansieht. Nicht mehr.

Er hat blaue Augen.

Ich ziehe die Hand zurück und lasse meinen Blick kurz an ihm herabsinken. Sein Penis erinnert mich an den *Tod eines Handlungsreisenden*. Wir haben es in der Schule gelesen. Der depressive Willy Loman besorgt sich ein kleines Stück Schlauch und versteckt es vor seiner Familie im Keller. Beim Gasanschluss. Nur ein Ventil an einem Zipfel, sparsam bemessen, gerade lang genug für einen effizienten Tod.

Ein Schlucken und ein Räuspern über mir. »Einen Moment noch, bitte.« Er lächelt bemüht, dann trinkt er weiter, eilig, aber vorsichtig, wie jemand, der Tabletten herunterspült und Angst hat, daran zu ersticken. Er trinkt das ganze Glas aus. Als er es mir zurückgibt, hält sein Blick meinem nicht mehr stand.

»Setz dich doch«, höre ich Karens neutral freundliche Stimme.

Es ist der gleiche gelbe Stuhl wie am Abend meiner Ankunft, und als ich mich hineinfallen lasse, merke ich, dass ich ebenso erschlagen bin wie damals. Neulich.

Ich will wissen, was hier los ist. Was Karen hier macht. Was sie sieht. Was auf dem Weg von ihren Augen zu dem Stift in ihrer Hand passiert.

»Erzähl von deinem Ausflug.« Ein schläfriger Singsang liegt in ihrer Stimme. Ihr Kopf ist über das Papier gebeugt; sie zeichnet weiter; in Wahrheit hat sie mich nur gebeten, sie tiefer in den Schlaf zu singen.

»Ja, das wäre schön«, sagt Wolfgang zur Küchenwand. »Karen erwähnte, Sie waren auf dem Monte Verità.« Er scheint eine Betonung von freundlicher Aufmerksamkeit anzustreben, aber auch er wirkt eigentlich abwesend.

Es ist egal, was ich sage. Ich könnte detailliert berichten, wie ich es gestern mit dem Lago Maggiore getrieben habe – keiner von beiden würde es mitbekommen. Sie sind völlig miteinander beschäftigt.

Wolfgang und Karen.

Ich erzähle etwas über meine Planänderung heute, die lange, schattige Straße hoch über dem Ufer, ich rede und singe mich selbst in den Schlaf, bis ich mitten im Satz plötzlich hellwach bin und verstumme.

Karen hebt den Kopf. Sie sieht mir in die Augen, erkennt meine Erkenntnis und zeichnet einfach weiter.

Karen und Wolfgang.

Wir essen zusammen. Es gibt eine Suppe mit Rindfleisch, zur Stärkung, wie Karen sagt. Eigentlich ist es zu heiß, besonders auf der Terrasse, aber Wolfgang schlürft dankbar Löffel um Löffel, wie jemand, der sich genau diese Suppe lange gewünscht hat.

Neben uns schweigt Dave so entschieden, als könnte er normalerweise sprechen. Kein Knacken, kein Knistern. Vielleicht weiß er nicht recht, ob sein Herz sich ausdehnen oder zusammenziehen soll. Die Luft ist kaum abgekühlt. Immer wenn ich einen Schluck Eiswasser trinke, kämpfe ich den Impuls nieder, etwas aus meinem Glas über seinen Nacken zu gießen.

Wolfgang rollt mit den Schultern und lockert die Arme. Vor

ein paar Jahren sei er in die Gegend gezogen, erzählt er. Karen und er würden sich aber schon länger kennen.

Sie fügt dem nichts hinzu. Ihr Gesicht wirkt abgekämpft; vielleicht soll die Suppe vor allem sie selbst stärken. Trotzdem plaudert sie mit Wolfgang über das Wetter, den frühen Sommer, und rügt mich scherzhaft für meinen schon wieder versäumten Besuch auf dem Monte. Sie hält den Abend am Laufen, als ob sie in die Pedale tritt, weil sonst alles rückwärts einen Abhang hinunterrollen könnte.

Ich glaube, Wolfgang ahnt nicht, dass ich weiß, wer er ist. Wer er war. Also spiele ich, dass ich es wirklich nicht weiß. Ich tue so, als ob er irgendein freundlicher älterer Herr ist, gebildet, künstlerisch interessiert und ohne falsche Scham, ein Herr, der in einer schön gelegenen Urlaubsgegend guten Wein trinkt und gute Suppe löffelt und mit einer Künstlerin befreundet ist, genau wie diese älteren Herren in diesen schön geschriebenen Urlaubsbüchern von gebildeten älteren Herren. Ich spiele, dass er so jemand ist.

Und keine Wunde.

Nicht umkreist von Karens spitzen Bleistiften, punktiert, geöffnet, immer wieder, anscheinend seit Monaten, denn so lange steht er ihr schon Modell. Er erzählt es mit angestrengtem Stolz, aber seine Stimme schwankt.

»Wie schön«, sage ich, und als wir einander ansehen, schlägt er die Augen nieder.

»Wenn er nur nicht so abgenommen hätte in der Zeit«, sagt Karen mit gespieltem Verdruss. »Die ersten Skizzen konnte ich am Ende nur noch wegwerfen.«

Eigentlich müsste ich spätestens jetzt nach dem auffälligen Altersunterschied zwischen Skulptur und Modell fragen. Auf kultivierte Weise. Welche Art *künstlerischer Übersetzung* hier stattfindet. Aber dann müsste Karen mir ins Gesicht lügen, wobei die Lüge für Wolfgang bestimmt wäre. Absurd.

Ich behaupte, todmüde zu sein. Es ist noch nicht einmal 22 Uhr, als ich mich verabschiede. Von meinem Zimmer aus kann ich die beiden murmeln hören. Ihr Tonfall hat sich in meiner Abwesenheit nicht verändert, oder wenn doch, dann klingt er eher noch sanfter als zuvor. Vertraut. Versöhnlich. Einmal lacht Wolfgang sogar; er hat ein schönes Lachen. Ich fühle mich wie damals als Kind, wenn ich beim Einschlafen noch das Gemurmel meiner Eltern aus dem Wohnzimmer hörte. Alles ist gut. Oder es wird gut. Ich bin tatsächlich sehr müde.

Das schwarze Auto ist am Morgen verschwunden, und Karen steht in einem perfekt ausbalancierten Kopfstand auf ihrer Yogamatte im Garten. Sie verharrt so, bis ich Kaffee gekocht habe und die Kanne in der offenen Tür schwenke wie ein Weihrauchgefäß.

Der Himmel ist bedeckt. Es ist etwas kühler geworden. »Gut für die Arbeit«, sagt Karen beim Frühstück. »Ich würde gern nächste Woche fertig werden.« Ihr Gesicht wirkt prall und rosig. Herzhaft beißt sie in eine Scheibe Toast. »Mein Freund fliegt übers Wochenende her. Wenn du abgereist bist.« Sie zwinkert mir zu, trinkt einen Schluck Kaffee und seufzt behaglich.

Freund. Herfliegen? Ich verstehe überhaupt nichts.

Als ich stumm bleibe, sieht Karen mich erschrocken an und fragt: »Du sagtest doch, am Elften? Oh Gott, habe ich das durcheinandergebracht?«

Ihr Freund fliegt her. Er kommt nicht mit einem schwarzen Auto.

Er heißt nicht Wolfgang.

»Nein, der … Elfte stimmt. Ist richtig.« Schnell senke ich den Blick und greife nach der Butter.

Aber Karen hat mir meinen Irrtum schon angesehen. Sie blinzelt ein paarmal. Dann legt sie das angebissene Stück Brot zurück auf den Teller, als hätte sie entdeckt, dass es schimmlig ist.

Ich weiß ja selbst schon nicht mehr, wie ich gestern Nacht auch nur eine Sekunde lang denken konnte, die beiden … wie ich es mir vielleicht sogar *wünschen* konnte, für beide, für Karen, als etwas Gutes. Als eine Heilung.

Bis jetzt, bis zu diesem Moment in meinem Leben hatte ich keinen blassen Schimmer, wie endgültig zu spät etwas sein kann. Wie endgültig zerstört.

Dann essen wir weiter, was soll man auch sonst tun.

Mein Messer zieht auf der Toastscheibe Bahnen, hin und her, gleichmäßig wie ein Schwimmer, vielleicht beruhigend, bis Karen seufzt und sagt: »Noch mehr Butter kannst du rein physikalisch nicht einarbeiten.«

Aber ich streiche und streiche, weil es Fragen gibt, die sich leichter stellen lassen, wenn die Hände beschäftigt sind. »Habt ihr irgendwann mal darüber geredet?«

Sie schnaubt, lächelt mich nachsichtig an und trinkt ihre Tasse leer.

Ich nehme doch lieber noch etwas Butter.

Karen wischt entschieden ihre Krümel und meine Frage vom Tisch, aber beides scheint festzukleben, und irgendwann gibt sie auf und antwortet doch noch. »Er würde gern reden, das merke ich. Aber weißt du, was? Ich nicht.« Sie nimmt den angebissenen Toast vom Teller und legt ihn daneben. »Jedenfalls nicht mit ihm.« Neue Krümel rieseln auf die Tischplatte. »Scheiße. Dreißig Jahre lang wollte ich überhaupt nie wieder über diese

Scheiße reden. Ich wollte, dass es die Scheiße nicht mehr gibt. Aber das hat nicht funktioniert. Ich will ...« Ihre Hände heben sich, angespannt für jede mögliche Art von Aktion, und dann fallen sie ihr kraftlos in den Schoß.

»Auf jeden Fall willst du noch mal *Scheiße* sagen. Komm, los. Richtig laut.«

»Scheiße«, flüstert Karen und wischt sich übers Gesicht.

Ich denke an Dave, der so gut warten kann, wie Wolfgang es nicht konnte, und der vergeblich warten wird, so lange, bis ihn die Witterung krümmt und zerreißt. Das ist die Strafe, die er übernommen hat.

Mein Herz ist jetzt sowieso schon aus dem Rhythmus, also koche ich noch eine Kanne Kaffee.

Als ich gerade am Herd stehe, sagt Karen in meinem Rücken: »Ich will, dass die Welt anders ist.«

Ich drehe mich um. »Sie ist anders.«

»Ja, für dich.«

»Ja, vielleicht erst für mich.«

Oder *nur* für mich, denke ich im Stillen, oder nur für Menschen *in meiner Lage*. Aber Karen kann jetzt nicht auch noch solche Zweifel gebrauchen.

Als unsere Blicke sich treffen, wird ihrer weich. »Sagen wir, die Welt fängt damit an, anders zu sein.«

Sie lächelt, aber mir kommt der Gedanke so ermüdend vor. Immer fängt die Welt erst damit an, etwas richtig zu machen. Wenn sie nicht gerade wieder für längere Zeit damit aufhört. Sie ist so furchtbar langsam.

Ich gehe gerade aus dem Gartentor, zum Schwimmen, da heult die Kettensäge hinter mir auf. Zum ersten Mal seit meiner Ankunft. Ich drehe mich um.

Karen hat ihre Yogakleidung gegen Latzhose und Arbeitsstiefel getauscht. Breitbeinig steht sie vor Dave, mit Schutzbrille und Ohrenschützern, und hält die Säge mit beiden Händen in Hüfthöhe. Sie zielt genau zwischen die Beine. Das heißt, auf ein *Zwischen*, das es noch nicht gibt. Ich kann ihre Augen nicht erkennen, aber um ihren Mund liegt ein verbissener Zug. Bevor die Kette auf Holz trifft, verlasse ich den Garten. Ich will das nicht sehen. Ich habe Angst, dass etwas schiefgeht. Dass vielleicht nur noch ein Haufen Späne im Garten liegt, wenn ich zurückkomme.

Immer nur zehn Minuten am Stück benutzt Karen die Säge, den Nachbarn zuliebe. Sie arbeitet ruhig und bedacht und scheint genau zu wissen, was als Nächstes zu tun ist. Sanft gleitet die Kette durch das Holz, als ob sie es schmilzt, präzise noch in den kleinsten Kurven. Die Außenkanten des Holzblocks runden sich, und das grobe Dreieck aus Luft in der Mitte wird zu einer komplexen Form.

Ein paar Tage später erwache ich von einem beständigen Klopfen. Es ist noch nicht einmal sieben Uhr. Ich sehe aus dem Fenster, und dort kniet Karen vor Dave, auf ihrer zusammengerollten Yogamatte. Mit leichten Hammerschlägen treibt sie ein Schnitzmesser durch das Holz an seiner Hüfte. Immer fünf oder sechs Schläge hintereinander.

Ich koche Kaffee. Als ich damit auf die Terrasse trete und Karen rufe, winkt sie nur zerstreut ab. Ihr Gesicht ist blass und verschwitzt.

Tock, tock, tock, tock tock. So geht es den ganzen Vormittag. Ein Geräusch wie von jemandem, der nie aufhört, an eine Mauer zu klopfen. Der sich immer und immer wieder in Erinnerung bringt.

Dave bekommt eine zweite Hand, zuerst kaum erkennbar, weil er sie flach an die Seite seines Oberschenkels drückt.

Nachdem ich zu Mittag gegessen habe, stelle ich einen Teller mit Wassermelone, Fetakäse und etwas Brot auf den Gartentisch. Am Abend liegen die Melonenstücke zusammengesunken in einer Pfütze, der Feta ist eingetrocknet. Nur die drei Brotscheiben sind weg. Wir haben noch etwas von der stärkenden Rinderbrühe, fällt mir ein. Also wärme ich sie auf, und Karen isst eine normale Portion, immerhin.

Dave bekommt schmale Hüften.

Er bekommt genau den Hintern, den ich auf den Skizzen gesehen habe.

Er bekommt einen schönen Penis. Eine Erektion.

Am Abend, die Sonne geht gerade unter und Karen ist duschen, gehe ich zu ihm.

Ich stehe vor Dave, in einem Abstand, dass wir einander, wäre er ein Mensch, gegenseitig die Hand auf die Schulter legen könnten.

Ein bisschen näher noch.

Sein Phallus hat eine durchschnittliche Größe und Form, nichts statuenhaft Übersteigertes, und er ragt auch nicht unfreiwillig komisch nach vorn, sondern liegt dicht am Bauch an. Die Erektion eines sehr jungen Mannes, der sich mit geschlossenen Augen offenbart.

Seltsam, dass er verletzlicher aussieht, als er es ohne Penis war. Nackt, weil man seine Erregung auch durch Kleidung noch erkennen würde.

Bei mir ist es anders.

Ich trete auf ihn zu und denke, dass sich meine eigene Lust so leicht verstecken lässt. Ich brauche dafür nicht einmal in einen See zu tauchen. Ich brauche nie zu fürchten, dass man mir am falschen Ort, zur falschen Zeit etwas anmerkt.

Ganz sacht lege ich die Hand auf Daves Penis und schließe die Augen. Ich muss lächeln. Die Form fühlt sich wirklich erstaunlich vertraut an. Und noch warm von der Sonne.

Als ich zurücktrete, bedaure ich, dass Karen sich all die Arbeit mit diesen Details macht, nur um dann Wind und Wetter ihr Kunstwerk langsam zerstören zu lassen. Ich ahne ja, warum sie es tut, warum es vielleicht sogar Teil des Werks ist, aber ich trauere um die Schönheit und die Hingabe.

Dave bekommt hinten auf dem Oberschenkel einen gewölbten Muskel, der mich tagelang fasziniert. Ich finde, es ist der friedlichste Muskel eines Männerkörpers. Im Kampf kaum zu gebrauchen. Bei Michelangelos David, das überprüfe ich, ist er vergleichsweise schwach ausgeprägt. Ein Muskel, den ein Mann benötigt, um zu laufen, sich in der Welt umzusehen, irgendwann stehen zu bleiben und, beispielsweise, vor einer Frau zu knien. Um zwischen ihren Beinen zu knien. Er braucht diesen Muskel auch, damit die Frau Halt findet, wenn ihre Hände vom Hintern des Mannes abrutschen, weil sie ihn näher an sich ziehen will, tiefer, weil sie sich gewaltlos überwältigt an ihn presst.

Bis in die späten Abendstunden höre ich Karens Klopfen. Ich höre es zum Einschlafen. Ich träume, dass es Dave selbst ist, der von innen gegen seinen Holzkörper klopft. Als ich aus so einem Traum hochschrecke und am Fenster durchatmen will, sehe ich Karen im Garten stehen, im Nachthemd. Sehr blass sieht sie aus, aber vielleicht liegt das am Mondlicht. Sie steht neben Dave und hält seine Hand.

Am nächsten Tag bin ich mir unsicher, ob ich auch das geträumt habe. Karen wirkt nicht mehr wie jemand, den man danach fragen könnte. Sie arbeitet inzwischen an den Füßen, an jedem einzelnen Zeh. Sie kauert vor Dave, als ob sie etwas ausgräbt oder verscharrt, und manchmal, als ob sie dort zusammengebrochen ist.

Der Tag meiner Abreise rückt näher, und ich gehe nur noch zum Schwimmen, ansonsten bleibe ich möglichst in der Nähe des Hauses. In der Nähe von Karen. Aber ich spüre den starken Drang, weg zu sein, bevor die Statue fertig wird.

Ich denke häufiger an meine Wohnung, an die Stadt überhaupt. Ihr großes Netz aus S- und U-Bahn-Linien, in das man sich werfen kann. Ihr Grundrauschen in der Nacht. Alltägliche Dinge.

Vielleicht könnte ich dieses Jahr ein bisschen früher mit der Steuererklärung anfangen und dann einen schönen Sommer haben. Einen Sommer in der Stadt.

An meinem letzten Nachmittag muss ich Karen dreimal rufen und dann noch überdeutlich auf den Teller mit den Melonenstücken zeigen, bevor sie versteht, was ich will, und ihr Werkzeug weglegt. Ihr Haar ist wirr und verschwitzt, mit Spänen darin.

Der Melonensaft tropft zwischen ihren Fingern auf ihre Arbeitshose, aber sie bemerkt es nicht. Ihr Augenlid zuckt. »Wolfgang fährt dich morgen zum Bahnhof«, sagt sie irgendwann und fügt zerstreut hinzu: »Er kommt sowieso noch mal vorbei.«

»Warum denn das?«

Sie hebt die leeren, nassen Handflächen und gibt eine Art fragendes Gurgeln von sich, mit einem großen Stück Wassermelone im Mund. »Weiß ich nicht«, sagt sie, als sie herunterge-schluckt hat. »Irgendwas wollte er noch.«

Sie wird einen Teil ihrer besten Arbeitszeit am Vormittag einbüßen. Sie würde noch mehr Zeit verlieren, wenn sie mit zum Bahnhof käme. Also bitte ich sie nicht darum.

Ich nehme einen keuschen Abschied vom See. Trotzdem bin ich froh, dass mir im Wasser niemand begegnet. Zwischen den Berggipfeln hängen heute Abend ein paar rötliche Wolken.

Dann packe ich. Den nassen Bikini wickle ich in ein Hand-tuch, obwohl es mir absurd vorkommt. Wochenlang hatte ich immer so viel Zeit, ihn trocknen zu lassen.

Das satte Geräusch, mit dem Wolfgang die Kofferraumklappe schließt, überdeckt mein Räuspern. Aber er versteht trotzdem und setzt sich ins Auto, damit Karen und ich uns in Ruhe ver-abschieden können.

»Also dann … Danke, dass ich herkommen durfte. Tausend Dank.« Ich nehme ihre Hände. Sie sind eiskalt. Vielleicht ist das immer so, wenn sie fast fertig ist mit einer Arbeit. Ich bin so er-holt und Karen sieht so abgekämpft aus.

»Nein, ich muss dir danken.« Sie sagt es ernst, und ich spare mir den höflichen Widerspruch.

Als ich durch das Tor zum Auto gehe, drehe ich mich noch einmal um und sehe Dave, wie ich ihn zum ersten Mal gesehen habe: nur sein Gesicht und seinen Oberkörper über der Garten-mauer. Als ob er genau so bleiben soll, für immer.

»Bis nachher dann, ja?«, ruft Wolfgang Karen zu, aus dem Autofenster. Er verrenkt sich fast den Kopf dabei, denn sie ist im Garten stehen geblieben. »Du bist doch hier?«

Sie nickt nur.

Summend gleitet das Seitenfenster nach oben. Ich gehe um das Auto herum, öffne die Beifahrertür und murmele im Einsteigen: »Tschüs, Dave.«

»Wie bitte?«, fragt Wolfgang.

»Nichts. Entschuldigung.«

Sein Fahrstil ist so vorausschauend, dass er vor einer roten Ampel in der Innenstadt noch einmal beschleunigen muss, weil er den Fuß zu früh vom Gas genommen hat. Das ist ihm sichtbar peinlich. Ich weiß nicht, ob er immer so fährt oder nur heute. Wie jemand, der den Führerschein noch nicht lange hat und ständig mit brenzligen Prüfungssituationen rechnet. Beide Hände auf dem Lenkrad.

Verstohlen betrachte ich sein Profil. Nach einer Weile fängt er meinen Blick auf und lächelt nervös, als ob er genau weiß, woran ich denke. Dabei weiß ich es selbst nicht genau. Mir ist nur, als ob ich noch etwas herausfinden muss. Wolfgang senkt ergeben den Kopf, und dann schließt er, auf der mittleren Spur einer Hauptstraße, die Augen.

Eine Sekunde, zwei, drei, vier. Und das genügt.

Als er sie wieder öffnet, habe ich die wahre Ähnlichkeit zu Dave gesehen. Einen Hauch von ihr jedenfalls. Mehr könnte ich nur erkennen, wenn ich diesen mageren älteren Herrn, der neben mir sitzt, einst heftig geliebt hätte. Zumindest könnte ich dann all meine Kraft zusammenkratzen, um mehr zu sehen.

In dem gut isolierten Auto hängt die Stille zwischen uns wie dicke Spinnweben.

Wir rollen mit schon sterbendem Motor in eine Parkbucht am Bahnhof. Mein Zug fährt in siebzehn Minuten. Wolfgang nimmt die Hände vom Lenkrad, und wir sitzen schweigend nebeneinander.

Als es noch fünfzehn Minuten sind, holt er tief Luft. »Ich wollte sie was fragen.«

»Mich?«

»Nein. Karen. Ich wollte Karen nachher etwas fragen. Sie um etwas bitten.« Sein Blick tastet mein Gesicht ab, auf der Suche nach einer bestimmten Regung vielleicht, einer Antwort, einem Anlass zu hoffen. Er sucht lange. »Aber jetzt denke ich, dass die Frage vielleicht sinnlos ist. Aussichtslos.«

Ein Regionalzug fährt ein.

»Mein Leben ist … mein Leben war …«, er reibt sich über die Stirn. Schüttelt den Kopf. Greift ans Lenkrad, als ob er Halt für ein Geständnis sucht. »Karen … manchmal wünschte ich, sie würde …«

Er spricht nicht weiter, aber ich höre im Kopf meine eigene Version des Satzes. Ich könnte Wolfgang den Satz ins Gesicht sagen: *»Sie wünschten, Karen würde sich an Ihnen rächen.«* Und dann könnte ich sagen, dass er sich lieber wünschen solle, sie wäre bald damit fertig. Oder überhaupt irgendwann. Aber wer bin ich, das zu beurteilen? Er hat seine Geschichte, und Karen hat ihre, und sie haben eine zusammen, mit der sie leben müssen. Daran ändere ich nichts mehr.

»Danke fürs Bringen«, sage ich. »Alles Gute für Sie.«

Auf dem ersten Teil der Strecke gibt es Bauarbeiten, sodass der Zug nur sehr langsam vorankommt. Es ist genau das richtige Tempo. Eine seltene Übereinstimmung der Zeit, die ich für einen Abschied brauche, mit der Zeit, die mir das Leben dafür zugesteht. Wahrscheinlich sind es gleich mehrere Abschiede. Der Zug legt sich in die Kurve, und vor uns spannt sich eine hohe Brücke über eine Schlucht. Die Welt ist immer noch sehr hell. Sie bleibt es sogar, als wir in den Gotthardtunnel fahren.

Nicht einmal die Alpen über mir können das ändern. Selbst wenn ich die Augen schließe, ist es hell, hell und warm.

Ich wache davon auf, dass die Waggontür sich öffnet. Eine Frau im Businesskostüm kommt herein. Sie zieht einen Alukoffer durch das Großraumabteil, und erst denke ich, dass sie an mir vorbeigehen wird, aber dann stoppt sie abrupt und setzt sich mir schräg gegenüber. Den Koffer, ein fabrikneues Exemplar, lässt sie einfach im Gang stehen. Fast neben mir. Als wäre das sein angestammter Platz. Er glänzt.

Die Frau vertieft sich in eine Zeitschrift.

Gleich werden wir am nächsten Bahnhof halten, und alle, die hereinkommen, müssen sich an dem Koffer vorbeidrücken. Ich richte den Blick nach draußen, aber dort ziehen gerade nur Glasfassaden vorbei. Man kann den Leuten in den Büros bis unter den Schreibtisch gucken. Keinerlei Privatsphäre. Am Rand meines Blickfelds glänzt der Koffer so aufdringlich, als hätte ihn die Frau extra für mich dort hingestellt. Als hätte sie ihn mir mitgebracht. *»Hier, bitte schön, das ist doch Ihrer. Erinnern Sie sich nicht?«* Und ich würde es leugnen, und die Frau würde mich misstrauisch ansehen, als vermutete sie in dem Koffer Diebesgut. Etwas, das ich genommen und behalten habe, ohne zu fragen. Oder etwas, woran ich nicht mehr denken will. *»Sie müssen sich schon um Ihre Sachen kümmern«*, würde die Frau schließlich anmerken, bereits etwas ungeduldig im Ton.

Und ich würde den Koffer nehmen. Sie hat ja recht. Wie konnte ich das so lange vergessen? Ich muss mich darum kümmern, möglichst bald.

Hautfreundin

Meine ganze, große Stadt, so nervös und unberechenbar glitzernd in der Mittagssonne, nach einem Juli mit lauter Starkregen und Überflutungen, meine Stadt, gesehen durch ein bodentiefes Fenster im elften Stock, vom Kopfkissen eines weiß bezogenen, frisch zerwühlten Hotelbetts aus, gesehen über die sacht in meiner Atemluft zitternden Härchen auf einem männlichen Arm.

Nie läuft etwas nach Plan in meiner Stadt, auch das hier nicht.

Ich wollte wirklich etwas sagen. Ich wollte *es ihm* sagen. Bei einem Kaffee unten in der Lobby. Ich wollte seine Reaktion aushalten und ihn um Verzeihung bitten, und dann wollte ich gehen.

Sein Arm streift im Halbschlaf an meiner Brust entlang, ein Stück in die eine Richtung, ein Stück in die andere. So erkundigt sich seine Haut, ob meine noch da ist.

»Lange nichts von dir gehört«, hat er am Telefon gesagt, aber ich konnte hören, dass er dabei lächelte. Ja, gern wolle er mich treffen. Bald gebe es eine Konferenz in meiner Stadt, auf der er sprechen würde. »Du magst doch Hotelzimmer. Dann musst du auch nicht wieder deinen Teppich schrubben, wenn ich weg bin.« Seine Frechheit hatte ich ganz vergessen.

Seine Wimpern hatte ich ganz vergessen, und es waren ein paar mehr weiße als beim letzten Mal, und sie flirrten sogar noch im schummrigen Licht der Hotelbar. Er hatte auch mehr Fältchen um die Augen. Als ob am Rand eines Bachs kurze, dünne Holzstücke anfingen, das Wasser zu kräuseln. Irgendwann würden sie den Bachlauf ändern, aber jetzt noch nicht.
Jetzt noch nicht.
Ich schwieg.

Nackt und *danach* riecht er immer noch nach frischen Brötchen.
Die Rushhour brandet tief unter uns an die Fassade. Bevor wir eingedöst sind, hat IC noch das Fenster geöffnet. »Weil es geht«, hat er gesagt. Weil sich Hotelfenster fast nirgends mehr öffnen ließen.
Die feinstaubgeschwängerte Luft streicht über meine Haut.
Nach einer Weile rührt sich IC, streckt sich und nimmt einen Gegenstand vom Nachttisch. Sein Handy.
Sein Handy.
Keine Ahnung, wo meins ist, wahrscheinlich im Bad, in meiner Handtasche. Ich wollte es nicht in der Nähe haben.

»Oh, noch gar nicht so spät«, sagt er, auf wunderbar schmutzige Weise erfreut, und ich denke: *Oh, doch. Viel zu spät.*

Ungelenk drehe ich mich zu ihm um. »Ich muss dir was sagen.« Als er mein Gesicht sieht, rückt er sofort von mir ab, mit einem forschenden Ausdruck. In meiner Brust wird es kalt. »Als du damals bei mir zuhause warst ...«, sage ich, »als ich dich noch gar nicht kannte ...« Meine Kehle ist trocken, ich räuspere mich.

Während ich weiterspreche, setzt er sich auf und ordnet seine Gesichtszüge. Immer ordentlicher werden sie, während ich rede, unaufhaltsam, bis er mit diesem Gesicht ebenso gut vor die Tür gehen könnte. Im Anzug. Ja, sein Gesicht ist schon so gut wie losgegangen, als ich noch nicht mal halb durch bin mit meinem Geständnis. Stopp, will ich sagen, stopp, aber dazu habe ich natürlich kein Recht.

Am Schluss sage ich leise: »Ich lösche das Audio natürlich.«

Diesmal ändert sich sein Gesichtsausdruck in Richtung *fassungslos*. Und ich begreife, dass er eben noch dachte, das Löschen wäre längst passiert. Er dachte, dass meine Schuld nur im *Aufnehmen* bestand. Darin, ihn zu bespitzeln. Und nicht auch noch darin, das Audio behalten zu haben, und zwar jahrelang. Irgendwie muss dieser letzte Fakt in meinem Wortschwall untergegangen sein. Oder vielleicht habe ich ihn tatsächlich nicht erwähnt. Was das Ergebnis noch schlimmer macht.

IC sieht durch mich hindurch wie durch Wasser. Auf meinen Grund. Als ob er zum ersten Mal die schlammige Wahrheit dort unten sieht. Und die Wahrheit ist: Mir war mein Vergnügen am wichtigsten. Mein kleiner Porno. So ist das, und das ist es, was er sieht. Unsere Körper berühren sich nirgends mehr; ich bin ans Fußende des Betts zurückgewichen.

»Ich hätte es nie jemand anderem gezeigt«, sage ich bittend.

Er richtet den Blick aus dem Fenster und schweigt. Draußen quietschen Reifen. Es wird wütend gehupt, erst nur einmal, dann in vielen verschiedenen Tonlagen. Nur noch die Hupen sind zu hören, keine Motorengeräusche. Als ob auf der gesamten Kreuzung nichts mehr geht.

Ich wünschte, IC würde laut werden, wütend.

Als das Gehupe nachlässt, sagt er tonlos, mit einem Schnauben: »Du spinnst ja wohl.« Dann dreht er sich zur Seite und schwingt die Beine aus dem Bett. Steht auf. Beginnt ganz langsam, sich anzuziehen. In Unterhose und T-Shirt geht er ins Bad und kommt mit meiner Handtasche zurück. Er sieht mich kurz an, dann öffnet er die Tasche, dreht sie um und kippt sie aus. Ein Gegenstand nach dem anderen fällt aufs Bett. Lippenstift und Taschentücher lässt er liegen, aber einen Beleg aus der Apotheke streicht er glatt und liest ihn durch. Lässt ihn fallen. Er nimmt mein Notizbuch heraus und schlägt es auf. Blättert achtlos darin herum.

Ich wage nicht, zu protestieren.

»Mieses Gefühl, oder?«

Das Handy hat er sich für zuletzt aufgespart. Er holt es heraus und reicht es mir.

»Löschen.«

Ich will gerade das Display entsperren, da packt er meine Hand und stoppt mich. Er grinst schmutzig, nur in seinen Augenwinkeln glimmt etwas Warmes. Sein Blick streicht einmal über meinen ganzen nackten Körper.

»Aber zuerst«, sagt er und bringt seinen Mund nah an mein Ohr, »zuerst gibst du mir eine Kopie.« Und dann küsst er mein Ohr, meinen Hals, mich. So hungrig wie damals, als ich mit verbundenen Augen auf dem Stuhl in meinem Wohnzimmer saß.

Die Erleichterung dringt mir heiß aus jeder Pore. Ich bin ganz kurzatmig. Wir sitzen nebeneinander, die Handys in der Hand.

»Fertig«, sage ich zu den leuchtenden *100 %* auf seinem Display. Dann tippe ich auf mein eigenes und wähle *Löschen*.

Unwiderruflich löschen: Ja/Nein?

Ja.

Er nimmt beide Geräte und legt sie auf den Nachttisch. Aufeinander.

Ich ziehe ihm das T-Shirt über den Kopf.

Wir machen alles noch mal von vorn, aber jetzt kennt er mich. Jetzt kennt er mich wirklich. Alles machen wir noch mal, inklusive Einschlafen und Brötchenduft. Ich erwache von rhythmischen Bewegungen an meiner Flanke. IC liegt von mir abgewandt. Sein Arm verschwindet vor dem Körper, und der Ellbogen wippt auf und ab.

Ich stütze mich vorsichtig auf, um unbemerkt einen Blick über seine Schulter zu werfen. Er hält seinen halb steifen Schwanz in der Hand und reibt über die Spitze, mit wohlig entspanntem Gesichtsausdruck.

»Erwischt«, sage ich laut.

»Ich kratze mich nur!« Er klingt betont unschuldig. »Mich hat eben was gestochen.«

»Ach, wirklich?« Mit gespielter Besorgnis beuge ich mich über ihn. »Wo denn genau?«

»Hier.« Er betont es wie »*Ich Armer!*« und zieht die Vorhaut ein Stück zurück.

Tatsächlich erhebt sich dort ein kleiner, runder Fleck.

»So, so. Und du bist sicher, dass das keine Geschlechtskrankheit ist? Bei deinem promisken Lebenswandel …«, ärgere ich ihn.

Er spart sich den Verweis auf die zwei von ihm bereitgestellten, fachkundig eingesetzten und jetzt zusammengeknotet auf dem Fußboden liegenden Kondome. »Tja«, sagt er ungerührt, »Wenn man nie U-Bahn fahren würde, wäre man auch seltener erkältet.«

»Intercity«, korrigiere ich.

»Hm?«

»Du bist Intercity gefahren mit mir, nicht U-Bahn.«

»Ach, *du* hast mir die Pest hier angehängt?« Vorwurfsvoll hält er mir seinen armen Schwanz hin. Genau in dem Moment sirrt eine Mücke über uns hinweg, gemächlich, wie zu Demonstrationszwecken. Satt und zufrieden. Sie steuert auf das geöffnete Fenster zu.

»Na gut«, sage ich huldvoll, »ich glaube dir.« IC lässt seinen Schwanz los. Der kleine rote Stich verschwindet unter der Haut. Interessant. »Ach nein, Moment...«, sage ich, wie eine Kommissarin, die sich in der Tür des Hauptverdächtigen noch einmal umdreht. »Da wäre doch noch eine kleine Frage.«

Er stöhnt. »Immer willst du nur reden.«

Ich dränge mich an seinen Po, greife über seine Flanke und drücke seinen Schwanz mit polizeilicher Strenge. Ich weiß, was ihn anmacht.

»Wie konnte denn die angebliche Täterin«, mit der anderen Hand male ich eine schlingernde Fluglinie in die Luft, »überhaupt Zutritt zum Ort des Verbrechens erhalten?« Demonstrativ lasse ich ihn los, sodass die Haut die Stelle mit dem Stich wieder bedeckt.

Er schluckt schwer. »Warum willst du das denn —«

»Ich stell hier die Fragen.« Mit festem Druck schiebe ich die Haut genau über den Mückenstich. Und dann ein bisschen auf und ab.

Ein tiefes Stöhnen von IC. Er grinst. Unfassbar.

»Kann es sein, dass du wirklich so verdorben bist?«, hauche ich in sein Ohr.

»Ich … kann das alles erklären«, setzt er an. »Ich hatte gerade noch ein bisschen … nur so gemütlich für mich allein … du warst ja schon eingeschlafen … und da saß sie plötzlich einfach … da. Ich habe gar nichts gemacht.«

»M-hm. Nur zugesehen«, ergänze ich verständnisvoll.

Sein Schwanz pulsiert in meinem Griff, und ein schwirrendes Gefühl breitet sich in mir aus. Ich schließe die Augen und sehe die Szene wie ein Luftbild. ICs ruhige Hand, die sich träumerisch bewegt. Seine Augenlider, die er plötzlich, vielleicht wegen eines Luftzugs, aufschlägt. Zu mir. Ich höre ein feines Sirren, und das bin ich selbst.

»Umdrehen.«

Er gehorcht sofort.

»Auf den Rücken.«

Die Haut auf meinen Schulterblättern kribbelt ungeduldig, als ob darunter etwas wächst und hervorkommen möchte, und dann bin ich über IC, hoch oben und aufregend leicht; ich wiege kaum ein Gramm.

Er hält sich in der Hand. Hält sich mir hin. Die Beine hat er ein Stück auseinandergezogen. Ich kreise über ihm. Sein Hals riecht nach Feuer und Nelken, seine Hände nach heißem Öl, nach Stärke, nach dem Fleisch anderer Tiere. Gefährlich. Noch nie habe ich ihn so intensiv gerochen. Seetang. Weißer Pfeffer. Kupfer natürlich, aber subtil, nur ein rötliches Schimmern durch seine Haut.

Nachmittagssonne fällt ins Zimmer, und meine Flügel sind aus wasserdünnem Gold, tausendmal feiner geädert als ein

Rosenblatt. Ihre Spitzen zittern im Dunst, der von dem Männerkörper unter mir aufsteigt.

Langsam lasse ich mich sinken. Ich bade in seinem süßen Atem und kann jeden Botenstoff darin identifizieren. Als er stöhnt, pustet mich die Druckwelle fast weg. Sie befördert mich genau an die richtige Stelle, und dann sinke ich nicht mehr, sondern falle. Ich stürze auf die straff gewölbte Haut, die rot glüht unter mir, so stumpf und ausgedörrt, dass die Hitze beim ersten Kontakt kaum zu ertragen ist.

Er flüstert, immer nur kurze Laute, wie die ersten Silben eines Geständnisses oder einer Bitte, die er noch nicht über die Lippen bringt. Ich wünschte, ich könnte ihm auf alles antworten: *»Keine Angst, ich bin ganz vorsichtig.«*

Ich sitze auf ihm, wie ich kurz vor einem Gewitter auf dem höchsten Blatt eines Baums sitzen würde, all meine Beine gespreizt und gespannt. Ich sehe ihn in tausend Einzelbildern. Durch das offene Fenster dringt ein dunkles Brausen, und unter mir packt seine Hand fester zu.

Er keucht, oder er lacht, er beißt sich auf die Unterlippe: *»Tu es.«*

Die Haut teilt sich wie zäher Nektar, und ich kann nicht mehr atmen, keine andere Bewegung machen, so intensiv ist das Gefühl.

Er liegt still und atmet tief in den Unterleib, hebt mich hoch, während ich mit ihm verbunden bin. Er kneift die Augenlider zusammen, und als ich mich ein Stück zurückziehe, beginnt seine Haut, noch einen anderen Duft zu verströmen: Dopamin, große Mengen davon. Reines Glück.

Ich will ihn genau so.

Genau das, und nur das. Vielleicht bin ich aus der Art geschlagen. Ich will nichts von seinem Herzen, ich will nur diese Haut, die so duftet, die alles zeigt, zu der die Muttermale hochsprudeln und die besten und die schlimmsten Zeiten seines Lebens, und ob er gut schläft und isst, alles ist da, und nur das will ich mitnehmen, ja, ich will es aufsaugen, speichern und behalten. Ich stemme mich gegen ihn. Es fühlt sich an, als ob ich in der Mitte durchbreche, so heftig ist der Sog.

Wir tanzen auf der Spitze.

Unsere Stimmen mischen sich, und meine verändert sich, sie kommt mir sehr laut vor auf einmal, tief und kehlig, kein Sirren mehr, sondern eine echte, menschliche Stimme.

Im Hotelzimmer ist es fast dunkel. Fast still. Ein fernes Rauschen dringt herein, an- und abschwellend. Das sind Autos, erinnere ich mich. Autos auf nassen Straßen. IC dreht sich vorsichtig zu mir um. Er legt seine Hand neben mir ab, ohne die leiseste Erschütterung. Dabei braucht er sich keine Sorgen zu machen: Ich bin groß und stabil, ich besitze *Schenkel*, und meine Hände und Finger fühlen sich frisch und neu an. Ich bewege alles ein bisschen. Sehr schön. Bloß die Schulterblätter wollen mir nicht recht gehorchen, sie sind ganz taub, als ob sie einen Verlust betrauern. Ich reibe sie zum Trost an der Matratze und atme tief durch. Die Luft ist noch ganz voll von uns. Ich öffne die Augen und erkenne, dass ich nackt bin. Und glücklich.

»Weißt du, was komisch ist?« IC steht am Fenster und steckt seine Manschettenknöpfe an, meine liebsten, und er tut es mit einer gekonnten Geste, so elegant wie die Knöpfe selbst.

Ich binde meine Turnschuhe zu und trete neben ihn. »Was denn?«

Er richtet den Blick auf die Straße tief unter uns. »Ich dachte, Mücken fliegen überhaupt nicht so hoch.«

»Manche schon«, sage ich. »Die richtig Gefährlichen.« Ich nehme seine Hand. »Falls du morgen auf deiner Konferenz Herzklopfen bekommst, Atemnot, Fieber …, dann ist es bald um dich geschehen.«

Er wendet sich mir zu, mit einem Lächeln. »Keine Sorge«, sagt er. »Meinem Herz geht es gut.«

»Meinem auch.«

Wir fahren zusammen nach unten. IC muss zu einem *Warm-Up-Dinner* mit den anderen Konferenzteilnehmern. Wobei ich finde, dass ich ihn bereits zufriedenstellend aufgewärmt habe.

»Du hast mich noch gar nicht gefragt, worüber ich morgen meine wichtige Präsentation halte«, sagt er.

Lautlos sinkt unsere Aufzugskabine. *Floor 9, 8, 7…*

»Ach, Schatz, worüber hältst du denn morgen deine wichtige Präsentation?«, frage ich folgsam, mit bewundernd aufgerissenen Augen.

Er dreht den Kopf zu mir und sagt genüsslich: »Meine Präsentation im Fachbereich Datenschutz behandelt die Wichtigkeit von informationeller Selbstbestimmung.« Sein Lächeln wird breiter.

Der Aufzug bewegt sich irgendwie schneller als mein Magen, der sich auf einmal unangenehm leicht anfühlt. *4, 3, 2 …*

»Eigentlich sollte es ein richtig schön trockener und langweiliger Vortrag werden«, sagt IC. »Aber jetzt überlege ich doch, ein paar anschauliche Beispiele zu integrieren.«

Es macht *Pling*, und die Tür geht auf. *Ground Floor.*

Ich bleibe in der Kabine stehen.

»Was meinst du?« Er zieht mich in die Lobby. »Ein paar Hör-
beispiele vielleicht. Sinnlich erfahrbar. Sehr sinnlich.«

Meine Hände werden feucht. »Du würdest nicht …«

Er würde.

»Wie viel Teilnehmer sind das noch mal?«, frage ich schwach.

Wir betreten den roten Teppich, den das Hotel wie eine
Zunge auf den Bürgersteig hinausstreckt.

»Ungefähr 250.« Er strahlt mich an, fies und schön.

Vor dem Hotel wischt ein Bediensteter Pfützen auf. Die Luft
ist feucht.

»Dann hoffe ich, dass die Präsentation richtig verstanden
wird«, sage ich tapfer und greife in seinen Nacken. Wir küssen uns.

Ich frage ihn jetzt nicht, ob er mich wiedersehen will.

Ich frage mich jetzt nicht, ob ich ihn wiedersehen will.

Er muss nach rechts, ich nach links, und unsere Fingerspitzen trennen sich zuletzt, wie eine durchgerissene Luftschlange.

Er geht ein paar Schritte, dann dreht er sich zu mir um und
sagt, lächelnd: »Wir werden sehen.«

Die Handlung und alle handelnden Personen dieses Romans sind frei erfunden.
Jegliche Ähnlichkeit mit lebenden oder realen Personen wäre rein zufällig.

Sollte diese Publikation Links auf Webseiten Dritter enthalten,
so übernehmen wir für deren Inhalte keine Haftung,
da wir uns diese nicht zu eigen machen, sondern lediglich auf
deren Stand zum Zeitpunkt der Erstveröffentlichung verweisen.

Verlagsgruppe Random House FSC® N001967

3. Auflage
© 2019 Luchterhand Literaturverlag, München,
in der Verlagsgruppe Random House GmbH,
Neumarkter Straße 28, 81673 München
Covergestaltung: Buxdesign
Covermotiv: Plainpicture/Millennium/Bina Winkler
Satz: Uhl + Massopust, Aalen
Druck und Einband: GGP Media GmbH, Pößneck
Alle Rechte vorbehalten.
Printed in Germany
ISBN 978-3-630-87603-0

www.luchterhand-literaturverlag.de
www.facebook.com/luchterhandverlag
www.twitter.com/luchterhandlit